本著作系北京电影学院科研成果

制片人对剧本内容的评估指南

PRODUCER'S GUIDE
TO SCRIPT EVALUATION
AND SELECTION

刘 誉 著

中国国际广播出版社

序 言

当收到这部书稿时，我感到有些意外，但更多的是喜悦。这本书并非从商业规划和评估的角度来分析剧本，而是从创作、质量和审美的角度来分析商业类型化的剧作，以把握其标准。当前，我们需要大力培养既懂经营管理又能理解创作规律的制片人才，这本书对此有很好的参考价值和研读意义。

目前，我国的影视产业正在飞速发展。面对这样的时代，我们需要培养更多具有出色管理能力且懂得创作的制片管理人员。作为电影学院管理学院的院长，这是我一直秉持的教育目标和培养目标。正是这样，这本书能在培养优秀的电影管理人才方面，既能提供良好的创作分析能力培养，又能夯实强大的创作基础，对相关领域人才培养而言，是一个很好的补充。

这本书的作者，刘誉副教授，不仅拥有多年的本科和研究生专业课程的教学经验，同时也是一位具有出色创作能力的影视创作者，创作了多部影视剧作品。回想起当年刘誉老师还是少年的时候，我作为管理系的专业老师曾教授过他，而刘誉老师在大学毕业后，在留校任教的同时也展现出了很好的创作才能。一转眼三十年过去了，当年的学生已经成为管理学院的主力专业课教师，同时能够出版这样的专业书籍，对自己多年的教学和创作实践进行一次梳理和总结，这是非常令人欣喜和鼓舞的。

影视创作剧本是重中之重，而电影创作，特别是剧本创作，也是非常深奥和复杂的。能够制作出一部优秀的影视剧作品，首先需要对剧本内容进行专业且具创作素养的评估与认识，并具备极高的审美水平。这也是影视管理人才在制作影视项目时的核心能力。

这本书从多个角度和维度对剧本内容的创作原理和创作规律进行了梳理和总结，并引用了多部优秀的商业影片作为讲述和分析的案例，由浅入深，通俗易懂，并始终站在制片人的视角对剧作的内容进行分析和梳理，这是非常重要和可贵的。

因此，这本书，正如书名所说，恰好为从事制片管理的影视人员提供了一个评估剧本创作内容的指南，也是一本提高制片人影视项目内容分析和创作分析能力的指南。

在此，我要感谢刘誉老师的努力，我相信不仅是研读影视制片管理专业的学生，更多的影视从业者也会喜欢这本书的内容。

吴曼芳

曾任北京电影学院管理学院院长

教授、博士生导师

目 录

自　序

　　在影视制作领域，制片人扮演着极其重要的角色。很多制片人肩负着决定影视公司的资金流向和资源投入方向的重大责任，因此对于项目的选择和评估就显得尤为重要。而对影视项目而言，剧本的评估又是项目评估的核心要义。所以对于成熟的制片人来说，掌握剧本内容的评估方法是至关重要的。

　　然而，剧本作为一种故事的文字载体，具备很强的逻辑性和复杂性。有时候对于缺少理论体系支撑或者不熟悉剧作规律的制片人而言，想对剧本内容进行准确的评估便是一件颇有难度的工作。而市面上从制片人的视角进行剧本评估的作品又是少之又少。制片人即使想提高自身的剧作分析能力，也时常苦恼于没有合适的书本以供阅读。而本书正是通过制片人的视点，讲述制片人在面对实际剧本的时候可以选择的分析方法以及可以依靠的理论依据，以此提升制片人的剧作分析能力，让制片人在评估剧本内容时可以拥有较为全面的分析思路以及基础的剧作理论知识。

　　本指南将会从制片人的视角来剖析剧作内容的多个方面，包括故事主题、故事结构、人物塑造、故事情节、剧作的商业性分析等。通过分析剧本多方面的元素和细节，我们可以深入了解剧本的创作思路和故事的发展历程，并且仔细地探究剧本与目前观众的情感需求和市场趋势的适配度，从而更好地选择合适的剧本，在剧本评估和选择的阶段尽可能地降低影视项目开发的风险。

同时，对剧本的创作分析方法进行理论上的学习也有助于提高制片人的剧本审美水平和剧作分析能力。通过对不同类型的影视作品进行研究和比较，我们可以培养出敏锐的艺术眼光和故事品位。这有助于提升制片人整体的剧作评估水平，也对提升行业整体的成片质量有着一定程度的推动作用。

另外，本指南也会参考目前影视市场发展前景并结合部分著名影视作品的市场表现进行商业方面的分析与梳理。需要指出的是，影视项目的成功与许多因素相关，没有绝对的标准，因此无法寻找到可以让项目稳赚不赔的剧作评估方法。然而通过对市场方向的预判和把握，制片人却可以做到在剧本评估的环节对剧本的商业可行性进行细致而完善的分析，从而尽可能地降低项目最终亏损的风险。然而不论商业的走向如何变化，故事本身的质量仍然是影视项目能否成功的绝对关键。

综上，制片人只有通过对剧本的深入剖析和透彻理解，才能做出明智的决策，为观众带来更优秀、有影响力的电影作品。

第一讲　宏观视角：剧本整体评估方略

在电影和电视剧的制作领域，制片人对剧本的综合评估是项目成功的基石。这个过程是多层次、多维度的，它不仅仅囊括项目的可行性分析、市场潜力预测以及潜在风险的识别和管理，还深度涵盖了对剧本艺术质量的评估。这个过程的重要性不言而喻，剧本的整体性以其必不可少的性质贯穿在所有创作表达之中，以概括故事、人物、对话和其他各处细节作为可识别、可衡量、可触及的方式成为影视写作的最高指挥棒[①]。它在项目的每个阶段都起到了指导和决策的作用，尤其是在艺术质量的评估方面，能够对作品的核心价值进行深刻的剖析和推敲。

首先，**对剧本类型和故事梗概的分析是制片人确定项目大致方向和主题的基础**。通过这一阶段的评估，制片人可以清楚地了解项目的核心内容和目标，这对于后续的预算规划和资源分配极为重要。例如，一个动作片的剧本可能意味着需要大量的视觉特效、精心设计的动作编排和高昂的拍摄成本，而一个家庭主题的剧本则可能需要精准捕捉演员的表演和情感传递，同时对脚本质量有极高的要求。在此过程中，**剧本的创意质量、角色构造和故事结构的艺术性将成为制片人重点评估的对象**。

其次，**对故事的发展逻辑和角色动机的深入分析是保证作品质量的重

---

① 沃尔特.剧本：影视写作的艺术、技巧和商业运作［M］.杨劲桦，译.天津：天津人民出版社，2017：29.

要手段。制片人需从艺术角度出发，识别和修正剧本中可能存在的结构性问题或逻辑漏洞，以确保故事情节的合理性和角色动机的真实性。同时，良好的故事结构和情节转折能为作品增色不少，为观众呈现一场视觉与心灵的盛宴。

再次，明确剧本的市场定位和目标受众是项目能否成功的关键。但在此过程中，制片人也需要深度考量剧本的艺术价值与市场接受度的平衡。良好的艺术质量能够为作品赢得口碑，形成长久的市场影响力。**制片人需评估剧本的独创性、主题的深刻性以及角色的多维性，这些都是决定作品艺术质量的重要因素。**

最后，**全面评估中还需要包括对潜在风险和法律问题的预估**。制片人应深入挖掘剧本的社会价值和时代背景，以避免可能出现的敏感问题，确保作品的艺术表达不受外界因素的干扰。

总体而言，综合评估起到了项目风险管理和质量保证的双重作用，特别是在剧本的艺术质量层面，为制片人提供了明智和合理决策的基础，从而提高项目的成功概率，最大化投资回报，同时也增加了作品与目标受众之间的情感共鸣和市场接受度。在竞争高度激烈的影视市场中，一个精准、全面的剧本评估无疑是制片人走向成功的重要一步。

一、对号入座：划分剧本类型

对剧本类型进行划分，这一步骤对于制片人评估剧本的好与坏具有多重重要性。**明确的剧本类型使制片人能够应用更精准的评估标准**。例如，喜剧剧本可能更注重幽默元素，而惊悚剧本则侧重悬念和紧张感。这种分类同时有助于制片人更准确地定位目标观众，并据此判断剧本是否能够引发观众共鸣。

明确类型还可用于更有效的风险管理，例如评估是否涉及敏感话题或需要高额投资。进一步，制片人可以通过类型对剧本进行竞争力分析，以便更全面地评估其市场前景。而从创新与传统的平衡角度来看，了解剧本类型有助于判断其在遵循类型传统的同时是否具有足够的新颖性。这不仅有助于决定是否推进项目，也方便了后续生产和营销活动做更为精准的规划。

总体来说，对剧本类型的明确和理解为制片人提供了一套全面而精准的工具，使他们能更有效地评估剧本的质量和潜在价值。

剧本的类型多种多样，常见的包括剧情、喜剧、动作、冒险、犯罪、悬疑、惊悚、恐怖、科幻、幻想、浪漫、战争、历史、传记、家庭、音乐或歌舞、纪录片和西部等。这些类型可以单独出现，也可以混合，形成如"科幻动作"或"浪漫喜剧"之类的子类型[1]。这些类型都各具自身鲜明的特色：

1.剧情

侧重于人物发展和情感变化，通常有丰富的对话和复杂的情节。例如，《辛德勒的名单》基于真实故事，展现了一个德国商人如何拯救犹太人的故事。

2.喜剧

以娱乐和幽默为主，可能包括讽刺、黑色幽默或轻松幽默。例如，《超能陆战队》这部动画电影中包含了许多轻松幽默的元素，同时也有着温馨感人的情节。

3.动作

包含大量的动作场景，如追逐、打斗和爆炸。例如，"速度与激情"系列知名的汽车动作系列，包括高速追逐和惊险的汽车特技。

4.冒险

常涉及对未知或危险地区的探险，如寻宝或生存挑战。例如，"霍比特人"系列讲述了小矮人比尔博的史诗般的冒险旅程，寻找失落的矮人王国及其宝藏。

---

[1] 麦基.故事：材质、结构、风格和银幕剧作的原理［M］.周铁东，译.天津：天津人民出版社，2016：86-93.

5.犯罪

聚焦于犯罪活动、侦查和审判。例如,《无间道》通过描述警方和黑帮之间的卧底活动,揭示了犯罪和正义的模糊边界。

6.悬疑

主要包括解密或揭示隐藏信息的元素。例如,《东方快车谋杀案》中著名侦探波洛在豪华列车上调查一起谋杀案件。

7.惊悚

以紧张和刺激为特点,可能包括不少惊吓和转折。例如,《沉默的羔羊》中一位年轻的FBI特工需要与在监狱中的精神病患者汉尼拔博士合作,以捕捉另一名活跃的连环杀手。

8.恐怖

旨在产生恐惧和不安,通常包含超自然元素。例如,《闪灵》中一家三口在冬季看守一家酒店,但酒店的超自然力量开始影响父亲的心智。

9.科幻

以科技和未来为背景,可能包括太空探险、时间旅行等。例如,《银河护卫队》一组不同寻常的英雄聚集起来,拯救银河系免受强大反派的威胁。

10.幻想

通常在一个包含魔法和神话生物的虚构世界里展开。例如,"哈利·波特"系列描述了一个年轻巫师在霍格沃茨魔法学校的冒险故事,以及他与黑暗巫师伏地魔之间的对决。

11.浪漫

以爱情故事为主,通常有"男追女"或"女追男"的情节。例如,《恋恋笔记本》讲述了一个男人重述他和他的爱妻之间长达几十年的爱情故事,让她的记忆从阿尔茨海默病中复苏片刻的感人故事。

12.战争

以战场和军事行动为背景。例如,《1917》通过一组英军士兵的视角,展现了第一次世界大战的残酷和士兵们为完成使命而面临的生死挑战。

13.历史

以真实或虚构的历史事件为背景。 例如，《国王的演讲》描述了英国国王乔治六世努力克服口吃问题，以便在二战爆发时能够为国家发声的故事。

14.传记

基于真实人物和事件，但通常包含一些戏剧化的元素。 例如，《美丽心灵》讲述了诺贝尔经济学奖得主约翰·纳什的人生故事，凸显了他与精神疾病的斗争。

15.家庭

适用于所有年龄段的观众，通常包含积极的价值观和教育元素。 例如，《狮子王》这部动画电影通过讲述小狮子成长为狮群之王的故事，探讨了责任、爱和成长的主题。

16.音乐/歌舞

包含歌唱和舞蹈表演。 例如，《爱乐之城》通过美妙的音乐和舞蹈，讲述了两位年轻人在洛杉矶追求梦想的甜蜜和苦涩。

17.纪录片

基于真实事件和人物，目的是记录或教育。 例如，《杀戮演绎》这部纪录片让印尼大屠杀的实施者重新演绎他们的罪行，以揭示人性的黑暗面。

18.西部

以美国西部开拓时代为背景。 例如，《荒野大镖客》由塞尔乔·莱昂内导演，讲述了西部小镇上的权力斗争和英雄主义的故事。

然而，电影的分类并不固定，随着电影艺术的发展和观众口味的变化，新的类型和子类型不断出现。

对剧本类型进行划分通常从主题和情感、故事结构和情节、角色和设定、观众和目的，以及形式和表现手法等几个方面进行分析。

（一）主题和情感

可以从剧本主题和引发的主要情感进行初步分类。 例如，如果剧本主要讲述恋爱和关系，那么可能是"浪漫"或"剧情"类型。如果引发的主要情感是紧张和恐惧，可能是"惊悚"或"恐怖"类型。

（二）故事结构和情节

观察剧本中是否有特定类型经常出现的情节元素或结构。 例如，多个打斗和追逐场面通常出现在"动作"类型中，而解谜和悬疑元素多出现在"悬疑"或"犯罪"类型中。

（三）角色和设定

不同类型的剧本通常有特定的角色和背景设定。 例如，"科幻"类型通常出现在未来或外太空的设定里，而"历史"类型通常会有基于真实历史人物或事件的角色。

（四）观众和目的

考虑剧本是针对哪类观众以及其主要目的是什么。 儿童适宜和具有教育性的剧本通常属于"家庭"类型，而主要目的是社会或文化批评的可能属于"剧情"或"纪录片"类型。

（五）形式和表现手法

观察剧本是否使用了特殊的表现手法或者是否属于某一特定的影视形式（纪录片、音乐剧等）。

在了解以上可以对剧本类型进行划分的考察标准后，我们可以就一些经典电影进行参考分析。

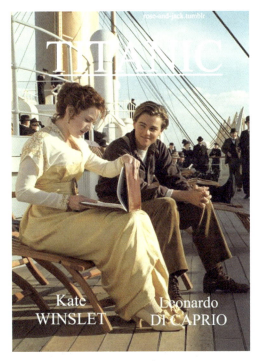

《泰坦尼克号》，1997，美国，导演/编剧：
詹姆斯·卡梅隆，主演：莱昂纳多·迪卡普
里奥、凯特·温丝莱特等

《泰坦尼克号》

主题和情感：这部电影不仅仅是一部关于浪漫爱情的电影。除了浪漫和激情，它还涉及社会阶级、勇气、牺牲和命运等多个主题。情感上，它成功激发了观众的爱、悲伤、紧张，甚至愤怒。

故事结构和情节：电影采用了双线故事结构，包括现代的探险线和过去的爱情线，也加入了一些"冒险"和"悬疑"元素。

角色和设定：电影中的角色设定跨越了不同的社会和文化背景，从上流社会的罗丝到底层社会的杰克，展示了一个微型社会的全貌。设定在"泰坦尼克号"这艘豪华客轮上，也加入了一定的"历史"和"灾难"元素。

观众和目的：电影主要针对成年观众，旨在通过高潮迭起的故事情节和深刻的情感冲击，让人对爱情、生命和人性有更多的思考。

形式和表现手法：电影采用了传统的叙述手法，但在视觉效果和音乐方面进行了创新，使其更具吸引力。

类型分析：

从上面的分析来看，《泰坦尼克号》可以被认为是一部"浪漫剧情"类型的电影，但它也具有"冒险""悬疑""历史"和"灾难"等多个子类型的元素。

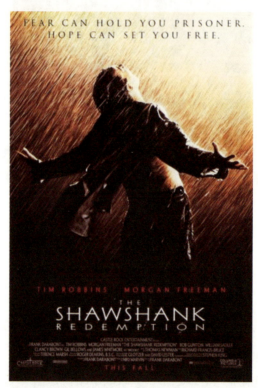

《肖申克的救赎》，1994，美国，导演：弗兰克·德拉邦特，编剧：弗兰克·德拉邦特、斯蒂芬·金，主演：蒂姆·罗宾斯、摩根·弗里曼等

《肖申克的救赎》

主题和情感：电影主要探讨自由、希望、人性、友谊和救赎等主题。情感上，它传达了压抑、绝望，但也带有希望和解脱的多重感觉。

故事结构和情节：故事以瑞德的视角展开，描述主人公安迪如何蒙冤入狱并逐渐改变周围的环境和人们。故事有几个关键的高潮和转折，例如安迪扩建图书馆、播放音乐以及最后的越狱。

角色和设定：主要角色有多重的心理层次和复杂的情感走向，如安迪和瑞德。故事设定在一所名为"肖申克"的高度压抑和官僚化的监狱里。

观众和目的：该电影适合成年观众，并旨在引发观众对自由、人性和社会问题进行深刻的思考。

形式和表现手法：电影采用了传统的叙事结构，但通过精湛的演技、出色的摄影和引人入胜的音乐，成功地吸引了观众的注意力。

类型分析：

综合以上分析，我们可以认为这部电影主要是一部"剧情"片，但其中也包括了"犯罪"和"心理"元素。它深入探讨了人性和社会结构，因此也有一些"社会批评"的成分。

对剧本类型进行初步分析是影视项目评估的关键第一步，它为后续内容评估提供了方向性的框架。这一步骤帮助制片人准确地定位目标受众，预先识别潜在的合规性问题，更有效地分配市场和预算资源，以及对剧情和角色质量进行评估。此外，类型分析还有助于评估项目风险，了解市场竞争情况，优化营销策略，并考虑项目的后续开发可能性，如续集或衍生作品。因此，对剧本类型的综合分析不仅是评估剧本质量的重要工具，也是确保整个项目成功的关键组成部分。

二、一发入魂：故事梗概的神奇魔力

评估剧本的故事梗概对于制片人是一个不可或缺的步骤，具有多重的意义和用途。制片人通常要面对海量的剧本和项目提案，时间常常是非常有限的。在这种情况下，**一个精练但信息丰富的故事梗概能让他们快速抓住剧本的核心内容，包括主要角色、主要冲突、主题等**。这样不仅提高了效率，也让制片人能在最短的时间内判断这个项目是否值得进一步考虑。

故事梗概也是制片人进行初步筛选的重要依据。如果一个故事梗概写得不吸引人或者不符合制片人及其公司的定位，那么就没必要花费更多的时间和精力去阅读完整的剧本或故事大纲。这个阶段的筛选有助于制片人集中精力和资源在更有潜力或更符合需求的项目上。

剧本或电影的开发通常涉及多个层次的故事描述和分析，从一句话的核心想法到全面的故事大纲。一句话介绍（Logline）、故事梗概（Synopsis）和故事大纲（Outline），这三者是剧本构思创作中的一个过程，基于它们篇幅的不同，在制片人考察项目评估剧本时也有不同的作用。一位合格的制片人，很有必要区分它们各自的功用并懂得如何善用它们。

（一）一句话介绍（Logline）

1.定义与目的

Logline是一个剧本或电影的一句话总结，设计用于迅速吸引听众或读者的注意力。通常用于电影海报、电视指南、提案文档或电梯演说中。

2.内容与例子

一个好的Logline应当简明地包括主要角色、他们的目标、主要冲突和设置。例如，《泰坦尼克号》的Logline可能是："一个贫穷的画家和一个富有的年轻女子在被认为不沉的船上相遇、相爱，然后面临一场生死灾难。"

（二）故事梗概（Synopsis）

1.定义与目的

故事梗概是更详细的故事描述，通常为一段或者一到两页的长度。主要用于给潜在的投资者、制片人、导演或演员提供故事的概览。

2.内容与例子

故事梗概通常会涵盖主要的情节点，包括开头、发展、高潮和结局。以《泰坦尼克号》为例，故事梗概会详细描述杰克和罗丝的相遇、他们的爱情发展、社会阶层的冲突，以及他们如何应对最后的灾难。

（三）故事大纲（Outline）

1.定义与目的

故事大纲是一份详细的场景或章节列表，用于详细规划故事的每一个方面。这个工具主要是为编剧自己或与其他创作团队成员（如导演、设计师等）进行讨论。

2.内容

大纲将包括每一个场景的具体动作、对话、人物交互等，并可能按照三幕结构或其他故事结构模型来组织。

从一句话介绍到故事大纲，这些工具各有不同的用途和目的。一句话介绍（Logline）是为了迅速激发观者的兴趣，故事梗概（Synopsis）是为了提供更全面的故事视角，而故事大纲（Outline）则是为了细致入微地规划故事。理解这三者的不同可以帮助编剧和制片人更有效地从构思项目到完成项目。

（四）为什么故事梗概对制片人如此重要？

在忙碌的影视行业中，制片人需要在短时间内做出多个决策。这时，故事梗概就像是一把金钥匙，能快速打开一个项目的大门。但为什么故事梗概这么重要，甚至比一句话介绍和详细的故事大纲还要有用呢？

首先，**故事梗概是一个"快速预览"工具。**想象一下，你是一个制片人，手上有好几十个剧本需要评估。你当然没时间把每一个都读一遍，对吧？**故事梗概给你提供了一个快速了解故事的渠道，让你可以在几分钟内判断这个剧本值不值得进一步研究。**

其次，故事梗概具有"高效沟通"的功能。你可能需要和各种人讨论项目，比如团队成员、投资人或是合作伙伴。一份好的故事梗概能让你轻松地传达项目的精髓，而不需要让对方花时间去读整个剧本或复杂的大纲。

再次，故事梗概是个"多用途"的工具。除了帮你快速评估项目，它还能用于宣传和推广，甚至能成为拉投资的砝码。

最后，故事梗概也具备"易于修改"的特点。如果你觉得故事还需要调整，故事梗概的简短格式意味着可以很快地进行更改，而不需要大动干戈地去改动详细的大纲。

综上所述，故事梗概就像是制片人的瑞士军刀，集多功能于一身，能让你在忙碌和复杂的工作环境中，快速、有效地做出决策。

（五）故事梗概的基本要素

故事梗概通常应该是一个简短但全面的描述，涵盖以下几个核心要素。

1.主要角色

应该清晰地指出故事中的主要角色是谁，以及他们在故事中起到什么样的作用。

2.设置和时代背景

这包括故事发生的地点和时间，以便读者能更好地理解故事的背景。

3.主要冲突和目标

描述故事中的主要冲突或问题，以及主要角色如何解决这些冲突或实现他们的目标。

4.主题和信息

简要地介绍故事想要传达的主题或信息是什么，比如"爱会战胜一切"或"正义终将得到伸张"。

5.故事高潮和解决方案

简要描述故事达到高潮的情况，以及最终是如何解决主要冲突或达到目标的。

6.风格和氛围

虽然不是必需的，但有时候提供故事的风格（喜剧、悬疑、科幻等）

和整体氛围（轻松、紧张、黑暗等）也是有帮助的。

7. 目标观众和市场定位

故事梗概通常基于故事的内容可以划分故事的类型，同时也暗示了这个故事是面向哪一类观众，以及它在市场上可能的定位。

8. 特色和亮点

如果故事有什么独特或新颖的要素，比如一个不寻常的故事结构或一种罕见的叙述手法，那么也应该在梗概中提及。

一个好的故事梗概应该足够短，以便快速阅读，但同时也要足够全面和具体，以便给出一个清晰的故事轮廓。这样，制片人或其他潜在的利益相关者就能准确地判断这个故事是否值得进一步的探索和开发。

《星球大战》，1977，美国，导演/编剧：乔治·卢卡斯，主演：哈里森·福特、马克·哈米尔等

让我们以经典电影《星球大战》的故事梗概为例：

1.主角

卢克·天行者是故事的主角，他是 个年轻有为但被困在农场的驾驶员，梦想着加入反对邪恶帝国的反抗军。随着故事的发展，卢克从一个天真的农场少年成长为勇敢的反抗军战士。

2.设置和时代背景

故事发生在一个充满战乱和压迫的宇宙时代，邪恶的帝国以及其黑暗领袖达斯·维德对众多星球施加残暴统治。反抗军则努力抵抗帝国的压迫，期盼恢复宇宙的和平与自由。

3.主要冲突和目标

主要冲突在于反抗军与帝国之间的战斗，卢克与欧比旺努力将重要信息送达反抗军，以寻求对抗帝国的可能。随后的故事中，卢克和他的伙伴们努力营救被囚禁的莱娅公主，同时也寻找摧毁帝国最强武器死星的方法。

4.主题和信息

故事的主题是善与恶的永恒斗争，以及个人成长和自我牺牲的重要性。通过卢克和欧比旺的成长与牺牲，以及反抗军对自由和正义的坚持，展现了勇气、友情和正义最终能战胜邪恶势力的积极信息。

5.故事高潮和解决方案

故事高潮发生在卢克和他的队伍在死星进行决战的时刻。卢克在队友的帮助下，成功发动了对死星的致命攻击，摧毁了死星，从而赢得了这场对抗邪恶势力的胜利。最终，卢克和汉·索洛被反抗军尊奉为英雄，标志着善良与正义的力量赢得了这场宇宙间的重要战役[①]。

同时，通过故事梗概，我们可以明确《星球大战》的风格和氛围是面向广大观众的科幻冒险片，包含了惊险刺激的飞船战斗、绚丽的特效和深

---

① 韦斯曼，戴蒙德.好莱坞编剧的生意经［M］.孟影，译.上海：文汇出版社，2020：46-51.

思熟虑的情节。

在影视项目中，制片人面对的首要任务之一就是评估故事梗概的吸引力和发展潜力。**一个好的故事梗概应该简单明了，一读就能明白其核心观点。**同时，它也需要有新颖性，不能让人感觉像是某个已经存在的故事的翻版。除了这些创意层面的考虑，商业因素也非常重要。故事梗概需要展示出广泛的市场吸引力和赚钱的潜力，以确保投资人和观众都会对它产生兴趣。

除了考虑商业因素，**一个好的故事梗概还需要有一定的情感深度，能够触动人们的心灵。**这样的故事通常更容易得到观众和批评家的好评，从而增加项目成功的可能性。最后但同样重要的是，故事梗概还需要考虑到制作的可行性，包括预算和实际操作难度。

通过这样全面而细致的评估，制片人可以更准确地判断哪些故事梗概具有真正的发展潜力，从而做出更明智的投资决策。这不仅有助于降低项目风险，还能提高最终作品的艺术性和商业成功率。

三、循序渐进：故事的发展历程

在电影或电视剧的制作过程中，故事线无疑是最核心的元素。它不仅构成了作品的骨架，还负责抓住和维持观众的注意力。一部成功的作品需要有一个引人入胜、令人难以忘怀的故事，而这一切都从故事线开始。故事绝不能隐退于轻量级性质或力度的行动，而必须循序渐进地朝着观众无从想象出更好替代的一个最后行动向前运行[1]。因此，制片人非常注重故事线的设计和发展，因为一个强有力的故事线直接影响到作品能否赢得观众的心。

在影视制作中，剧本是一切的起点。**一个好的剧本不仅需要引人入胜的故事和深刻的主题，还需要具有紧密、连贯、逻辑性强的故事线。**在艺

---

① 麦基.故事：材质、结构、风格和银幕剧作的原理［M］.周铁东，译.天津：天津人民出版社，2016：239.

术表现与创意实现方面，故事线为制片人提供了展现个人独特视角和思考的平台。通过故事线，制片人不仅可以满足市场需求，也可以为社会和观众提供有价值和有意义的艺术作品。

在电影或电视剧的制作领域，**故事线是核心的驱动力，它不仅构成了作品的基本框架，还担负着吸引和保持观众注意力的重任**。对制片人而言，故事线的设计和发展是项目成功的重要保证，它直接影响到投资回报和市场评价。通过故事线，制片人能够展现创意，吸引投资，协调团队，表达价值，并不断优化制作策略。

投资吸引力是故事线的一项基本功用。一个独特而吸引人的故事线是赢得投资者和赞助商支持的关键。**通过精心设计的故事线，制片人可以展示项目的市场前景和盈利潜力，确保投资的安全和回报**。而投资者通常也会通过故事线的质量和创新性来评估项目的价值和可行性。

市场定位与推广是故事线的另一项重要功能。**故事线帮助制片人明确目标观众和市场竞争优势，为作品的推广策略提供基础**。同时，一个出色的故事线能使作品在众多竞品中脱颖而出，吸引观众的目光，增加作品的讨论度和关注度。

团队协作与效率是故事线为制片人带来的实质性好处。通过明确的故事线，所有制作人员能共同理解项目的目标和方向，从而提高协作效率，减少不必要的修改和重做。制片人通常需要确保故事线的质量和完整性，以便所有团队成员能共同推进项目的进度。

反馈与优化是故事线在长期制作过程中的持续价值。通过市场和观众对故事线的反馈，制片人可以了解作品的市场表现，优化未来的项目计划和策略。通过不断地分析和评估，制片人可以提升制作流程，提高作品质量，实现持续的市场成功。

从制片人的视角来看，**故事线的重要性和作用不容忽视。它是实现创意、吸引投资、协调团队、表达价值和优化策略的重要工具**。在激烈的市场竞争中，一个强有力且具有吸引力的故事线，往往是制片人赢得市场认可和实现项目成功的关键要素。

（一）内部一致性：建立信任的基础

内部一致性是任何高质量剧本不可或缺的组成部分，它不仅在逻辑层面上建立了观众对故事的信任，还在情感层面上强化了观众与故事世界的连接。在具体实施上，**一致性要求故事的各个元素——包括人物性格、世界观、文化背景，甚至是一些特定设定，都需要在剧本的开始到结束保持统一和连贯。**

举一个例子，如果在一个奇幻剧本中存在魔法，并且有明确的运作规则，那么这些规则不应该在故事进行中随意改变，除非有非常合理的解释。这样的一致性会让观众更容易投入这个世界之中，因为他们知道这个世界遵循一套内在逻辑，不会突然出现让人摸不着头脑的变化。这种信任是非常宝贵的，它使观众愿意跟随故事走下去，即使故事中出现了一些高度复杂或难以理解的情节。

让我们深入分析《指环王1：护戒使者》以及"指环王"系列电影中的内部一致性。

人物和种族文化：在整个系列中，我们见到了多样的种族文化——精灵、矮人、人类、霍比特人等，每个种族都有其独特的语言、习俗和价值观。例如，矮人以其工艺和对宝石的痴迷而闻名，而精灵则是自然和艺术的捍卫者。这些特点不仅在电影中被一致地展示，还在后续的故事中得到了进一步的体现和发展。

魔法系统：电影中的魔法系统，包括精灵的治疗魔法、甘道夫的各种咒语，以及"一戒"的力量，都有明确的规则和限制。这些规则在整个故事里是一致的，没有因为剧情需要而随意更改。

历史背景：电影提供了一个庞大的历史背景，包括过去的大战、王国的兴衰等。这些历史事件都与当前的故事有直接或间接的联系，并在不同的情节中得到了一致的呼应。

《指环王1：护戒使者》，2001，美国，导演：彼
得·杰克逊，编剧：弗兰·威尔士、菲利帕·鲍
恩斯、J.R.R.托尔金，主演：伊利亚·伍德、西
恩·奥斯汀等

　　地理环境： 故事跨越了中土世界的多个地区，从令人心旷神怡的夏尔到阴森恐怖的摩多。每个地点都有其独特的氛围和功能，但都在同一个连贯的世界观中得以统一。

　　通过以上各方面，我们可以看出《指环王》在内部一致性方面做得非常出色。这不仅增加了故事的深度和复杂性，也极大地提高了观众的沉浸感和认同感。因此，这一连贯性成为该电影能够成为一部经典作品的重要因素之一。在这样的一致性支持下，观众不仅容易信服故事的发展，也更容易与电影中的角色和情节产生共鸣，这无疑增加了电影的观赏价值和文化影响力。

　　因此，**内部一致性不仅是为了让故事"自成一体"**，更是一种对观众认真负责的态度。它要求编剧在创作过程中对每一个细节都要精雕细琢，确保所有的元素都能服从于一个统一的逻辑和情感主线，从而构建出一个引人入胜、令人信服的故事世界。

（二）因果关系：让故事有"肉"

因果关系在故事叙述中起着至关重要的作用，它像是赋予故事"肉体"的骨架，让每一个情节、每一次决策以及每一种结果都有其存在和发展的逻辑基础。在一部精良的剧本中，各个元素之间的因果关系应当明晰、合乎逻辑，并且能够推动故事向前发展。这样的故事构造能够让观众更容易理解和接受发生在屏幕上的一切，因为他们能在因果关系中看到一个合理的流程，就像在现实生活中的逻辑推理一样。

因果关系的明确性不仅增加了故事的可信度，而且能在情感层面上更深地与观众产生共鸣。当观众看到一个角色因为某个决策而面临一系列的挑战和转折时，他们会更加关注角色的情感变化和成长，也更容易为角色的成功或失败产生强烈的情感反应。这是因为，**一个清晰的因果关系让观众明白，每一个动作都有其反应，每一个选择都有其后果，正如他们在自己的生活中所经历的一样。**

以经典电影《盗梦空间》为例，导演克里斯托弗·诺兰精心设计了一个充满层次与复杂性的梦境世界。电影以一种近乎哲学的方法，探讨了梦境、现实、记忆和情感等多个复杂的主题。但是，这些复杂性并没有让影片变得难以理解或难以接受，相反，它们都建立在严格的因果关系基础之上。在这部电影中，无论是梦境的层层递进，还是人物间的情感纠葛，因果关系都被用得淋漓尽致，展现出了"每一个动作都有其反应，每一个选择都有其后果"的生活哲学。

从电影一开始，主角道姆·柯布就面临着一个明确的问题：他因为无法返回美国而与家人隔绝，这成了推动他接受高风险"盗梦"任务的动机。这个初步的决策形成了后续一系列事件的逻辑起点，也为他之后与团队成员，尤其是亚瑟和阿德里安等人之间复杂的互动铺垫了道路。

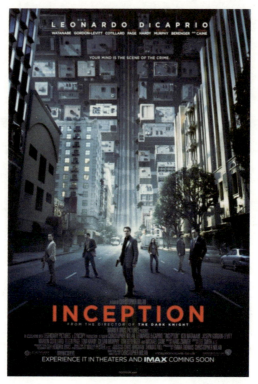

《盗梦空间》，2010，美国，导演/编剧：克里斯
托弗·诺兰，主演：莱昂纳多·迪卡普里奥、约瑟
夫·高登－莱维特等

当柯布决定用"盗梦"技术来实现他的目标时，每一个小决策、每一个梦境层级、每一个角色行为都有其明确的因果关系。例如，柯布之所以会选择艾里阿德妮作为他的"建筑师"，是因为她具有出类拔萃的想象力和逻辑思维，这一点在她首次构建梦境时得到了体现。而她对柯布个人情感的发现，则是基于柯布在梦境中不断重现的家庭场景。

最引人注目的是电影的多层梦境结构。电影中的梦境逻辑系统严格遵循因果关系。每一个细节，每一个决策，都对接下来的情节产生着深远的影响。例如，在梦的不同层次中，一个层面上的事件会对更深层的梦境造成连锁反应。当队伍在某一梦境层级受到攻击时，更深层的梦境会经受更加剧烈的震动，亚瑟的这句台词："现实世界的五分钟相当于梦里的一小时。"（Five minutes in the real world gives you an hour in the dream）凸显了梦境中时间与现实的错位，也表现出了事件因果递进的关系。

这种精妙的因果关系网络不仅让观众清晰地理解了电影的复杂设定和多线叙事，而且极大地增强了他们对角色命运和故事走向的情感投入。观众能明白每一个动作、每一个决策都会带来连锁反应，每一个选择都有其后果，这不仅增加了故事的可信度，也在情感层面上与观众产生了强烈的共鸣。

总之，强有力的因果关系不仅是故事合理性的保证，也是故事情感深度的增强器。它让故事不再是一系列随机、孤立的事件，而是一个有机、连贯、引人入胜的整体。这样的故事能够捕捉并保持观众的注意力，同时也能在更深层次上触动他们的情感。

（三）角色动机与行为：塑造立体人物

角色的动机和行为是塑造立体、有深度的人物的关键因素。**一个成功的角色不仅需要具备吸引人的特质，还需要有合理且令人信服的动机，这些动机推动他或她在故事中做出各种决策和行为。**这样的角色让观众更容易产生共鸣，因为他们可以理解这些动机背后的逻辑，甚至可能在自己的生活中找到类似的情感或经历。

动机和行为也需要与角色的个性和故事背景保持一致性。这种一致性不仅让故事更具说服力，也增加了角色的复杂性和深度。**如果角色在故事中发生了突然的性格转变或行为改变，这种转变必须有足够的解释和铺垫。**例如，如果一个一直表现得冷酷无情的角色突然变得温柔体贴，那么这种变化需要通过故事情节或角色内心的变化来合理解释。

以电影《黑天鹅》为例，这是一部深刻探讨人性、欲望与精神崩溃的心理惊悚片。主角妮娜是一名极度追求完美的芭蕾舞女演员，她的生活和职业动机都集中在赢得即将上演的《天鹅湖》中"黑天鹅与白天鹅"双重角色的演出机会上。这个角色需要演员能够展示天鹅王女两种截然不同的性格特质：白天鹅的纯真、端庄；黑天鹅的性感、狂野。

《黑天鹅》，2010，美国，导演：达伦·阿伦诺夫
斯基，编剧：安德雷斯·海因斯、马克·海曼、约
翰·J.麦克劳克林，主演：娜塔莉·波特曼、米
拉·库尼斯等

　　一直渴望主角地位的妮娜，在她得知自己将扮演《天鹅湖》中的主角——既是纯洁的白天鹅，也是狂野的黑天鹅时，她的内心掀起了巨大的波澜。她的母亲埃里卡曾是一个芭蕾舞者，对妮娜的控制欲极强，而这也成为妮娜内心深层的冲突源泉。妮娜在扮演白天鹅时毫无问题，但她在黑天鹅的角色中遇到了困难——她过于拘谨，无法完全投入。导演托马斯告诉她："这四年来，你每一次跳黑天鹅，关心的总是每个动作的完美，但我从没看见过你的激情。"（In four years，every time you dance，I see obsess getting each and every move perfectly right，but I never see you lose yourself）这句话触及了妮娜的内心，成为她探寻自我的起点。

视觉效果、摄影视角和剪辑在这部电影中也发挥了巨大作用。镜头频繁地在妮娜的面部特写和她的舞蹈动作之间切换，特别是在她练习黑天鹅独舞的时候，展现了她的内心挣扎和逐渐的转变。一段亮眼的剪辑场景展现妮娜站在舞台上，她的眼中闪烁着恐惧和决绝，随后镜头切换到她放纵自我的舞蹈，表达了她在角色与现实中的碰撞与融合。

在妮娜逐渐沉浸于黑天鹅角色的过程中，她的动机发生了微妙的变化。她不再仅仅为了应对压力和达到外界的期待，而是真正开始享受舞蹈带来的自由和力量，这个过程通过精心设计的服装变化和音乐运用得到了强化。妮娜开始痴迷于黑天鹅那种放荡不羁的力量，而在现实生活中，她也逐渐失去了对自我的掌控。当她在舞台上大声宣称"我完美了"（I was perfect）时，观众能够感受到她的内心在自由与疯狂之间游走，实现了角色和自我的完全融合。

《黑天鹅》通过妮娜的角色，成功展示了一个在压力、控制、自我认知和解放之间挣扎的灵魂。这些元素在整部影片中不断地交织和碰撞，让观众见证了一个人物由初生的羽翼到最终展翅飞翔的心路历程。妮娜的故事就像一面镜子，让我们看到在追求完美和自我的道路上，每个人都可能面临的抉择与牺牲。

一个缺乏铺垫或合理解释的突然性格转变可能会让观众感到困惑或不舒服，因为这打破了他们对角色一致性和合理性的期望。简言之，角色的动机和行为不仅是故事情节发展的推动力，也应该是角色个性和复杂性的重要体现。通过精心设计的动机和行为，可以塑造出让观众愿意投入时间和情感去关注和理解的多维度角色。这样的角色不仅让故事更加引人入胜，也更容易在观众心中留下深刻的印象。

（四）主题与情感的连贯性：精神支柱

故事中的主题与情感连贯性不仅是为了达到艺术表达的高度，更是为了确保观众从头到尾都能沉浸于统一的观影体验中。一个出色的故事可能涵盖多个主题和多种情感，但这些元素之间存在的纽带确保了故事的整体性和深度。每一部有价值的电影深处都串联着使角色互相关联、使对白合情合理及使场景构成整体的统一思路，以此给观众一个清晰的交代，这就是电影的主题①。每一个故事细节，无论是情节发展、角色动机，还是视觉和音乐元素，都应当与这些核心主题和情感基调相辅相成，进而加深观众的感受。

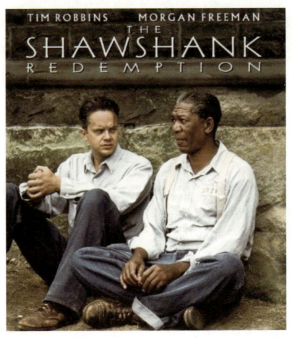

《肖申克的救赎》，1994，美国，导演：弗兰克·德
拉邦特，编剧：弗兰克·德拉邦特、斯蒂芬·金，
主演：蒂姆·罗宾斯、摩根·弗里曼等

让我们以电影《肖申克的救赎》为例来深入探讨这一点。《肖申克的救赎》是一部探讨希望、自由和人性的电影。虽然影片主要场景设在一个充满绝望和压迫的监狱中，但其核心主题始终关乎希望和人类精神的不屈。电影中的每一个细节，无论是主角安迪如何用智慧和耐心逐渐改善监

---

① 沃尔特.剧本：影视写作的艺术、技巧和商业运作［M］.杨劲桦，译.天津：天津人民出版社，2017：55.

狱生活，还是他与瑞德之间深厚的友情，都与这一核心主题紧密相关。

情感的连贯性也体现得非常出色。即使在监狱这样一个压抑和冷酷的环境中，电影依然成功地传达了一种温暖和乐观的情感基调。这是通过一系列令人振奋的小事件实现的，比如，从初入狱的茫然与不适，到日益适应并运用自己的才华去为因犯们争取更好的待遇，安迪的每一个转变都是为了那个不变的目标：自由。他使用音乐振奋人心，他为狱警打理财务以换取书籍和学习机会，这些都是他追求自由的方式，同时也让他成为监狱里的一道独特风景。"有些鸟儿是关不住的，它们的羽翼太光辉了。"（Some birds aren't meant to be caged. Their feathers are just too bright）安迪的每一次行动，都像是那只飞翔的鸟，不断地撞击着监狱的高墙，直至最终穿越其上。

关于电影中的角色动机与发展方面，瑞德成为影片中另一个重要的视角。作为因犯中的"久经沙场"的老手，他一开始对安迪的到来感到好奇，但随着时间的推移，两人之间逐渐形成深厚的友情。瑞德经历了从矛盾、挣扎到最终选择相信希望的过程。安迪为他打开了一扇看世界的新窗口。"希望是个好东西，也许是世间最美好的东西，美好的事物永远不会消逝。"（Hope is a good thing，maybe the best of things，and no good thing ever dies）这句话成为两人共同的信念，并伴随着他们在监狱的每一天。

视觉和音乐元素也与主题和情感基调相辅相成。例如，莫扎特的音乐在这部电影中是一个最为显著的例子。当安迪·杜佛兰第一次非法地播放莫扎特的歌剧《费加罗的婚礼》时，整个肖申克监狱都被那悠扬的音乐所笼罩。那一刻，音乐成为因犯们短暂的解脱，让他们暂时忘记了被囚禁的现实，心灵得到了一丝短暂的自由。这不仅是一个重要的情节转折，也展现了音乐的力量以及它如何与自由的主题相互呼应，强调了自由和人性的美好，与电影的核心主题完美呼应。

此外，当安迪最终越狱成功，瑞德也获得假释并加入他的时候，观众不仅感受到一种释放感和成就感，同时也深刻体验到希望和自由的重要性。这些都让影片在观众心中留下了深刻而持久的印象。

简言之，主题与情感的连贯性为故事提供了精神支柱，确保了观众在各种情节转折中不失方向，始终与故事的核心和深层含义保持连接。这种连贯性不仅增强了观众的共鸣，还使故事更具深度和影响力，让它在观众心中留下持久的印象。

（五）时间与空间：故事的舞台

时间和空间虽然看似次要，但它们对于构建一个连贯和逻辑的故事世界至关重要。故事发生的时间和地点需要与剧情发展和角色行为保持一致性。时间与空间在故事构建中起着至关重要的作用，它们实际上是故事的无声角色，与人物、事件和主题相互影响。在一个好的故事里，时间和地点不仅为事件提供背景，而且往往能加深情节的层次和复杂性，有时甚至对故事走向产生决定性影响。

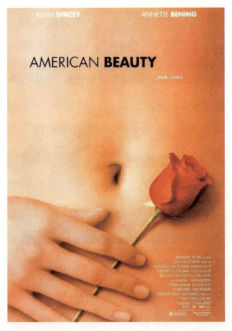

《美国丽人》，1999，美国，导演：萨姆·门
德斯，编剧：艾伦·鲍尔，主演：凯文·史
派西、安妮特·贝宁等

关于时间的作用，在《美国丽人》这部影片中，时间成为压力和危机的催化剂。主角莱斯特·伯纳姆面临中年危机，决定改变自己的生活方式。影片中有一系列倒计时元素，譬如电影的开始，莱斯特便为观众介绍自己："一年之内我就会死。"（In less than a year...I'll be dead）这句台词直接为观众设定了一个时间框架，同时揭示了电影的结局。这种对时间的预设，为接下来的情节创造了一种急迫感，使观众意识到莱斯特所剩的时间不多。莱斯特说他还有多少剩下的时间时，这样的时间感增强了故事的紧迫性，并让观众对角色的命运更加关注。

《海上钢琴师》，1998，意大利，导演：朱塞佩·托
纳多雷，编剧：亚利桑德罗·巴里克、朱塞佩·托
纳多雷，主演：蒂姆·罗斯、普路特·泰勒·文斯等

关于空间的作用，在《海上钢琴师》这部电影中，整个故事几乎全部发生在一艘邮轮上，弗吉尼亚号是1900生活的唯一场所。这个空间在电影

中扮演了巨大的角色，它既是1900的监狱，也是他的乐园。这艘巨大的轮船上，1900找到了他的音乐和生活的意义。他的才华被众人所认可，而他也从中得到了成就感。但与此同时，船外的大海和陆地代表了未知和可能性，也是1900从未踏足的领域。这个特殊的空间设置使观众更加聚焦于人物和他们之间的关系，同时也象征着主角1900对外界的恐惧和不安。

《罗马假日》，1953，美国，导演：威廉·惠勒，编剧：达尔顿·特朗勃、伊安·麦克莱伦·亨特、约翰·戴顿，主演：奥黛丽·赫本、格利高里·派克等

而在时间和空间共同作用中，《罗马假日》这部经典的爱情故事在罗马的一天内上演。时间和空间在这里共同作用，营造出一种童话般的氛围。

安妮和乔的遭遇是偶然的，但他们选择在有限的时间里，尽可能地探索这座城市，这使他们的每一次互动都显得特别有意义。在城市的各个角落，他们共同经历了快乐、冲突、认识和告别，时间和空间的限制使这段短暂的关系更加深刻和难忘。故事的高潮部分，安妮公主在王宫的新闻发布会上与乔重逢，但他们都知道，这可能是他们最后一次见面：

乔：“乔·布拉德利，美国通讯社。”（Joe Bradley，American News Service）

安妮：“幸会，布拉德利先生。”（So happy，Mr Bradley）

这一情节和台词揭示了时间的无情，尽管他们在罗马的这一天充满了快乐，但最终还是要面对现实。《罗马假日》巧妙地利用时间与空间的限制，为观众呈现了一个短暂却永恒的爱情故事。短暂的时间增加了故事的紧迫感，而罗马古城的美丽风景则成为这段爱情故事的绝佳背景。

不合逻辑或不一致的时间和空间设定会削弱故事的可信性，让观众觉得被拉出了故事，失去沉浸感。因此，合适的时间与空间设置是为了让故事更加引人入胜，使观众更容易置身其中，从而引发更强烈的情感共鸣并深化主题表达。

时间和空间的合理运用甚至可以提升故事的节奏感和高潮构建。它们可以作为“计时器”来增加紧张感，或作为“转换器”来实现情节或氛围的快速切换。故事的时间和空间设定应当能与其他元素——人物、情节、主题无缝融合，共同构建一个令人信服和感动的故事世界。

总体来说，一个具有逻辑和连贯性的故事线应该能让观众觉得每一个事件、决策和结果都是合情合理的，从而更容易产生情感共鸣和认同感。这也是为什么制片人和编剧会特别重视故事线的逻辑和连贯性。

第二讲 提纲挈领：剧本故事主题的评估方法

在电影制作的复杂过程中，剧本评估往往是第一步，也是非常关键的一步。制片人需要通过多角度的审视，从故事类型、梗概吸引力、逻辑性，到市场潜力和风险，来决定是否进行投资。然而，在这些评估要素中，故事主题往往是最能决定一部电影成功与否的关键因素，可以说它是贯穿作品始终的灵魂，不仅传达了核心理念和价值观，还为故事情节和人物行为提供了内在的凝聚力。

主题往往被视为一个作品的灵魂或精神内核。一个强烈、清晰且具有深度的主题可以使作品超越纯粹的娱乐性，达到触动人心、引发思考的效果。对于制片人来说，这不仅有助于提升作品的艺术价值，还能让作品在市场中获得更持久和深远的影响。

主题和口碑在电影或剧作中存在着密切的相互作用。**一个深刻且引人共鸣的主题不仅能吸引更多观众，也有助于激发社交媒体和社会的广泛讨论，从而产生良好的口碑。**这样的正面口碑进一步增强了作品主题的影响力和商业价值，形成一个正向的循环。

同时，剧本主题不仅是作品的精神内核，也是其市场接受度和社会影响力的关键因素。对制片人而言，**对主题的细致评估能确保作品在情感、认知和社会议题等多维度上与观众产生共鸣，从而提升作品的质量和商业潜力。**主题的明确性和普遍性也有助于制定更准确的市场定位和全球化策略，以及更有效的投资和营销决策。

综上所述，主题在剧本评估中占有重要地位。它不仅影响故事的内在质量，也直接关系到电影是否能在市场上取得成功。因此，制片人在进行剧本评估时，需要从主题的多个维度进行全面而深入的分析。这既是提升电影质量的关键所在，也是确保电影能够达成预期成功的重要手段。

一、主题的明确性、鲜明性和时代性

在当今这个多元化且快速变化的文化背景中，一个明确、鲜明且具有时代感的主题更容易引发观众的共鸣。一个模糊或陈旧的主题不仅可能导致故事失去吸引力，而且可能使观众难以投入或产生共鸣。因此，制片人需要寻找那些能够准确反映当代社会、文化和心理现象的主题。

（一）主题的明确性

明确性是指主题的清晰度和明了性。**一个明确的主题不应让观众或读者产生疑惑或感到混淆，而应该使他们清晰理解作品想要表达的核心思想或情感。**这不仅可以增强作品的层次感和深度，还有助于确保作品准确传达预定的信息或情感。下面是关于如何具体考察主题明确性的各个方面的更详细拓展。

1.起始明确性

这个步骤主要集中在剧本的开头部分。制片人和编剧需要确保作品一开始就有明确的元素或暗示来引导观众理解主题。这些元素可以包括以下内容。

开场白或标题：一些作品通过直接的开场白或标题来明确主题，例如"这是一个关于爱与失落的故事"。

主角的初始冲突：主角在故事开始时面临的冲突或问题往往预示着主题的方向。

第一幕的高潮：第一幕末尾通常有一个重要的情节点，这个点常常明确或暗示性地展示了故事的主题。

2.情节支持

在剧本的中段，主题应该通过各种情节元素得到加强和支持。

事件和决策：故事中发生的主要事件和角色的关键决策应该与主题直接相关。

冲突和解决方案：故事中的冲突和解决方案也应与主题有明确的联系。

3.结尾强调

在故事的结尾，主题应得到明确的总结和强调。

收束：结尾通常会回到起始明确性中所提及的那些元素或问题，给出一个具有封闭性的解答或解读。

角色的结局：角色如何在故事结束时解决他们的问题或实现他们的目标，常用于明确和强调主题。

4.角色发展

角色的发展和变化是评估主题明确性的另一个关键方面。

角色弧线：角色从故事开始到结束的变化应该与主题有明确的关联。

对比角色：有时候，与主角形成对比的角色（比如反派或配角）也可以用来强调主题。

5.象征与暗示

象征、隐喻和其他文学手法也是评估主题明确性的有效工具。

重复元素：故事中反复出现的物品、场景或短语通常用作象征，以增加主题的明确性。

文化和社会参考：有时候，通过引用广为人知的文化或社会元素，也可以明确或暗示性地强调主题。

电影《教父》是一部在主题方面表现得极为明确且层次丰富的杰作，为我们提供了一个如何在不同层面上突出和明确主题的出色范例。一开始，电影的标题"教父"就为整个故事设定了重要的基调，触发了观众对权力、家庭和道德选择的深思。这一点进一步得到了主角迈克尔·柯里昂初始冲突的强化，他原本是一名不愿涉足家族犯罪活动的人，但因父亲遭到暗杀而被迫卷入一系列与家庭、责任和道德沉沦相关的复杂决策中。

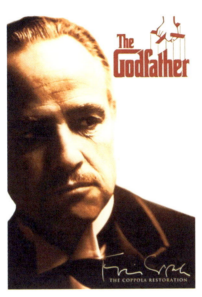

《教父》，1972，美国，导演：弗朗西斯·福特·科波拉，编剧：马里奥·普佐、弗朗西斯·福特·科波拉，主演：马龙·白兰度、阿尔·帕西诺等

迈克尔在电影开始时，对于家族犯罪生活的态度明确，希望远离这种麻烦。但当家族的安全受到威胁时，特别是在他的父亲维托·柯里昂遭到暗杀后，他的道德观念和家族责任发生了冲突。这一转变在迈克尔的台词中得到了体现："我和你在一起。"（I'm with you now）这不仅揭示了他的家族忠诚，还展示了他逐渐沉沦到权力游戏的深渊。

电影的情节进一步加强了这些主题。随着迈克尔越来越深入家族的非法活动，权力的诱惑和代价变得更加明显。他开始使用权力来保护和扩大家族的利益，但这也意味着他必须面对与其他黑手党家族、警方乃至自家家庭成员的冲突和矛盾。迈克尔的转变在其冷酷的决策中得到了展现，例如决定杀死敌对的黑手党领导人和警官。当他说"这不是感情用事，桑尼。这就是生意"（It's not personal，Sonny. It's strictly business）时，我们感受到他是如何为自己的行为辩解，同时也反映了他对家族责任和权力的看法。迈克尔逐渐卷入家族的非法活动，特别是当他选择为家族复仇时，这些主题得到了明确的强化。其与其他黑手党家族、警方以及自家家庭成员之间的冲突和矛盾，都是围绕这几个核心主题展开的。

但电影的高潮不仅在于迈克尔与外部世界的斗争，更在于家族内部的裂痕。在"教父"系列电影《教父2》中，当迈克尔得知哥哥弗雷多背叛了他时，整部影片的情感张力达到了高峰。这一裂痕凸显了家庭的脆弱性，以及权力如何破坏亲情。弗雷多的背叛表明，即使在一个如此紧密的家族结构中，权力的游戏也可能导致家庭成员之间的分裂。迈克尔的愤怒和失望在他对弗雷多说"我知道是你，弗雷多，你伤了我的心"（I know it was you Fredo.You broke my heart）时得到了完美地体现。

在"教父"系列电影故事的结尾，迈克尔接受了成为"教父"的角色，并用冷酷和有策略的手段消除了所有的敌人，巩固了家族的权力，这一系列行动进一步强化了主题，特别是关于家庭与权力之间复杂的相互作用。

同时，影片还通过迈克尔的角色发展和多种象征与暗示（如"橄榄油生意"和"马头威胁"）来进一步加深主题的多维性。综合来看，通过这样的详细分析，我们能更全面地理解《教父》是如何在多个故事层面上成功地明确和强化其主题的，这也解释了为什么这部电影不仅在商业上取得了成功，而且在艺术和文化方面也产生了深远的影响。

（二）主题的鲜明性

鲜明性不仅要求剧本的主题明确、易于理解，还要求主题具有深度和多维度。简而言之，**一个鲜明的主题应该不仅是观众可以迅速抓住的，而且应该有足够的层次和复杂性，让人们能在多次观看或深入分析后，仍能发现新的含义或角度**。我们可以从以下几个角度对故事主题的鲜明性进行考察。

1.角色发展

角色发展通常是一个很好的窗口，用以观察主题如何在故事中得到展现和加强。有价值的电影角色，通常需要遵守三个基本原则：第一，不能刻板定型；第二，要让每个角色，即使是最邪恶、最肮脏的小人也值得同情；第三，不要让你的角色在整个故事中一成不变，要让他们随着故事进展而发展和变化①。**当角色在剧情中经历明显的转变时，他们通常在精神、道德或心理层面得到成长或衰退。这些变化能为主题添加新的层次或深度。**例如，如果一个故事的主题是"复仇与宽恕"，角色在最初可能是被愤怒和仇恨驱使的，但最终可能达到某种形式的宽恕或接受，这样的角色转变会使主题更加深刻。

2.冲突与高潮

冲突和高潮经常是用来强调或复杂化主题的工具。冲突不仅仅是故事的推动力，它也是主题表达的媒介。如果冲突能从不同角度或层次来探讨主题，那么这个主题就更可能是鲜明和多维的。例如，在讨论"个人与社会"的主题中，主角可能首先与社会不公的制度冲突，然后又与家人或朋友的期望冲突，这样多层次的冲突会使主题更加丰富。

3.文学手法

象征、隐喻和反讽等文学手法能极大地增加主题的鲜明性。这些手法通常用于引导观众或读者进行更深层次的思考，使他们从多个角度来解读主题。例如，如果一部作品用"黑暗"来象征"无知"或"恶"，这不仅使主题更加明确，也增添了额外的深度和复杂性。

4.对比与对照

使用对比和对照也是一种有效的方法，它可以强调主题并使之更为鲜明。这通常是通过设置反角色、对立情节或相反的环境来实现的。这些对比和对照有时是直接的，有时则更为微妙，但它们都能增强主题的多维

① 沃尔特.剧本：影视写作的艺术、技巧和商业运作［M］.杨劲桦，译.天津：天津人民出版社，2017：118.

性。例如，在讨论"自由与压迫"的作品中，一个生活在专制制度下的主角和一个生活在民主制度下的主角可能会被用来进行对比。

5.结尾的反思

故事的结尾通常为主题提供一个"最后的词"。**一个好的结尾不仅解决故事中的主要冲突，还在某种程度上回应或总结主题。**最有力的结尾通常是开放式的，允许多种解释或思考，这样可以使主题更加鲜明和深刻。例如，如果一部作品以一个模棱两可的结局结束，观众或读者可能被鼓励去重新思考整个故事的主题和含义。

《蝙蝠侠：黑暗骑士》，2008，美国，导演：
克里斯托弗·诺兰，编剧：乔纳森·诺兰、
克里斯托弗·诺兰、大卫·S.高耶，主演：
克里斯蒂安·贝尔、希斯·莱杰等

让我们以电影《蝙蝠侠：黑暗骑士》为例，来具体分析主题的鲜明性。电影《蝙蝠侠：黑暗骑士》以其复杂的角色和情节赢得了观众和评论家的高度赞赏。其中，影片主题——正义与邪恶的相对性以及英雄与反派之间的模糊界限，也以鲜明且多维的方式得到了展现。以下便是按照主题鲜明性的不同方面进行的分析。

布鲁斯·韦恩（蝙蝠侠）的角色发展明确了电影主题的各个方面。从一开始的正义斗士到后来对自己的角色和行为产生疑惑，他的这一转变在精神和道德层面都有所体现。这一转变不仅使主题的不同层次得到展现，而且增加了主题的深度。

蝙蝠侠与小丑的多次冲突和对决构成了电影的高潮。故事中的冲突不仅围绕蝙蝠侠和小丑之间的直接对抗，更多的是关于人性的探讨。小丑不断制造混乱，试图证明每个人内心都与他一样腐化。例如，他在两艘船上设置了炸弹，让船上的人们做出选择，试图证明人性本恶。这一冲突的高潮不仅加深了主题的探讨，也展现了人性中的光明与黑暗。这些高潮场景进一步强调了关于正义与邪恶、英雄与反派之间模糊界限的主题。通过这些冲突和高潮，主题从多个角度和层次得以探讨，使主题更加鲜明和多维。

影片运用了诸如象征和对比等文学手法，以增加主题的鲜明性。影片中小丑的角色本身就是一个活生生的隐喻。他代表了混乱、不确定性和无序。他的台词："我只是一只追着车子的狗，我没有计划，只是随心所欲。"（I'm a dog chasing cars. I don't have plant, I just do things）展示了他的哲学和动机。此外，蝙蝠侠作为正义的化身，与小丑形成了鲜明的对比，强化了正义与混乱之间的对抗。从而增加了主题的深度和复杂性。

蝙蝠侠、小丑和哈维·丹特这三个角色的存在形成了电影中强烈的对比和对照，进一步突出了主题。蝙蝠侠和小丑之间的对比，展现了秩序与混乱、正义与邪恶的根本对立。而哈维·丹特的转变，为我们提供了一个中间的灰色地带，进一步深化了这种对比。他在成为"双面人"之前与之后的行为和选择都成为人性的反思。

电影的结尾是主题得以最终反思和总结的场所。为了保护哥谭市民的信仰和希望，蝙蝠侠选择承担哈维·丹特的罪行，从英雄变成了逃犯。这不仅让观众思考正义的代价是什么，还进一步加深了主题的鲜明性。戈登局长的台词："我们不配拥有这种英雄，但是我们也需要这样的英雄。"（A hero, not the hero we deserved, but the hero we needed）完美地总结了这一点。这一决策不仅是故事冲突的解决，也是对主题的一种回应和总结。这一开放式的结局为主题提供了多重解释和思考的空间，从而使主题更加鲜明和深刻。

通过对这些元素的仔细考察，我们可以看出《蝙蝠侠：黑暗骑士》成功地在多个层面上明确和深化了其复杂的主题。它不仅考察了正义的多面性，还让我们思考什么是真正的英雄和反派，以及他们之间是否有明确的界限。这种多层次的主题探讨使其成为一部令人回味的经典电影。

（三）主题的时代性

时代性意味着电影或任何艺术作品的主题不仅仅是普遍的，而且是与特定时代背景、社会问题或文化现象息息相关的。作品通过讨论这样的主题，可能会更容易引发目标观众的情感共鸣和深思，从而达到更广泛的影响。

首先，**观众反响是最直接的衡量标准。**我们可以通过对对标影视作品的观察，诸如票房成绩、社交媒体讨论和在线评价等层面参考，了解到目标观众是否真正关心作品涉及的主题。例如，高票房和积极的观众评价通常意味着该作品成功引起了广泛关注。

其次，**社会议题关联也是一项关键的考量因素。**一个作品如果能够触及当下热门的社会议题或文化现象，如性别平等、种族歧视或环境保护等，那么它的主题就具有很高的时代性。这不仅能够吸引更多观众，也意味着该作品有可能在社会层面产生更深远的影响。

同时，我们也需要关注作品的跨文化和跨时代影响。**一个具有高度时代性的主题通常不会局限于特定的文化或社会群体，而是能够跨越不同的文化和时间，激发全球观众的共鸣。**

　　除此之外，媒体报道和学术讨论可以为我们提供更专业、更深入的视角。通过查阅与主题相关的新闻、专栏和学术文章，我们可以更全面地了解这一主题在社会和文化中的定位以及其产生的各种讨论和争议。

　　最后，不可忽视的是，作品在不同社会群体中可能产生的多元影响。这包括不同年龄、性别、种族和职业等群体对主题的不同解读，以及这些解读是否能够引发更广泛的社会讨论或实际行动。

《寄生虫》，2019，韩国，导演：奉俊昊，
编剧：奉俊昊、韩珍元，主演：宋康昊、
李善均、曹汝贞、崔宇植等

　　电影《寄生虫》是一部由韩国导演奉俊昊执导的社会剧情片，凭借其深刻的社会主题和出色的艺术表现赢得了全球观众的热烈反响和一致好评。该电影深刻揭示了社会阶层不平等、贫富差距等问题，是一个与当代社会紧密相连的作品，完美体现了主题的时代性。

《寄生虫》的魅力之一在于它如何巧妙地揭示和批评社会不平等和阶层冲突。电影通过多个镜头和故事线将这些现象细致地呈现出来，从基家与朴家的居住环境对比，明显展现了社会上的经济悬殊。通过基家四口之间的对话，例如，"如果有钱，我也会很善良"，展现了金钱对人性的影响和社会对"成功"的扭曲定义。影片还揭露了对底层阶层的不公和偏见。当朴夫人评论金家女儿金基婷身上的"那种味道"时，这不仅仅是指身体上的气味，更多的是指身份和社会地位。从富裕家庭与贫穷家庭的生活对比，到不同阶层人们之间微妙复杂的互动关系，无不体现社会不平等的多个方面。这种不平等不仅是财富的不平等，还体现在教育、文化资本以及社会机会等多个维度上。

虽然《寄生虫》是一部韩国电影，但其影响力已经远远超过了韩国的国界，其剧作主题触及现下全球共同面对的贫富差距问题、阶层固化问题，形成了跨文化/跨时代的影响。这部电影在全球范围内都受到了极高的关注和好评，这表明它触及了一些普遍的、全人类共有的问题和情感。从这一点来看，电影的主题具有很强的跨文化/跨时代影响。

电影通过"寄生"这一普遍现象，探讨了人与人之间复杂的依存关系，以及这种依存关系如何导致或加剧社会不平等。这样的主题不仅在韩国，在世界上多数地方都有所体现，无论是在经济发达的国家，还是在发展中国家。此外，电影对阶层和社会不平等的描写也具有跨时代的价值，因为这是一个几乎在所有时代和文化中都存在的问题。

总体来说，电影《寄生虫》在社会议题关联和跨文化/跨时代影响两个方面都表现得相当出色，这也是它能够在全球范围内获得如此高度认可的重要原因之一。

综合以上各个方面，我们能够以一个全面和深刻的视角来评价一个作品主题的时代性，进一步了解它是如何与当代社会和文化相互作用、相互影响的。这种全面的考察不仅能够帮助我们更好地理解作品本身，也有助于我们认识到艺术和文化是如何在更大的社会和历史背景下发挥其作用的。

二、主题和剧本角色的适配性

角色是故事的驱动力，但主题是他们行动和决策的指导原则。一个合适的主题能增加角色的深度和复杂性，也能让角色的动机更加合理和引人注目。主题与角色的适配性可以提升故事质量、引发观众共鸣、提高商业价值，并强化剧本的一致性。因此，主题与角色的适配性对于剧本的成功至关重要。

一个合适的主题能够与角色的发展和冲突产生有机的联系，使故事更加连贯和有力。**当主题与角色的动机、目标以及内心世界相互呼应时，剧本的情节和情感将更加一致和具有说服力。**这有助于提升故事的质量，使其更加引人入胜并具有深度。

主题与角色的适配性能够在观众中引起情感共鸣。**当观众看到角色在故事中面临与主题相关的挑战、经历成长和转变时，他们更容易与角色建立情感联系，并从中获取启发和共鸣。**这种情感共鸣将使观众对故事产生更深的关注和投入。

一个与角色适配的主题有助于提升剧本的商业价值。**当观众能够和与主题相关的角色建立深入的情感联系时，他们更有可能被故事吸引并购买相关的产品或服务。**这将为剧本的商业推广和营销提供更多机会和潜力。

主题与角色的适配性可以增强剧本的一致性。当剧本的主题与角色的动机、行为和发展相吻合时，整个故事将更加连贯、统一，各个元素之间的关系和联系也更加紧密。这有助于确保故事的逻辑性和内在的完整性。

（一）角色的目标与主题的关联性

当评估剧本的故事主题与角色适配性时，制片人可以考察一系列因素。其中，角色的目标与主题的关联是一个重要的方面。**主题应该与角色的个人目标和欲望相呼应，从而使角色的决策和行动与主题形成共鸣，使主题能够通过角色的发展和冲突得到真实有效的表达。**

首先，冲突是评估角色目标与主题关联度的重要因素之一。**剧本中的冲突不仅能推动故事的发展，还能让主题得到更好的展现。**角色的目标与主题之间的冲突可以通过角色与主题的相互作用来体现。例如，如果主题是关于个人成长和自我认同的，角色的动机和行为应围绕这个主题展开，通过角色的成长和变化来传达主题的观点。

其次，角色的转变也是衡量角色目标与主题关联度的重要因素。角色在剧本中的成长和转变应与主题相关。主题通常涉及某种价值观、信念或观念的探索和改变，而角色的发展和变化可以有效地传达主题的意义。**角色的目标和行动应与主题的发展相呼应，使观众能够通过角色的经历理解和感受主题的深层含义。**

此外，角色的动机也应与主题相契合。**角色的动机和愿望驱使着剧情的发展，而这些动机应与主题有一定的关联。**例如，如果主题是关于友谊和信任的，那么角色的动机可能是寻找真挚的友谊或建立信任关系。通过角色的动机，可以更好地体现主题的核心思想。

最后，角色的内心世界也应与主题相呼应。剧本可以通过展现角色的情感、思想和内心冲突来传达主题的复杂性和深度。**角色的内心世界应与主题的探索和表达相一致，使观众能够更好地理解和关注主题。**

让我们以电影《海上钢琴师》为例来阐述角色目标与主题的关联。

电影《海上钢琴师》不仅是一个关于音乐的故事，更是对命运、自由、孤独与生命意义的深入挖掘。在朱塞佩·托纳多雷的巧妙导演之下，这部电影用主人公1900的生活经历、情感波折和心灵旅程，将这些具有普遍性的主题展现得淋漓尽致。

首先，冲突与主题的交融。冲突作为故事的核心驱动力，通过1900的内心挣扎，为我们展现了一个与外界格格不入的灵魂。1900从出生开始便被困在"弗吉尼亚号"轮船上。这艘船为他提供了舒适的避风港，但同时也成了他心灵的枷锁。他与真实世界之间的距离不仅是物理上的，更是精神上的。当他在麦克斯的鼓励下，面临是否走出这艘船的选择时，他的回应简单而深沉："对我来说，陆地是艘太大的船。"（Land is a ship too big for me）这句话反映了他对未知世界的恐惧和疏离。正是由于这种冲突，电影才引人入胜，吸引观众对主题进行思考和探究。

《海上钢琴师》，1998，意大利，导演：朱塞佩·托纳多雷，编剧：亚利桑德罗·巴里克、朱塞佩·托纳多雷，主演：蒂姆·罗斯、普路特·泰勒·文斯等

其次，角色的转变在于音乐与灵魂的觉醒。电影中，1900的每一次钢琴演奏都是他与世界沟通的桥梁。他通过音乐释放情感、传达思想，与乘客们建立了超越语言的连接。在与爵士钢琴手的音乐对决中，1900的表演充满了激情和自由，这一刻他仿佛超越了轮船的物理界限，与整个宇宙建立了联系。但即使他的音乐天才被世人认可，他的心仍然被困在那片狭小的海域。他说："琴键有始有终，你知道它有88个键。琴键有限，你却是无限的。"（The keys begin, the keys end, you know there are 88 of them.

They are not infinite，you are infinite）我们可以感受到他的心灵是如何通过音乐飞翔的，但他的身体仍然被困。

再者，动机与主题的相遇。1900在轮船上虽然拥有众多的听众和粉丝，但真正的挚友只有麦克斯。他们之间的友情，为电影增加了人情味。1900对麦克斯坦言："我在这艘船上出生。"（I was born on this ship）从这句话中，我们可以看出1900对稳定的和熟悉的环境的依赖，以及他对外界的不信任和畏惧。

最后，角色的内心世界是孤独与探索的。尽管1900在轮船上享有盛名，但他的内心世界却充满了孤独和疑惑。当一位美丽的女乘客进入他的生活，他开始对外面的世界产生向往，但他最终仍然无法克服自己的恐惧。这反映了他对未知的好奇和渴望，但也暴露了他的犹豫和软弱。

总而言之，《海上钢琴师》成功地将角色的情感、冲突和转变与深沉的主题融合在一起，为我们提供了一个既富有情感深度，又具有哲学意味的视觉盛宴。

综上所述，评估剧本中故事主题与角色的适配性时，制片人需要考察角色的目标与主题的关联。冲突、转变、动机和内心世界都是评估这种关联的重要因素。只有当角色的目标与主题紧密相连，剧本的质量和一致性才能得到提升，故事的吸引力和影响力也会增强。因此，制片人在评估剧本时应该考虑这些因素，以确保主题与角色的适配性达到最佳效果。

（二）角色的内在矛盾与主题的冲突

当创作一个引人入胜的故事时，角色的内在矛盾和冲突在与主题的探索相呼应方面起着重要的作用。这种相互关系能够增加故事的复杂性和深度，使观众更加投入，并为其提供思考和共鸣的机会。

首先，让我们来探讨角色的价值观和道德抉择。在故事中，当角色面临道德困境时，他们必须做出艰难的抉择。这些抉择可能涉及伦理、正义、善恶等方面的问题。**通过角色在困境中的选择，我们能够深入了解他**

们的内心矛盾和挣扎，同时也能与主题中关于道德和伦理的探索相呼应。观众通过角色的抉择，可以思考并对自己的价值观进行反思。

其次，角色的内外矛盾也是一个关键的创作元素。**角色可能面临与内心冲突和外部环境或其他角色的期望之间的对立。这种内外矛盾推动着角色的成长和变化，同时也加深了故事的复杂性。**这个冲突可以与主题中关于自我认知和社会压力的探索相呼应。观众可以通过角色在不同力量作用下的决策，思考个体在社会中的定位和自我实现的困境。

角色的内在矛盾还可以涉及欲望和责任之间的冲突。这种矛盾将角色放置在对自我实现的渴望与对家庭或他人的责任之间。这种冲突与主题中关于个人选择和责任的探索相呼应。**观众可以从中思考到底何为真正的幸福，以及个人选择与他人关系之间的平衡。**角色可能会经历着内心的纷争和挣扎，最终在这个过程中找到自己的真正身份和目标。

同时，角色的内在矛盾也可以是内心斗争的反映。**角色可能面临着自我认知的挑战和成长，通过对自我意识的拓展而展示出来。**这种冲突与主题中关于自我发现、自我超越和成长的探索相呼应。角色可能会经历着一段人生的旅程，通过克服内心的障碍和挑战来实现个人的成长和发展。

最后，角色的内在矛盾还可以涉及情感和目标之间的冲突。**角色可能陷入爱情和事业、个人关系和追求之间的选择困境。这种冲突与主题中关于爱与野心、个人关系和追求之间平衡的探索相呼应。**观众可以思考这种平衡是否存在，以及在面对不同选择时个人的取舍和付出。

通过综合考察以上创作元素，我们可以塑造出富有内涵、引人入胜的角色。这些角色的内在矛盾与主题的冲突相互交织，使故事更加深入地探索和展开。观众将从中获得思考和共鸣的机会，增加对人性复杂性和道德抉择的理解。这样的故事能够引发观众的情感共鸣，并激发他们对生活中价值观、道德和人生选择的思考。

让我们来谈谈电影《剪刀手爱德华》中的角色与内在矛盾。

《剪刀手爱德华》是蒂姆·波顿导演的一部经典电影，主角是一个被制造出来的机器人艺术家，名字叫爱德华。他有着尖锐的剪刀手，没有真实的手指，因此他在和外界交互和表达情感上面临着巨大的困难，通过展现主人公爱德华的内在矛盾和挣扎，影片深刻探讨了接纳、爱与外貌判断等主题。

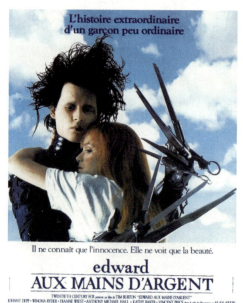

《剪刀手爱德华》，1990，美国，导演：蒂姆·波顿，编剧：蒂姆·波顿、卡罗琳·汤普森，主演：约翰尼·德普、薇诺娜·瑞德等

首先，爱德华的外表与他内心的温柔善良形成鲜明的对比。爱德华因其独特的剪刀手外貌和善良的内心而成了一个复杂的角色。他第一次进入城镇时，虽然受到了佩格的接纳和理解，却也引起了其他人的恐慌和误解。佩格的台词表达了对爱德华内在善良的认识和对社会偏见的不认同，凸显了角色的内外矛盾。这与主题中关于外貌判断和真正的善良之间的冲突相呼应。这种外在与内在之间的矛盾使爱德华常常陷入孤独和被误解的境地，同时也引发了观众对外貌与内在本质之间的思考。

其次，爱德华面临着爱与社会的压力之间的冲突。他爱上了一个年轻女孩金，但金所处的社会对爱德华持有偏见和恐惧。爱德华对金的爱充满了渴望和真诚，但他的剪刀手成为他们之间的障碍。这导致金在对待爱德华时的矛盾心理，她既受到自己的感情吸引，又受到他人对爱德华的压力和怀疑。爱德华的台词"我无法拥抱你"既表达了对自己局限的认识，也表达了对爱的深切渴望，反映了角色内心的矛盾和挣扎。观众可以从中思考社会对不同的外貌和差异性的态度，并思考对真爱的追求是否应该受到外界因素的影响。

最后，爱德华还经历了人性的复杂性与社会偏见之间的内在矛盾。尽管他拥有艺术天赋和无私的善良，但由于他的特殊外貌，他常常被误解、欺凌和利用。他需要在面对这些负面情绪时保持自己的善良，并积极地寻找自己的存在意义。观众可以思考人们对于不同和异常的态度，并思考如何看待他人的差异并给予包容和理解。

通过展示爱德华的内在矛盾，这部电影引发了观众对外貌、社会偏见、人性和爱的思考。观众可以从中获得关于真正的美和善良的重要性的启示，并思考如何在面对社会压力和差异时保持自己的独立思考和人性的温暖。

（三）角色的发展与主题的演进

当探讨电影中角色的发展与主题的演进时，有几个因素可以被考察。**这些因素包括角色的内在冲突和困境、互动关系、外部事件和环境的变化，以及角色的反思与成长**。这些因素相互作用，共同推动着角色的发展并演绎出主题的深化。

首先，内在冲突和困境是角色发展与主题演进的关键线索之一。**角色所经历的内心斗争、矛盾和困惑，将引出故事中核心的主题**。通过面对这些冲突和困境，角色会逐渐解决问题、成长和变化，从而传达主题的观点和意义。例如，在一个关于勇气的主题中，主人公可能面临选择是否战胜恐惧并采取行动的困境，通过克服自身的内在冲突，来展现出勇气的力量。

其次，角色与其他角色之间的互动和关系对于主题的演进至关重要。

这些关系可以推动角色的发展，使其面临更多的挑战和转折。**角色在与他人相处中表现出来的态度和行为也能深化主题的探索**。例如，在一个关于友情的主题中，通过主人公与朋友之间的互动，角色会体验到友谊的真挚和价值，并在与朋友之间的交往中逐渐成长。

再次，**外部事件和环境的变化也会促使角色的发展和转变，同时为主题提供更多的可能性**。这些事件和环境的变化会对角色产生影响，引导他们做出不同的选择和行动，从而推动故事的发展和主题的探索。例如，在一个关于自由与压制的主题中，主人公可能面对社会状况的变化，通过应对自由被剥夺的局面，展现出对抗压迫的勇气与决心。

最后，角色的反思和成长过程也是主题演进的重要组成部分。**角色通过思考和观察自己的经历，逐渐认识到主题所传达的价值和意义，并通过改变和成长来回应这些意义**。角色的反思和成长可以通过内心独白、情感表达以及行为的转变等方式来展现。

让我们以电影《阿甘正传》为例来详细解说角色的发展与主题的演进。

当代经典电影《阿甘正传》是一部以阿甘·汤普森为主角的励志影片，影片通过描绘阿甘的生活和经历，展现了毅力和坚持不懈的主题，并探索了人生的意义、友情、爱情、个人成长以及历史变迁等多个方面。阿甘的人生充满了起伏，而他的角色发展与电影主题的演进紧密相连。

影片的主题之一是毅力和坚持不懈。阿甘是一个智力有限但心地善良、积极向上的人。尽管他智商不高，但他对生活充满了热情和积极态度。在面对生活中的困难和挫折时，他从未放弃。他的经典台词"生活就像一盒巧克力，你永远不知道你会得到什么"（Life was like a box of chocolates. You never know what you are going to get）体现了他对生活无法预测的认识和乐观的态度。他面临各种挑战和困境，但凭借坚定的信念和永不放弃的态度，最终克服了自己的局限，实现了一系列惊人的成就。这个主题通过阿甘的故事向观众传递了生活中的艰难和困境，并鼓励他们勇敢面对挑战，追求自己的梦想。

Le monde ne sera plus jamais le même
quand vous l'aurez vu
avec les yeux de Forrest Gump.

TOM HANKS
est Forrest Gump

《阿甘正传》，1994，美国，导演：罗伯特·泽
米吉斯，编剧：埃里克·罗思、温斯顿·格鲁
姆，主演：汤姆·汉克斯、罗宾·怀特等

　　阿甘的角色发展和成长是故事的核心。他从一个学习困难的儿童逐渐
成长为足球明星、越战英雄、跑步传奇和创业成功人士。在整个电影中，
阿甘经历了人生的起伏和转变，通过坚持不懈的努力和纯真的心灵，改变
了自己和周围人的生活。观众通过阿甘的冒险和成长，感受到了故事所传
递的启发和感动。

　　电影中角色间的关系和互动对于角色的发展和故事的进展至关重要。
阿甘与他一生的挚友珍妮之间的情感纠葛是电影的一个重要线索。他们从
童年时期的朋友发展到彼此的精神支柱，最终相爱并选择了不同的人生道
路。他与珍妮的深厚友谊和复杂的爱情关系，推动了他人生的重要转折，
并深化了电影对爱情和人性的探索。阿甘对珍妮始终不离不弃的态度，反
映了电影对真挚爱情和忠诚的赞美。他与珍妮的关系也展现了友谊和爱情
在人生中的重要作用。通过这段关系，电影表达了友情、爱情和人生选择

的主题，并探讨了社会变革和个人成长的影响。

《阿甘正传》将阿甘的故事和经历穿插于20世纪美国的重大历史事件中。阿甘亲身参与了民权运动、越战和宇航员登月等事件，在这些历史事件的环境中，他的经历和故事反映了当时美国社会的动荡和变迁。这种环境和历史事件的影响增加了故事的复杂性和真实感，使观众更好地理解角色的成长与变化。

阿甘的反思和成长过程是贯穿整部电影的重要线索。尽管阿甘智商有限，但他对生活的热爱和对人性的深刻理解展示了一个人内心的力量和智慧。他在电影最后对儿子的告别和在珍妮墓前的情感表达，展现了他人生观的成熟和对爱的深刻理解，同时也体现了电影对人生、爱和成长的深刻探讨。

总之，《阿甘正传》通过阿甘的角色发展和主题的演进，讲述了一个普通人如何克服困难和逆境，追求幸福和成功的故事。影片通过阿甘坚持不懈、纯真向上的精神，以及与其他角色之间的关系和环境的交互作用，探索了人生的意义、友情、爱情、个人成长以及历史背景等多个主题，给观众带来了深刻的感动和启发。

（四）角色的情感与主题的共鸣

当创作角色时，与主题的情感共鸣是至关重要的。角色的情感状态应该与主题的情感基调一致，以增强观众对主题的情感共鸣。这涉及一些重要因素。

首先，角色的背景和性格特点对其情感状态有着深远的影响。通过考虑角色的过往经历、家庭背景和个人价值观，我们可以塑造出情感表达方式和体验，确保其与角色内在特点相符合。

其次，明确主题的情感基调也是必不可少的。喜剧片可能追求快乐和幽默，而悲剧片则带有悲伤和悲痛的情感基调。了解主题所要传达的情感基调有助于确定角色的情感走向，使其与主题形成共鸣。

情节的发展和冲突通常会激发角色的情感。通过设置挑战、冲突和转折点，我们可以引发角色情感的起伏和转变，使之与主题的情感基调相辅相成。情节的发展需要与角色的情感发展相呼应，以实现情感共鸣的效果。

最终，观众的情感共鸣是创作的最终目标。观众会依据角色的情感表达和体验来感受主题所传达的情感基调。所以，在设计角色的情感时，我们要思考观众可能的情感反应，并确保角色的情感能够引起观众的共鸣和情感投射。

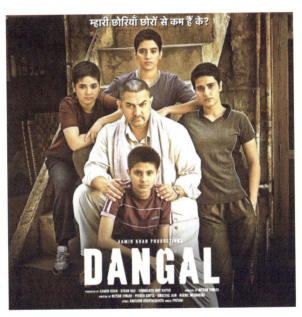

《摔跤吧！爸爸》，2016，印度，导演：涅提·蒂瓦里，编
剧：比于什·古普塔、施热亚·简、尼基尔·麦罗特拉、
涅提·蒂瓦里，主演：阿米尔·汗、法缇玛·萨那·纱卡等

让我们以电影《摔跤吧！爸爸》为例来探讨角色情感与主题的共鸣。

影片主要讲述了前摔跤运动员马哈维亚如何克服社会传统和性别偏见，将自己的两个女儿吉塔和巴比塔培养成为世界级摔跤冠军的故事。在电影中，主人公马哈维亚是一名摔跤手，他的目标是让女儿们成为摔跤冠军。这个主题的情感基调是自我奋斗和坚持不懈。角色的情感状态应该与这个情感基调共鸣，体现马哈维亚作为一名摔跤手，坚持自己的梦想，为之拼搏的特点。

马哈维亚的背景和性格特点也是很重要的因素。他曾经是一名成功的摔跤手，但遭遇挫折后却成为一名教练。他是一个追求胜利和荣誉的人，但也在对女儿们的教育过程中逐渐成长为一个更加关注家庭和亲情的人物。通过对马哈维亚的背景和性格特点的深入分析，可以塑造出更加真实的情感表达方式和体验，确保其与角色内在特点相符合。

情节和冲突也会对角色情感的发展产生影响。在电影中，马哈维亚的女儿们遭受各种挫折和压力，在这个过程中，马哈维亚也经历了情感上的波动和变化，影片同时探讨了摔跤运动中的性别偏见，并展现了在对抗性别偏见的斗争中，他们亲情的发展与深化。电影的情感基调紧扣主题——对抗性别偏见，追求梦想。马哈维亚在训练女儿时，曾说过一句经典台词："如果你赢得银牌，过不了多久，你就会被忘记，如果你赢得了金牌，你就会成为榜样。"这句话表达了他对女儿们潜力的坚定信念，也强调了努力奋斗的重要性。而当女儿们在比赛中克服困难，最终获胜时，她们展现了"不论性别，每个人都有追求梦想的权利"的主题。

在整部影片中，角色的情感起伏与情节紧密相连，尤其是在女儿们开始接受训练、参加比赛的过程中。马哈维亚的严格训练最终让吉塔和巴比塔在全国比赛中获胜，但这并非故事的终点。当吉塔进入国家训练营后，她面临的诱惑更多，压力也更大。她开始质疑父亲的训练方法，并在一次比赛中失败。这一情节凸显了主题中关于挫折和自我怀疑的部分，并展示了角色情感的起伏。最终，吉塔意识到父亲的方法是正确的，她回归到父亲的指导下，并在最重要的比赛中取得胜利。当她在比赛中获胜时，她对父亲说："你的方法是对的，爸爸。"这句台词不仅是对父爱的认可，也是对整个故事情感线的一个总结。通过设置主线剧情和角色之间的互动，剧情发展中的挑战和冲突可以帮助引发角色情感的起伏和转变，与主题的情感基调相辅相成。

最终，观众的情感共鸣是创作的最终目标。观众会依据角色的情感表达和体验来感受主题所传达的情感基调。在《摔跤吧！爸爸》中，马哈维亚所表现出的勇气、不屈不挠的精神和奋斗的理念都是能够给观众带来情感共鸣的因素。同时，电影所呈现的家庭、亲情等主题也深入人心，使观众能够与马哈维亚及其女儿们的情感共鸣，更深刻地体会到电影所传达的情感核心。

通过考虑角色的背景、性格特点，明确主题的情感基调，结合情节的发展和冲突，并关注观众的情感共鸣，我们可以塑造出更加真实、深入的角色情感，增强观众对主题的情感体验。

综上所述，主题与角色的适配性对于制片人评估剧本非常重要。它有助于提升故事质量，引发观众共鸣，提高商业价值，并强化剧本的一致性。制片人可以借助主题与角色的适配性来评估剧本的质量，并做出是否推进该项目的决策。考虑主题与角色的适配性对于制片人来说是必要的，因为它与剧本质量的评估具有关键的关联性。

三、主题在剧本故事情节中的体现

当涉及电影、戏剧或小说时，主题是一个非常重要的元素，它能够传达作品的核心思想和信息。主题通常是与人类生活和情感相关的普遍性观念，对人们的理解和思考产生深远影响。**一个出色的主题应该贯穿于整个故事情节，成为情节发展的精神支柱。**无论是主线还是支线，情节都应该在不同层面上不断强化和深化主题。这样不仅可以增加故事的吸引力，还可以增强观众对主题的理解和接受。在剧本故事情节中，有几种方式可以体现主题。

首先，**人物行为和冲突是一种表现主题的方式。**人物的行为和抉择代表了他们内在的信仰和价值观。当人物面临冲突时，他们的行动会展示出所探讨主题的相关价值观。例如，在一个关于勇气的故事中，主要角色可能会面临选择自甘堕落还是勇敢面对困难。他们的决策和行动将表现出与勇气主题相关的信念和价值观。

其次，**对话和对白也是表现主题的重要方式**。通过对话，人物之间的交流可以直接或间接地传达主题。这种交流有助于观众更好地理解和关注主题。例如，在一部描绘家庭纠纷的电影中，主题可能是爱与权力的冲突。通过人物之间的对话和互动，观众可以深入了解该主题的内涵和影响。

再次，**情节的转折和发展也是展现主题的方式之一**。随着情节的推进，主题也会随之变化和深化。情节的发展揭示了主题的不同侧面和细节。例如，在一个关于自我探索的故事中，主要角色可能在经历了一系列的冒险和挑战后改变了自己的信念和理解。这种情节发展使主题变得更加具体和引人入胜。

符号和隐喻也是表现主题的一种方式。通过使用特定的符号和隐喻，作者可以代表某些特定的意义，并以此传达主题的信息。这些符号和隐喻可以生动地展示故事中的主题，并让观众感受到主题所传递的情感。例如，在一部关于自由的电影中，蝴蝶可能被使用为自由的象征。通过在故事中出现蝴蝶并赋予其特定含义，作者可以通过符号来传达和加强主题。

最后，**故事结构和情节安排也是表现主题的重要方法**。整个故事的起承转合应该有助于主题的发展和深化，使主题在故事中得到充分体现。**作者可以通过巧妙地安排情节的顺序和结构来使主题的意义更加清晰和深刻**。例如，一个探索关于勇气的主题的故事可能会以主人公面临一系列挑战的方式展开，情节的高潮将是主人公最终展现勇气的时刻。

让我们以电影《三傻大闹宝莱坞》作为案例分析。

关于人物行为和冲突，影片的主要人物们共同面临着追求自由、追求梦想及不受社会规范束缚的冲突。通过主人公兰乔的行为和冲突，影片表现出对传统教育观念的质疑和对创新精神的推崇。兰乔认为应该追求知识和对工作的热爱，而不是盲目追求分数和学位。在电影的一开始，他就用"追求卓越，成功自然会跟随"这样的言论来启发他的同学，这反映了他对教育和生活的独特见解，强化了电影关于教育和成功的主题。法兰、拉杜与兰乔三位主人公的行为展现了年轻人在追求自由和实现梦想上的冲动，以及在求学过程中所面对的压力、竞争和困难的挑战。

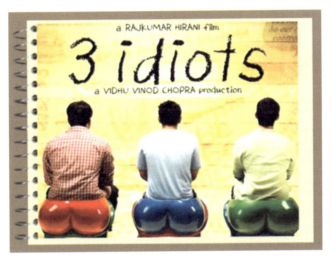

《三傻大闹宝莱坞》，2009，印度，导演：拉吉库马尔·希拉尼，编剧：维德胡·维诺德·乔普拉、拉吉库马尔·希拉尼、阿希贾特·乔希，主演：阿米尔·汗、卡琳娜·卡普尔等

　　关于对话和对白，对话和对白在电影中发挥了重要作用。通过兰乔和其他角色之间的交流，电影直接传达了对传统教育观念的质疑，以及对追求真正热情和幸福的倡导。例如，兰乔对他的朋友拉杜说："学习是为了完善人生，而非享乐人生。"（Study to be accomplished, not affluent）这句话深刻地表达了电影对于教育和生活目的的看法。掀起了对传统教育体制的探讨和反思。与此同时，他与其他角色之间的对话也表达了关于友情、自由和价值观等方面的思考和探索。

　　关于情节的转折和发展，故事情节的转折和发展揭示了主题的演变与深化。随着故事的发展，兰乔和他的朋友们逐渐认识到，追求自己真正热爱的事物比盲目追求传统意义上的成功更重要。电影的高潮部分是他们找到了失踪多年的兰乔，并且看到了他如何按照自己的方式找到了幸福和成功。这个情节的发展加深了电影对教育和人生选择主题的探讨。而整个故事从三位主角在校园里旁若无人的探险和恶作剧，到最后他们的成长和成就，展示了如何在保持自我价值的同时实现梦想，以及如何克服困难和挫折。

关于符号和隐喻，从背景设定上看，通过使用工程学院这个特定环境作为背景，电影运用了符号和隐喻来强化主题。工程学院代表了传统和刻板的教育体系，而兰乔的非传统方法和对生活的独特见解则代表了一种新的、更加人性化的教育和生活方式。电影中还使用了几个符号和隐喻来传达主题。例如，兰乔制作的"飞行器"不仅是他创新精神的体现，也成了其追求梦想和自由的象征。象征着自由可爱的羊和鸟的形象表达了对追求自由和无拘无束的渴望。另外，寓意着承受压力、拼搏奋斗的岩石图像也象征了奋斗的勇气和决心。

关于故事结构和情节安排，整个故事呈现为一系列有机结合的事件，采用回忆和闪回的方式交织展开。这种故事结构使观众深入了解到主题所要表达的更深层次的意义，即追求自由、实现梦想和拼搏奋斗。

《三傻大闹宝莱坞》通过人物行为、对话、情节发展、符号和隐喻以及故事结构等元素在剧本故事情节中生动地体现了年轻人在追求自由、实现梦想和不被社会规范束缚的冲突，以及面对压力、竞争和困难时如何拼搏奋斗。这部电影通过调皮幽默和温馨感人的故事情节引发观众对价值观、教育体制和自我实现等问题的思考。

总结起来，剧本的艺术性评估主要聚焦于如何将中心主题融入故事情节，以及这一主题是否能通过人物行为和冲突、对话和对白、情节的转折和发展，以及符号和隐喻等方式得到有力的展现和传达。这些评估方向不仅帮助判断剧本的深度和观众的共鸣度，还能进一步探讨其市场潜力和观众接受度，确保作品能在艺术与商业之间找到恰当的平衡点。在这个过程中，制片人能通过深度挖掘和精准呈现主题，将其艺术性和商业价值最大化，使作品在竞争激烈的市场中凸显出来。

第三讲 故事的砖瓦：分析评估剧本内容的基本元素

　　故事是房子，其中的元素就是砖瓦，在对剧本的类型、梗概与主题进行考量之后，制片人需要进入内容的中心，了解"房子"的重要性，为什么要搭"房子"，以及用什么搭"房子"。

　　人们为什么需要故事？故事之所以重要，是因为所有人的生命都需要故事来填充。人的生命本身就是故事的组成部分，人的生命历程本身即可以成为故事。人类了解故事的过程就是与同为生命个体的其他人类的交互过程，人作为社会性动物需要故事来作为自己有限生命的补充。故事能让人们在精神上经历不同的际遇与体验，获得他人的生命经验。故事是人类历史与经验的载体，失去了故事，人类就失去了传承、失去了知识。当人阅读故事的时候，不仅获得了故事传承下来的客观知识，还获得了情感上的体验、释放与共鸣，因此，不论功利与否，故事的确能使人获得全新的境遇和体验，让人感受到温柔与美好。就如治愈全网的那则短故事，一个贫穷的诗人遇到一个盲人乞丐，无法给予钱财的诗人在乞丐面前的纸板上写了一句话，结果乞丐收到的钱比以前多了许多，那句话是"春天就要来了，可惜我看不见"。

　　由此也引出了本讲所要介绍的故事各元素，即房子的"砖瓦"：人物、激励事件、目标、冲突、转折、高潮与结局。理性元素的搭建传递出人类的感性认识。作为文字载体，故事是高逻辑性和高复杂性的，一个故事就是一个世界，制片人对理性元素的细致理解能够辅助其在电影制作各个阶段做出明智的决算。对元素的掌握能使制片人在剧本内容评估过程中，一方面，有相应的叙事流程参照，在大方向上确认剧本的完整性和叙事有效性；另一方面，能与导演、编剧互通有无，在保证作品文化深度的基础上进行商业开发。此外，评估故事的复杂性和投拍规模，划分每个元素的重要程度，例如高潮元素和冲突元素在不同影片中的占比，进而在前期规划中就预留出足够的资金和摄制时间。

因此，本讲将从"砖瓦"出发，帮助制片人解构故事中那些大众熟知的、极易被吸引的，但又不知为何被吸引的关键元素。使制片人在自身知识体系中构建一个有逻辑性和连贯性的故事体系，从而在日后电影制作的方方面面做出明智的决策，为整个制作团队提供清晰的指导方向。

一、人物

1.人物对于故事的意义

人物是推动故事成型的关键，是故事的**执行者**与**载体**。故事中的绝大部分元素，如超级目标、冲突等是建立在主人公身上的。事乃人为，人乃事所系也，人物与事件密不可分。著名小说家亨利·詹姆斯曾在《小说的艺术》（*The Art of Fiction*）中提出了一个文学问题："除去事件的结果，人物是什么？除去人物说明，事件又是什么呢？"①意在强调事件本身并非最重要的，而是通过事件如何影响人物来展示故事的意义和价值。

故事的产生基于人的情感、欲望和社会现实生活。电影这种媒介天然就具有真实性的特质，正如安德烈·巴赞所说，电影是现实的渐近线。因此，在进行创作时，不论是客观地反映社会现实生活，还是主观地表达人

① JAMES H.The art of fiction [J]. Longman's Magazine，1884（9）.

的情感和社会生活的看法，都势必会有人的参与。因此，**表达人性也就成为创作的一大目的，没有人也就没有故事**。同时，电影吸引观众的一大特点是它的戏剧冲突，而**大部分的冲突都是以人的情感、欲望作为原动力的**，因而电影自然就需要人物作为表达的基本介质。

在电影中，绝大部分作品都是讲人物的故事，哪怕关于动物，其实也都是**拟人化、象征性地讲人的故事，传递人的情感**。例如，皮克斯的动画短片《魔术师和兔子》，片中兔子作为拟人化的动物，承担了故事发展的主要推动者。兔子出于对食物的渴望和魔术师对事业的渴望形成一对简单有效的冲突。如果兔子仅作为工具，这一故事就变成了动画版的魔术表演，失去了故事的魅力。正是兔子形象的成功塑造，才让这个五分钟的短片妙趣横生。

《魔术师和兔子》，2008，美国，导演：道格·斯威特兰德，
编剧：瓦莱丽·拉普安特等

2.故事中的人物角色及其作用

故事中的人物是指在故事情节中**扮演特定角色、具有一定性格和行为特征的虚构个体**。他们是故事的主要组成部分，通过他们的行动、言语和思想，故事得以发展。

各类人物在故事中有不同的角色和功能，首先要确定故事的主要人物，即这个故事是关于谁的。**主要人物**是故事的核心角色，他们承担着故事的主线任务和冲突，是观众最为关注和关心的角色。**次要人物**则是在故事中提供支持和衬托，充实故事的背景和细节，为主要人物提供援助或阻碍。

《训练日》，2001，美国，导演：安东尼·福奎阿，编剧：大卫·阿耶，
主演：丹泽尔·华盛顿、伊桑·霍克等

在安东尼·福奎阿执导的电影《训练日》中，深谙社会法则、办案手法亦正亦邪的警局老油条阿罗佐和与初来乍到、心中还充满正义的毛头小子杰克之间形成了强烈的矛盾。影片符合三一律的剧作原则，以杰克第一天上班的所见所闻为线索，展现了杰克为代表的大众朴素的情感价值判断与阿罗佐代表的真实世界的区别。两人的身份、价值观都天差地别，单纯地描写某一个人似乎难以构成足够有趣的矛盾，表达影片主旨，但合乎逻辑与情理同时又十分符合剧作特征的人物设定，使观众在有代入感的共情中体会到了与杰克一样的心理震撼。

3.好的人物对故事的重要性

故事的叙事动力与人物相关，无论是人物的内在生活还是外在生活，都是为了增加故事吸引力。以王竞老师的"斜坡球法则"①来说明，则是斜坡对应着故事的危机程度，斜坡越陡峭，故事吸引力越大。而人物作为斜坡上即将滚落的"球"，其质量越重，故事吸引力越大。因此，在危机程度不变时，优秀的、质量大的人物形象可以使影片更具磁场与张力，将影片主题清晰地呈现。**好的人物是指人物性格突出、具有普遍的共性与独特个性的典型人物**，人物在故事中能形成一个独立的世界，鲜活明亮，完满有生气。

　　例如，影片《小丑》就是"大球—缓坡"模式，主人公亚瑟的成功塑造是近年来人物对故事正面影响的典范。

《小丑》，2019，美国，导演：托德·菲利普斯，编剧：托德·菲利普斯、
斯科特·西尔弗等，主演：杰昆·菲尼克斯等

　　在这一虚构的、与客观社会距离较远的故事中，亚瑟的职业色彩明显，他刚开始是一个怯弱隐忍、对未来抱有美好幻想的理想主义者。作为一个使别人发笑的小丑，亚瑟的内心情感却十分贫瘠，他孤独、压抑、不被理解、不被认同，在经历了社会歧视、戏剧舞台的羞辱以及与母亲、同

---

① 王竞.故事片创作六讲［M］.成都：四川文艺出版社，2018：78.

事、幻想中的情人等关系破裂之后，亚瑟产生了巨大的心理转变，他变得偏执、疯狂，有非常强烈的能动性，且有非常完整的、不同于公共认知的自我世界观。如此的情感变化以及行为反应为故事提供了情感上的驱动力和紧张感，决定了故事的发展和氛围的营造。

"小丑"亦是个被赋予了象征意义的人物。他代表着社会中被遗忘和边缘化的群体，是受害者，同时也是无视社会规则的加害一方。这一转变的结果是完全符合亚瑟的经历的。故事本身就是描述小丑人物的转变，**故事戏剧发展的核心就是亚瑟本身**，导演在花费大量精力叙述小丑的人物转变的心理契机时，就相当于完成了故事本身。因此，人物弧光完整、心理动机明确、台词和动作符合逻辑的亚瑟，轻而易举地将观众俘获，他的成长过程、堕落和最终的转变，逐步引发观众对善恶的边界、社会的漠视与不公以及人作为个体的心理困境的探索与深思，升华了电影的意义，使之更具有触动性。

因此，如上述所说，人物的饱满塑造是使电影完满的关键，人物形象丰富了故事的背景和环境，同时无形中营造了可供观众产生情感共鸣和思考的空间，他们推动了情节的发展并以此深化故事的内涵。每个成功的剧本都有一个或若干出彩的人物，往往也是他们让观众记忆犹新并在日后反复品味。

二、激励事件

1.什么是激励事件？

激励事件对于勾连故事整体而言，是"会与其他事物产生勾连关系的具体事情或活动"[①]，其具体要义是指在故事情节中**符合剧情发展要求，且对人物的心境和人物行动产生巨大刺激，从而使得人物进行巨大转变的或偶发或必然的事件**。激励事件使得故事开始运转，它首先打破人物生活的

---

① 菲尔德.电影剧本写作基础［M］.钟大丰，鲍玉珩，译.北京：世界图书出版公司，2012：111.

平衡，从而激起人物的欲望——恢复平衡感和对生活的控制感，随后推动人物去求索目标——某种能帮助其实现欲望的东西。①因此，激励事件大多是人物原计划之外的，是突发的，该事件会刺激人物的心理与肉体，赋予其强大的行为动机，使得人物在巨大的压力下完成心理转变。因此，它为人物的最终目的提供理由，也是催发人物弧光的催化剂。

激励事件可以是单一的，也可以是由一连串的密集事件组成的。激励事件在电影中有明确的信号，因此它的时间节点也是划分故事进展的标志之一。

2.激励事件在故事中是如何作用的？

大部分故事片都是以人物为绝对中心的，人物的心理和行动、台词都符合"本色当行"的原则，人物就会清晰稳定地立住。因此，对于人物的塑造和其心理层面的描写就要极尽真实，所有的人物都具有自己的个性，也具有广泛的共性。电影中的人物往往呈现出一种独特的个人场域，这种场域是人物心理活动的外化，是由动作、台词共同构成的。然而，**当激励事件出现的时候，人物的原本状态被打破，他的内心产生巨大的波动，外化为新的动作、台词、行为**。所有的戏剧动作都符合激励事件本身的强度以及人物的反应，因此激励事件在极大程度上完成了人物的重塑和观众观影心理的转换。人物在故事中如此重要，以至于他的一言一行都会影响故事的叙事方式，而激励事件正**赋予了主人公行为转变的动机**，从而推动了故事发展。

例如，在大卫·柯南伯格导演的《暴力史》中，已经隐退的昔日黑帮杀手汤姆，在一连串的激励事件中，变成了他想刻意隐瞒的过去的自己，属于"逼上梁山"的人物境遇。汤姆花费三年时间隐姓埋名，却因为反杀了一对前来劫杀餐厅的暴徒而被推到聚光灯下，接着在媒体报道出名后被昔日的仇家找上门。在激励事件中，他始终处于极度被动的地位，激励事

---

① 麦基.故事：材质、结构、风格和银幕剧作的原理［M］.周铁东，译.天津：天津人民出版社，2016：350.

件改变了故事的走向，触发了主人公的内心冲突和秘密的揭露，其程度足以让观众感同身受，从而为他的转变提供了合理的动机，而故事也在他面临的一系列困境中不断向前推进。

《暴力史》，2005，美国，导演：大卫·柯南伯格，编剧：乔什·奥尔森，
主演：维果·莫腾森、玛丽娅·贝罗等

《健听女孩》，2021，美国，导演：夏安·海德，编剧：夏安·海德、
维多利亚·贝多斯等，主演：艾米莉亚·琼斯等

又如，在奥斯卡获奖影片《健听女孩》中，高中女孩鲁比作为一家四口中唯一拥有听觉的妹妹，每天都要帮父母和哥哥进行翻译，操持捕鱼生意以维持生计。在一家人的协作已成为日常，全家默认鲁比会一直留在家

中，留在这样的生活里，一同过如此波澜不惊的生活时，鲁比加入了高中合唱团并因为出色的天赋被合唱团教师弗兰克发掘。此时，这个激励事件不只打破了鲁比一人平淡的生活，还使整个聋哑家庭陷入迷茫和焦灼。鲁比由此发现自己想成为演唱者的梦想，为此整日周旋奔波在训练与捕鱼事务之间，最终弗兰克让鲁比在梦想和家庭之间做一个选择。激励事件让鲁比面临着对抗家人期望的决定，她对音乐的热爱和超越聋哑身份的渴望改变了原来的生活进程，展示了鲁比作为主角的成长。

如此，激励事件就是剧作者置放的一个"钩子"，在勾起故事中人物探索情绪的同时，勾起银幕外观众的好奇心。同时观众通过激励事件，对未来可能会发生的危机以及转折产生一定预期，不论故事发展是否如观众所料，合适的激励事件都能够满足观众一部分的审美期待。

3.激励事件在故事中的定位

激励事件作为人物开启新旅程的导火线，一般会出现在故事开头阶段或者故事进行一段时间后，但不能滞后出现，以免观众因得不到新信息而产生倦怠感。例如，在《我不是药神》中，故事的四分之一处，激励事件即徐峥饰演的药贩子在因为没钱续租以及儿子将被送出国的情况下开始贩药。此外，激励事件要有足够的力量**推动叙事进入新的节点**。

在电影《东方的承诺》中，开头便抛出激励事件。主人公安娜是一个年轻的助产士，圣诞节，一个14岁的俄罗斯少女因难产而死。俄裔少女的死亡以及她留下的孩子刺痛了有过流产经历的女主安娜的心，在她发现少女手臂上细密的针眼后她意识到事情并不简单。为了翻译少女唯一的遗留物——日记，寻找更深入的信息，安娜才去日记中提及的餐馆寻找老板以解惑。这个激励事件成为整个故事的驱动力，推动着安娜涉足危险的黑暗世界，不仅为观众揭示了安娜背后的动机和价值观，同时也为故事设定了一个紧张刺激的起点。观众能够从一开始就与主人公建立情感联系，并期待她在黑暗世界中的旅程。

《东方的承诺》，2007，英国，导演：大卫·柯南伯格，编剧：斯蒂文·奈特，主演：维果·莫腾森、娜奥米·沃茨等

因此，高质量的激励事件是产生好故事的关键一步，激励事件能够创造"到达生活极限的机会"，[①]给予观众新奇的观影体验，它是故事发展的推动力，也是主人公成长和冒险的源泉。

三、超级目标

1.什么是超级目标？

在激励事件打破人物的生活平衡之后，人物当下的急迫点就是恢复平衡，重新掌握自己的生活，他们通常会构想出一个**欲望对象，"一种物质的、情境的或观念的东西"，**[②]这正是人物觉得要使自己的生活重新回归正常的东西，正是故事中人物的超级目标，它会贯穿整个故事，勾连每一条线索，使得所有动机为它所用，最终成就它。

在影片《逃离德黑兰》中，事业每况愈下且面临着与妻子感情破裂的托尼，他迫切地需要一个扭转生活重心的事件，于是他争取到了营救任

[①] 麦基.故事：材质、结构、风格和银幕剧作的原理［M］.周铁东，译.天津：天津人民出版社，2016：385.

[②] 麦基.故事：材质、结构、风格和银幕剧作的原理［M］.周铁东，译.天津：天津人民出版社，2016：355.

务。在影片中，表面的超级目标是把美国人从德黑兰带回美国，从而进行的一系列营救计谋。这一目标承载了影片主要矛盾和大量叙事重心。而B故事的超级目标则是托尼对当下生活的不满和反抗，以及想要让自己的生活重回正轨的强大渴望，显然，在结局中，他与妻子的重归于好也使他的个人超级目标得以达成。

《逃离德黑兰》，2012，美国，导演：本·阿弗莱克，编剧：克里斯·特里奥、约书亚·比尔曼等，主演：本·阿弗莱克、布莱恩·克兰斯顿等

2.超级目标的定位与作用

超级目标是故事的核心推动力，是打破人物平静生活的重要理由，人**物所有的行动都是为了达到该目标**。在故事层面上，人物对完成目标的渴望构成了故事的剧情主线，即大部分的剧情展开以及剧情走向都是围绕着主要人物在完成超级目标的过程中遭受的阻碍与困境，以及他们所做的行动和努力。因而故事的精彩程度也跟超级目标之于人物的合理程度息息相关。

例如，在《洛奇》中，史泰龙扮演的拳击手为了赢得比赛不断努力，整个故事也围绕着他的目标展开。而达成冠军的难度显而易见，但对于这一角色又合情合理，即这一目标距离角色有一定距离但又保持了可以达成的可能性，因而目标真实可信，角色行为动机充分，不断牵动观众的心弦。而在"007"系列中，虽然目标远大于普通人可以完成的程度，但对于詹姆斯·邦德而言又是通过努力和巧合可以完成的，因而也具有较强的合理性。

《洛奇》，1976，美国，导演：约翰·G.艾维尔森，编剧：西尔维斯特·史泰龙，主演：西尔维斯特·史泰龙、塔莉娅·夏尔等

《博很恐惧》，2023，美国，导演：阿里·艾斯特，编剧：阿里·艾斯特，主演：华金·菲尼克斯、帕蒂·卢波恩等

超级目标加强了人物的矢量，从而加强了人物对观众的黏性，让观众的心跟着人物走。例如，在电影《博很恐惧》中，博的目标就是回家

找妈妈，这一目标从头至尾都极其明确，但又不十分强烈，而这一在情绪上并不强烈的目标之所以具有如此强大的驱动力，是因为作者将其构建成了恐惧的外表，即博的真实目标是对恐惧的逃离，对母亲权威的恐惧，对伤害、疼痛的恐惧。这种隐形但无比强大的原动力驱使着博不断采取行动。这一超级目的深化了电影主题，即社会权力通过对性的压抑来控制作为自然人的人本身，使人产生异化。影片中被母亲剥夺性自由的博，其展现出的是一种对权力的天然抗拒和对包括性自由在内的个体解放的渴望。

总而言之，人物的目标是人物为恢复生活的平衡而进行不懈努力的动力，它是整个故事的中枢，是将其他要素融为一体的统一力量。一个清晰的目标能串联起故事碎片，让观众更好地理解事件发展，同时追求和实现目标，人物的性格和价值观得以展现，由此更加丰满。

四、冲突的原理

1.冲突与故事的关系

冲突是故事的**主体部分**，没有冲突，故事就会维持在没有变化的状态，仅有时间的流逝，故事自然也不能向前进展。因而无论如何冲突在故事中都是极度重要且必要的，冲突之于故事，正如空气之于人体。与其说冲突组成了故事，毋宁说冲突就是故事本身。当然，其他诸多要素也组成了故事，但都没有冲突来得这么重要。

冲突在故事中的**时长、激烈程度、出现的时机**，都十分需要妥善的安排。冲突时间过长，观众的情绪一直处于紧张中得不到疏解，会很快疲劳。冲突时间短，无法调动观众兴趣，电影将变得与大众生活同质化，故事就会失去魅力。冲突出现的时机、频率也都十分重要，观众的观影兴趣和注意力几乎可以说完全由冲突来调动，因而在电影时长内合理安排冲突的出现是十分重要的。

《爆裂鼓手》，2014，美国，导演：达米恩·查泽雷，编剧：达米恩·查泽雷，
主演：迈尔斯·特勒、J·K.西蒙斯等

例如，在影片《爆裂鼓手》中，一心希望成为顶级鼓手的少年安德鲁和偏执导师弗莱彻之间的冲突，从前期关注的打压逼迫式教育方式是否妥当，到后期本来因二人的长谈冷静下去的气氛由于弗莱彻的猝然反击旋即被拉升到顶峰，最强烈的冲突因为中间的缓和爆发出窒息与紧迫感，弗莱彻的人物弧光也因此完满，而安德鲁虽然在训练过程中变得坚忍、自信，不断超越自己的极限，但过度的投入让他失去对音乐的初衷，进而演变为生命的负荷。安德鲁与弗莱彻由扭曲的师生关系走到割裂的尽头，张力与把控力得当的冲突在其中起到绝对的作用，不仅让观众对两人之间的关系感到唏嘘，更是注意到了传统励志背后的残酷真相。

2.冲突是怎么产生的?

冲突源于人原始的生命冲动，是在**欲望与阻止人性欲望的力量碰撞上时产生的**。电影是现实的渐近线，电影正是在不断截取生活中值得被铭记片段的合集。自然而然，冲突就在电影中不断复演，而人类天然的对无限的渴望使得冲突对人类有着天然的吸引力，这种吸引力既不是意识形态规训培养出来的，也不是电影市场培养出来的，而是人的本能渴望。因而电影这一艺术一经诞生，就很自然地将冲突纳为了自己的核心部分。

电影中的冲突可以来自多个维度，外界的、内心的、单一的、多元的、理智的、情感的，**总之生活有多少种模样，冲突就有多少种**。

3.冲突在故事中的作用？

冲突在故事中可以**创造张力与吸引力**，因为冲突引发了人物之间的对抗、矛盾、挑战和困境，使得故事在人物的动作、台词中表现出来。人物在面对冲突时，经历挑战、反思、取舍和克服困难的过程，从而展现出内心的成长和变化。冲突让人物面对自身的局限和弱点，促使他们学习和成长，从而使角色变得更加复杂、真实和感人。

冲突能够推动故事情节发展，且每当冲突发生时，也正是**主题和意义得以展现**的时候，通过冲突，故事可以探索人性、道德、价值观等更深层次的问题，呈现出一种普遍的意义和启示。

《勇敢的心》，1995，美国，导演：梅尔·吉布森，编剧：兰道尔·华莱士，
主演：梅尔·吉布森、苏菲·玛索、布莱恩·考克斯等

例如，在《勇敢的心》中，威廉·华莱士不仅面临着战场上的直接冲突，也面临追求自由道路上的艰难险阻。苏格兰贵族在战场上对他的背叛让他惨败，但也让他成长，让他成为一名自由主义者、人文主义者的道路

更加坚定。故事的最后，好友对他的再次背叛，导致华莱士失去了生命，在这一过程中，他展现出的为了追求自由的不屈意志更是完美契合了电影主题，是对自由精神的最好诠释。可以想象，没有一次次冲突，华莱士的人格不会像现在一样闪耀。

综上所述，冲突在故事叙事中发挥着重要作用，它制造了紧张和悬念，塑造了角色的动机和目标，带来了戏剧性的转折和情节发展，并展现了角色的变化和成长。真正的冲突是两难之选，是两善取其一，或是两恶取其轻，在这种两难之境中，一个人物如何选择便是对其人性、价值观的强有力表达。

五、转折

1.转折与故事的关系

对于故事来说，转折是十分必要的，无论是什么题材的故事片，如果没有转折，就无法在故事的剧情发展上做到错落有致、层次清晰。

早在亚里士多德的《诗学》中，他便认为故事的长度与必要的转折点数量之间存在联系，即故事越长，重大的转折点就越多。[1]在叙事中，平铺直叙和流水账式的记录显然是会失去观众的，超出观众预期的转折才是吸引观众注意力的不二法门。例如，在众人觉得主人公即将获得平静安稳的生活之时，持续记录式的美好生活并不会带给观众真正的美好感受，而突如其来的打击与转变才会使观众讶异与好奇。

转折不是时间维度、空间的改变，而是**故事剧情走向上的变化**。转折本身就是不按照既定目标发展的、让人意想不到的事件。在叙事当中，作为故事主要载体的人物往往会在压力和追求目标的动力驱使下选择当下所要做出的行动。而在他做出的行动和产生的结果之间产生了较大割裂，超出他对结果的预期的时候，他的反应和接下来的行动就是观众所想看到

---

① 亚里士多德.诗学［M］.陈中梅，译.北京：商务印书馆，1996：63.

的，也是故事发展的重要节点。

2.转折的表现形式

故事中转折大体上可以分为外部转折与内部转折，外部转折是指故事中由于外部环境的变化而导致人物原本的行动甚至目的都发生了改变的事件，可能是自然灾害、政治局势、社会事件、人际关系等无法预料的因素，如《泰坦尼克号》中，船撞上冰山。内部转折是指人物内心的转变，如挫折后的一蹶不振，或越挫越勇，从本身的懦弱消极变成了具有超人意志般的英雄人物。而这些转折又有着自身的独特表现形式。

《我不是药神》，2018，中国大陆，导演：文牧野，编剧：韩家女、
钟伟、文牧野，主演：徐峥、王传君、周一围、谭卓等

例如，在文牧野执导的电影《我不是药神》里，徐峥饰演的药贩子从开始的只为牟利，不顾一切地挣钱，到后期冒着巨大的风险和经济压力买药救人。转折发生在王传君饰演的患者的去世。徐峥看着昔日的朋友在病床上奄奄一息，周围的患者痛苦地呻吟，唤起了他作为人类的良知和作为有能力拯救他人的救世主之责任和担当。于是他做出了贴钱售药的举动，从一个为了争夺孩子抚养权、唯利是图的商人，变成了不顾一切、只为救人的正面人物形象。激励事件在其中起到了巨大作用。

转折在故事中具有多元的作用。其一，转折能够勾起观众的好奇心，吊起观众对之后将会发生事情的胃口，吸引观众看下去。其二，转折在观影情绪上可以形成与观众相对的心理落差，从而使观众感到惊讶。其三，转折可以改变或增强故事的剧情走向，帮助故事推进。

《龙纹身的女孩》，2011，美国，导演：大卫·芬奇，编剧：斯蒂文·泽里安、斯蒂格·拉赫松，主演：丹尼尔·克雷格、鲁妮·玛拉等

　　例如，在大卫·芬奇执导的影片《龙纹身的女孩》中，丹尼尔·克雷格饰演的侦探直到最后一刻才发现委托人口中的"受害者"其实还活着，安妮塔·范耶尔这一角色的出场时间并不晚，但直到影片最后一刻才被揭晓身份。这属于结局转折的一种。而片中的反派则是从头到尾的好人，当侦探被吊在马丁·范耶尔的地下室的时候，所有的观众都被眼前的景象惊呆了，这正是转折作用的体现。在全片的叙事过程中，观众一直被不断出现的转折吊足胃口，好奇心不断加剧，导演则是在不断地满足观众的好奇心中完成了整个故事。悬疑片中常用的障眼法也就是制造转折，使故事变得无法被预料，从而提升了故事的价值。例如，比利·怀尔德执导的《控方证人》，利用景别和经过导演选择的信息展示，操控观众的心理预期。又如《肖申克的救赎》中，越狱的目的早就告知了观众，甚至已经将越狱的方式——"在墙上挖洞"以一种信息差的方

式知会了观众。但当安迪越狱成功后，观众才得知他越狱的具体方式和细节，这就让观众最想知道的部分、亟待满足的部分延后了，在揭开谜底的时候产生与预期有较大差距的结果，从而使观众产生较大的心理落差。而观众在这一过程中会惊叹于作者编织迷宫的巧妙，心理情绪得到疏解并获得审美愉悦，又让编织剧情的作者得以大展拳脚，让故事的叙述变得更好看。

转折点就是故事需要流过的曲折河床，它的蜿蜒回转看似增加了河流的路程，但实际赋予了河流更多的动能，反而使它更加轻快。因此，转折不是为了使故事坎坷而存在，而是为人物之所以变化、事件之所以发展做铺垫，同时能让观众思考起生活中类似的小转机，引起观众共鸣。

六、故事高潮

1.什么是故事高潮？高潮的作用？

故事高潮是故事在不断地向前发展中所得到的必然结果，是**故事中所有元素，包括主题、情感、主旨等汇聚而成的高峰**。著名的英国小说家托马斯·哈代就在书中表示，"所有时间艺术的第一大训诫就是：'汝必留最佳于最后'"。所有的铺垫和准备，多种叙事技巧的使用和精湛的安排，都是为了冲击高潮的高度。高潮的精彩程度决定了观众最终是否对故事感到满足。

高潮的作用是使得影片主题、情感、主旨以及创作者的一切目的在短暂的高潮中集中释放和表达，高潮意味着主人公的行动对整个事件的推进达到了**顶点**，并通过移情作用使得故事的价值作用于观众，达到观众对故事的价值认同。

例如，网飞于2022年推出的剧集《相扑避难所》，在第一季中，主人公从开始的迷茫颓废，到精神觉醒后被强大的意志力推动着要达到冠军这一目标，无时无刻不牵动观众的心弦，吸引着观众的注意。当他拿到冠军的那一刻，哪怕他之前的人物形象是让人极其看不惯的混混，当高潮来临时，观众也不得不认同他的努力，从而对剧集所要传达的价值本身产生了强大的认同感。

《相扑避难所》，2023，日本，导演：江口干，编剧：金泽知树，
主演：一之濑亘、染谷将太、忽那汐里等

2.有效的高潮是如何给叙事添彩的？

（1）定位与节奏

高潮应该出现在合理的时刻。故事经由长期的铺垫和发展，在高潮出现的时候应该是合逻辑合目的的，而非为了推动情绪而盲目地制造高潮。同时，高潮是控制节奏的有效方法。高潮是对之前发生事情的直接总结，观众在高潮中得到强烈的情绪满足和情绪释放，因而高潮不仅会影响影片叙事节奏，在高潮前后也会形成观众情绪节奏的区分，要使影片始终处于合乎观众心理情绪的观看状态，高潮的时间设置就至关重要。

《逃离德黑兰》的叙事节奏与整体结构都是围绕着其"最后一分钟营救"式的高潮表现手法来展开的。影片前面大半段叙事节奏较为平缓，虽然也充斥着不同程度的危机，但是整体叙事节奏较为缓慢，而在所有的气势积攒到最后将要完成营救的时候，故事的高潮就在紧张的快切中展开。机场安保人员和主角团之间的你追我赶，让人不由得为主角团而感到紧张、慌乱。正是由于前面长时间的剧情铺垫，才使得最后的高潮突出而有力，因为气势的积蓄不仅在影片叙事上完成，也在观众的心里完成，从而使高潮阶段的释放尤其强烈。

（2）叙事切片

高潮是有效地展示整个故事大致面貌的切片，它能够直接体现影片的整体气质。高潮映射了整部影片，当观众看到高潮时，会不自觉地回想起影片的前后，从而串联起故事的因果联系。

（3）方式

高潮的形式十分重要，要让观众无法预料，即给予观众想要得到的满足，但是以观众所意想不到的方式达成。例如《肖申克的救赎》，观众知道越狱结果，但却在最后才得知越狱形式。

综上，故事的高潮是情节发展的高峰点，是故事中最具戏剧性和紧张感的部分。高潮的出现能让观众在那一刻无意识地回溯起先前的种种线索与转变，从而满意地走向最后的故事结局。

七、完整的结局

1.故事的结局

"故事总要向前发展——它沿着一条途径、一个方向、一条从开端到结尾的发展线。"[①]因此结局是整个故事的结束部分，它**解答了故事中提出的所有问题，主要的谜团和悬案都将被解释清楚，并且明确了故事中每个角色的命运**。结局保证了故事的情感得到满足与升华，结束主体故事的延展性，确切表明故事结束，使观众离开电影院时的感受是：影片以自然、合乎逻辑的方式结束。从而使观众有完整的观影体验。

---

① 菲尔德.电影剧本写作基础［M］.钟大丰，鲍玉珩，译.北京：世界图书出版公司，2012：75.

2.结局的功能

（1）展示故事高潮的影响，明确角色命运

结局可以起到对高潮补充说明的作用，高潮在电影中的展现主要针对主人公和单一事件，而高潮的节奏和影响又十分具有延续性，因此需要在结局中展现高潮的后续影响，尤其是针对在具体高潮情节中没有得到足够展现而又需要给观众一个解释的信息，结局往往能及时地对信息进行补全以满足观众的心理预期。例如宁浩导演的《疯狂的石头》，除开对几位主人公成功的形象塑造，黄渤饰演的笨贼对观众而言是极具吸引力的，而在主线剧情结束后，在结局，导演就安排了黄渤的戏份，既满足了观众的好奇心，又使影片的喜剧基调得到了升华。

（2）解决故事中的问题与谜团

结局彻底解决了故事中提出的所有冲突，也解决了观众的疑惑，将故事的各部分内容和多条线紧密结合完成闭环，故事完满，整个叙事具有张力和凝聚力。例如，波兰导演基耶斯洛夫斯基在其系列剧情片"蓝白红三部曲"的收尾之作《红》中呈现出的富有神性的船难。《红》以博爱为主题，

《蓝白红三部曲之红》，1994，法国，导演：克日什托夫·基耶斯洛夫斯基，
编剧：克日什托夫·基耶斯洛夫斯基、克日什托夫·皮耶谢维奇等，
主演：伊莲娜·雅各布、让—路易·特兰蒂尼昂等

此调性一直延伸至结局，七名"蓝白红三部曲"主角一并获救，他们的命运在这里相交、融合，人类之间的连接感到达高峰。《蓝白红三部曲之白》中的波兰丈夫和法国妻子一同出游，暗示他们已破镜重圆并重新生活。《蓝白红三部曲之蓝》中的男女主人公也奇妙地在第一位与第五位出现。《蓝白红三部曲之红》中在感情中沉溺的瓦伦丁与奥古斯特也被拯救。如此，《蓝白红三部曲之红》的结局同时成为三部曲的最终场景。

（3）结局还能给予观众启示和引发反思

通过展示人物的成长、经验、教训或改变的态度，结局能够给观众提供深层次的思考和观察。观众可以从故事中获得关于生活、人性、价值观等方面的启示，或者思考他们在类似情境下可能采取的行动。例如，在米哈尔科夫导演的《蒙古精神》中，结局中主角从乡镇中回到草原，如梦似幻地经历了与祖先成吉思汗的相遇。这段梦境般的经历深化了影片主题，仿佛在传达即使蒙古民族在现代社会的规训下改变了生活方式，但在每个蒙古人的梦中仍是金戈铁马、雄鹰翱翔。

《蒙古精神》，1991，法国/苏联，导演：尼基塔·米哈尔科夫，
编剧：鲁斯塔姆·伊布拉吉姆别科夫、尼基塔·米哈尔科夫，
主演：巴德玛、巴雅尔图、弗拉基米尔·高斯特尤金等

（4）引出续集或开启新故事线索

一些故事的结局具有开放性，留下悬念或引出续集或新的故事线索。这样的结局可以保留观众的期待，让他们渴望进一步了解主要人物的命运和故事的未来发展。例如"007"系列、"碟中谍"系列以及如今的"疾速追杀"系列等好莱坞典型系列电影，在前一部结尾中总会留下必要的新线索以开启下一部故事的讲述。

（5）缓和高潮所带来的激烈情绪

观众在影片最后往往会体会到结局所给予的情感满足和感官升华，观众会感到宽慰、满足或压力释放。结局提供了情感上的宣泄和满足，让观众感受到故事所带来的情绪起伏。例如《肖申克的救赎》中团圆的结尾选在宁静的海岸；《健听女孩》中的落幕随着鲁比的乘车离开而到来。

结局是故事情节的最后一部分，它为观众提供了完整的故事感受，并决定了整个故事的印象和影响力。

通过这几个关键元素的组建，故事被编织与讲述出来。在剖析的过程中，还可以分析各个要素之间的关系，如目标和角色的互动、激励事件和高潮的关联等。示例向我们展示了元素的高质量使用带来的实际效果，而更多的运用方式依然需要制片人们在实践中逐渐获得。

第四讲　掌握经典：类型片叙事结构的评估借鉴

　　故事是一个整体，而像第三讲所阐述的元素是部分，如何让部分顺利、完整地组成整体，则要依赖好的结构。希德·菲尔德在《电影剧本写作基础》中认为，电影所讲述的故事都发生在电影的戏剧性结构之中，"电影剧本的戏剧性结构可以规定为：一系列互为关联的偶然事故、情节或大事件按照线性安排，最后导致一个戏剧性的结局"。正是这种基本的线性结构，将故事中的每一个独立元素都固定在适当的位置上，从而形成一个整体。[①]

　　叙事结构呈现的是故事的叙事逻辑，决定了故事情节的发展方向以及观众的观看体验，对最终脱胎出完满的虚构世界有着重要的意义。本讲将会通过对好莱坞几种经典叙事结构的解读来为制片人提供叙事方式参考。借鉴与参考是创作之前必不可少的功课，只有在了解前人前作的可行路线之后，新的路径才能被摸索出来。同时，有了经典的叙事结构作为参照，制片人能在大量的剧作样本中迅速筛选出大体上能够适应当下市场与观众群体的部分稿件，由此使得摄制工作高效进行。

　　故事有它自己的组织层级，由小到大依次为节拍、场景、序列、幕。

---

① 菲尔德.电影剧本写作基础［M］.钟大丰，鲍玉珩，译.北京：世界图书出版公司，2012：14.

按此顺序，冲突的烈度、价值变化的程度也逐级递增。"节拍"是指故事中的一个小的情节或事件，它构成了整个故事的基本单位。每个节拍都有自己的目的和发展，通常用来推动剧情的进展，展示角色之间的关系或者传达情感。"场景"是指发生在特定时间和地点的连续行动或事件。一个场景通常涉及一组角色在同一个地方进行对话或者行动。理想的场景即一个故事事件。"序列"是由一系列相关场景组成的较长片段，通常是按照一定的逻辑顺序，或由一个明确的主题连接在一起，共同推动故事的发展。"幕"是一系列序列的组合，是整个电影故事的主要部分，通常被划分为多个相对独立但有关联的部分。每一幕都有自己的起承转合，幕的划分可以根据剧情的发展、主题的转变或者角色的目标来进行。这些概念在剧本撰写过程中非常重要，它们帮助剧作者构建故事外壳，把握内容节奏，使故事更富有张力和吸引力。

故事的叙事结构将会在故事本身的组织层次上进行划分，例如"三幕式结构"以"幕"作为划分阶段，而"救猫咪节拍表"则以"节拍"作为划分点。这些经典的叙事结构能被使用至今，最主要的原因是对它们的使用能帮助剧作者把控故事的大走向，保障故事叙述的完整性和一致性，极大程度上避免烂尾或者从中间垮掉的现象。成熟的叙事结构将事件、情节与角色紧密串联，使得故事在时间和空间上具有可理解和可追踪的逻辑，其中的起承转合能够清晰地传递给观众，增强观众的沉浸感，让他们更容易理解故事的内涵和主题。

值得注意的是，故事结构并不是死板僵化的方程式，而是一个具有边界感的开阔领域。因此，剧作者可以根据自己所述故事的不同类型、人物弧光或者情节变化来审慎地选择更符合故事逻辑线的叙事结构。

当了解故事的组织层级、掌握上述叙事结构的用途后，制片人就能从剧作者的角度看待一个故事的始末是否合理，因果能否衔接，人物转变是否可信以及结局能否满足观众需求，从而在艺术进一步走向市场的过程中平衡两端。

一、故事三角——弗赖塔格金字塔

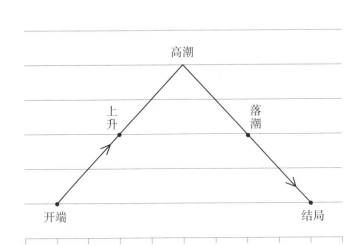

弗赖塔格金字塔

弗赖塔格金字塔式（Freytag's Pyramid）是一种传统的戏剧结构模型，由德国小说家和剧作家古斯塔夫·弗赖塔格在1863年提出。该模型描述了戏剧故事中的情节发展和情感张力的变化。

弗赖塔格通过研究和分析大量古希腊和古罗马的古典悲剧及莎士比亚戏剧，总结出其中剧情的必要组成部分，即上升、高潮和回落，加之古典叙事中的五幕剧情节，将故事主结构搭建成为金字塔模式。

弗赖塔格金字塔叙事弧由五个阶段组成，分别是**开端、上升、高潮、落潮、结局**。由于此结构脱胎于古典悲剧，其中归纳的各种元素均用于推动最后的"英雄的浩劫"，因此弗赖塔格金字塔更适用于描述悲剧性的戏剧故事，而在用于阐释喜剧或其他类型戏剧时会显得有些吃力。

以美国著名剧作家阿瑟·米勒的同名现实主义戏剧改编的电影《推销员之死》为例。《推销员之死》是由沃尔克·施隆多夫执导的剧情电影，该片讲述了有三十余年推销经历的推销员威利，坚信着美国资本主义商品文化的虚无梦境，他幻想通过推销员这份工作来实现人生抱负，获得丰裕的物质和社会地位，甚至想借由儿子来完成他的梦想，以至于直到临死都无法明白自己失败的原因。该剧揭示了美国梦的虚假和人性的困境，成为批判当时社会现实的重要作品。

《推销员之死》，1985，美国，导演：沃尔克·施隆多夫，编剧：
阿瑟·米勒，主演：达斯汀·霍夫曼、凯特·瑞德等

第一幕开端，即引子部分，引入故事的背景、时间、地点和角色，让观众对故事有一个基本的了解，让故事进入正轨。在这个阶段，观众会认识到故事中的主要人物、他们的关系以及故事发生的背景和环境。

影片第一幕，疲惫的推销员威利回到家中。在与妻子琳达的谈话中，他发现自己的事业已然失败。儿子们生活散漫、没有目标，作为父亲他亦倍感忧虑。妻子建议威利和上司好好谈谈。以此为煽动点，第一幕展现了威利在事业和家庭中的双重苦闷，也为他之后所要开展的解困活动提供了一个方向。

第二幕上升，是故事中冲突逐渐加剧的阶段。主要人物面临各种困难和挑战，其目标和动机也逐渐显露，紧张度上升，情节复杂性升级。观众的紧张感和好奇心也随之增强。

《推销员之死》影片上升阶段，两个儿子不堪忍受父亲的无能，他们

向母亲抱怨，却被告知家庭的困境以及父亲曾自杀未遂。此段中儿子对于父亲的懦弱表现十分不满，父子关系并不融洽，为之后两人的争吵做铺垫，这也是全片终极冲突的一个矛盾诱因。

第三幕高潮。 在悲剧中，高潮并不是最后的对决，而是整个故事中最为紧张和关键的部分，通常是故事发展的转折点。在这个阶段，故事的冲突达到了顶峰，主要人物面临着重大的抉择或决定，情节紧张度达到顶峰。

激烈的冲突发生在影片第三幕再次发生，走投无路的威利向他年轻的老板请求一份在纽约的工作。此时的威利已是个需要靠朋友接济的失败从业者，他期望霍华德看在自己与其父亲的交情上以及自己在公司付出的30年资历上给予帮助，但年轻的霍华德拒绝并解雇了他。如此境遇下，威利感受到的只有背叛、失落，继而愤怒、痛苦，压抑已久的情绪狂涌而出，为他最后的结局压下了最后一根稻草。

第四幕落潮， 此部分是高潮之后，故事情节与状态逐渐下落的阶段。在这个阶段，故事的冲突逐渐得到解决，主要人物开始应对高潮带来的影响，并走向最后的"浩劫"。观众对"浩劫"的感知度更加明显，但对此无能为力。

当事业上的希望破碎之后，威利转而回家面对下一个矛盾，即与儿子之间的冲突问题。当他得知儿子比弗不仅没能获得生意，还借钱失败，威利的泡沫彻底湮灭，他的梦想不仅没能自己实现，现在看来连儿子也实现不了。而闪回的剧情展示了比弗发现父亲的外遇，两人陷入相互指责中。儿子的斥责让威利更加绝望、无地自容，他的精神状态逐渐恶化，开始出现幻觉和错乱，时常无法区分现实和自己的想象，心死的威利做好了身死的准备。

第五幕结局。 结局是故事的最后部分，浩劫在此发生，人物命运到达最低谷，最初担心的将会变成现实。角色的命运和故事的结局在这里都会得到交代，也可以包括回顾或展望未来。

　　父子间的终极矛盾爆发，而这次的冲突却以两人的和解作为结束。威利和比弗相互发泄完自己的不满与愤怒之后，比弗"痛哭流涕"地拉住威利劝其打消自杀念头。威利也说出了他的希望，"那小子终究会有出息的"。（That boy，he's gonna be magnificent）温和的时刻似乎出现了。

　　直到深夜，威利冲出屋子开车自杀。这才是威利最大的宣泄。他的死亡让家人们获得2万美元的赔偿金，而此时金钱却代表着无可挽回的生命。

《推销员之死》结局剧照

　　弗赖塔格金字塔模型在《推销员之死》中的运用，使得剧作中复杂的矛盾关系架设得到了完美的推进和缓冲。威利的自杀是全剧的中心，为了实现这一终极目的，威利内心欲望与外部现实境遇的冲突都被有规律地抛出、增强，成为最后浩劫的铺垫。通过威利的角度，影片细致地描绘了一个普通人与普通家庭所面临的挣扎和困境。由此，弗赖塔格金字塔在戏剧、小说和电影等创作中被广泛应用，以帮助创作者组织情节和引导读者或观众获得更好的情感体验。

二、三幕式结构——从亚里士多德到希德菲尔德

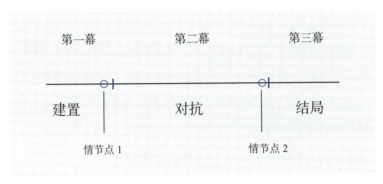

三幕式结构

三幕式结构是指一种古老的戏剧和故事叙述方式，由三个契合又有明显分界的部分组成。此结构最早可以追溯到古希腊戏剧家**亚里士多德**，亚里士多德在他的著作《诗学》中详细阐述了戏剧的基本原则，认为戏剧是一种模仿的艺术形式，通过演员扮演角色和对话来呈现故事。戏剧结构的三个部分包括**起始阐述（引言）、发展和结局**。

亚里士多德认为故事应该是一个连贯的因果关系的序列，而不仅仅是一系列独立的事件。即每个场景都应该引出下一个事件的发生，展现角色的动机和行为，这种因果关系使得故事更具有连贯性和逻辑性。

这种三幕式结构成为古希腊悲剧的基本构架，在中世纪，特别是在英国伊丽莎白时代的戏剧中，以及在文艺复兴时期欧洲的传统戏剧中进一步发展，在继承了古希腊传统的基础上加入了更多的情节和复杂性。后来，著名编剧**悉德·菲尔德**在其著作《电影剧本写作基础》中加以扩充和具象化，形成**建置、情节点1、对抗、情节点2和结局**五个关键点的理想剧本创作模式，为现代戏剧和电影的基本叙事提供了重要参照。

悉德·菲尔德认为，一个好的故事应该有更多的发展和转折点，以引起观众的兴趣并推动故事的发展。因此，在各个大关键时刻之间，设置小

间隔的"情节点",即戏剧性需求,让主人公采取具体抗争行动来实现短线目标,直至最后获得最终结果。在这个过程中,三幕式结构逐渐从单一的故事框架转化为更加复杂的故事结构,包括多个主要情节线、交错的时间线以及其他的手法。[①]

以奥斯卡获奖影片《国王的演讲》为例。《国王的演讲》是由汤姆·霍珀执导的传记电影,该片讲述了患有口吃的乔治五世次子约克公爵在乔治五世驾崩后临危受命,成为乔治六世。在治疗口吃过程中,他与语言治疗师莱纳尔·罗格结下深厚友谊,并在罗格的帮助下克服心理障碍,在第二次世界大战爆发之际发表鼓舞人心的演讲的故事。

《国王的演讲》,2010,英国,导演:汤姆·霍伯,编剧:大卫·塞德勒,
主演:科林·费尔斯、杰弗里·拉什等

第一幕通常占电影的四分之一,是故事的开端,目的是为整部电影的叙述搭建**基本框架**,建立故事发生的基本情境,介绍主要的人物关系,交代故事的戏剧性前提,即故事是关于什么的。第一幕中包括建置和情节点1,是故事具有决定性的部分,是推动故事发展吸引观众的注意力,使他

---

① 菲尔德.电影剧本写作基础［M］.钟大丰,鲍玉珩,译.北京:世界图书出版公司,2012:125.

们对接下来的故事产生兴趣的部分。

建置：现状或"平凡世界"已经建立，主人公的缺陷或挑战被观众知晓。

在《国王的演讲》中，主人公约克公爵正在进行一次演讲，因为患有严重的口吃，即使准备充分，演讲还是失败了。作为乔治五世的次子，这些年公爵在各种演讲中频繁出丑，王室以及全国民众心知肚明。

下台后的公爵立即进行治疗，但医生们过时的治疗方式没有任何效用。因此在妻子伊丽莎白的牵线下，深受挫败的公爵来到了莱纳尔·罗格的诊室。

情节点1：故事全速前进的阶段，是故事中的第一个转折点，通常发生在第一幕末尾或第二幕初期。它引发了故事的主要冲突，激发了主人公的行动。情节点使得故事线保持在确定的位置，也是将人物推入第二幕的跳板。

罗格是一位与众不同的语言治疗师，他与公爵对赌，让他听着音乐朗读莎士比亚，并对朗读的内容进行录音。公爵戴上耳机读了几句话，认为罗格与其他糊弄人的医生并没有两样，便恼羞成怒地放弃。而莱纳尔只是将录音送给了公爵，让他作为纪念。

结束圣诞广播致辞后，乔治五世逼迫着阿尔伯特流利地重复自己的讲稿，让他勇敢地面对口吃的毛病，但父亲的强压越大，阿尔伯特越无法克服心理障碍。同时因为本该继承王位的哥哥离经叛道的举止，国王表示日后需要阿尔伯特献声的场合将会越来越多，他需要承担起哥哥逃避的责任。

晚上，压抑的阿尔伯特播放起莱纳尔给他的那盘演讲录音，他和妻子惊讶地发现录音中，阿尔伯特的演讲异常流利。因此在伊丽莎白的陪伴下，阿尔伯特再次来到莱纳尔的诊所进行治疗。从此情节开始，故事随着阿尔伯特与莱纳尔的关系交互更进一步。

第二幕是故事的主体部分，占电影的一半。这一阶段是故事发展的高峰，人物关系进一步发展，主人公的主动性提升，动机和性格特点得到更深入的描写。同时形势变得更复杂，对抗难度逐渐升级，情节紧张感增强，主人公遭遇和征服一个又一个障碍，最后实现和达到他的超级目标。

阿尔伯特积极地配合罗格的治疗，虽然方式古怪，但在罗格的训练和引导下阿尔伯特顺利进行了几次小场合的演讲。平稳积极的生活被父亲乔治五世的病危过世所中断。即将要继承王位的大卫正如父亲所说，毫无责任感，他为了讨好情人沃利斯而感情用事，甚至在继承王位和迎娶沃利斯的选择中陷入两难。

忧虑的阿尔伯特来到罗格的诊室，他放下戒心，在对饮中讲述着自己与父亲、哥哥的相处往事，也从侧面完成了对阿尔伯特为何患有口吃的溯源。

在皇家宴会中，阿尔伯特与哥哥大卫起了争执，大卫不仅不听阿尔伯特的劝告，反而讥讽阿尔伯特的口吃，嘲笑阿尔伯特的好心，质疑阿尔伯特治疗口吃的目的。

另一方面，罗格一直旁敲侧击着阿尔伯特，认为他才是国王的最佳人选。但阿尔伯特始终认为口吃的自己是不适合当国王的，即便心中有所动摇但仍坚定地拥护大卫为国王。意见不合使得阿尔伯特头也不回地离开了罗格。两人的关系陷入僵局。

情节点2：这一阶段通常发生在第二幕末尾或第三幕初期，是故事中的另一个重要转折点。在这个阶段，主人公面临着最大的挑战和困境，需要做出重要的决定。这个转折点通常会导致故事走向高潮和结局，对主要角色的命运产生重大影响。这里主人公的决心由于之前的事件的进展而得到加强，他们以这种决心和信心来处理接下来的大麻烦。

大卫坚决娶沃利斯为妻，为此放弃了王位继承权。阿尔伯特在人与事的推动下成为新一任国王。登基会议上，阿尔伯特又一次因为在演讲时口吃而丢脸。而即将到来的加冕仪式，更是让阿尔伯特压力倍增。

由此，阿尔伯特与伊丽莎白再访罗格。罗格与阿尔伯特对谈，他让阿尔伯特正视自己，小时候的恐惧已然击垮不了他，他可以掌控自己的命运。谈话消解了两人的隔阂，为了顺利完成加冕仪式，阿尔伯特坚持将罗格安排在皇室包厢内，他们在加冕殿中无数次进行彩排，阿尔伯特在罗格的帮助下重拾信心。

第三幕结尾，占电影的四分之一，包括高潮以及最后结局。

高潮标志着故事总体冲突的最后时刻，其本身通常包含在一个场景中，故事的主要问题得到解决，主人公经历最终的考验和成长。**结局**让所有未了结的事都了结了，建立了新的现状。故事的主题和观点也得以总结。第三幕结束，影片也随之结束。

顺利继位后，阿尔伯特却遇上了更大的障碍：首相辞职，战争爆发，全国陷入恐慌中，他需要一次战前演讲以鼓舞民众及将士。

在最关键的时刻，在罗格的陪伴与引领下，在家人紧张又期许的注视中，在全国的瞩目中，乔治六世站在无线电麦克风前，发表了一场感人至深的反法西斯演讲。演讲振奋了全国的士气，也向全国人民证明了自己是值得信任、有力量的、能成为国家象征的国王。

电影最后以演讲画面结束，展示了阿尔伯特从约克公爵到成为一个真正国王的完美个人成长弧线。

三幕式结构提供了一个清晰有序的框架，使故事更易于组织、理解和跟随。它帮助创作者以合理的方式建立紧张感、引发情节转折和高潮，激发观众的兴趣和情感共鸣。但也因为结构简单，其在表现多重反转、复杂的叙事时有些吃力。同时随着现代故事的复杂程度加深，三幕式的可预测性和缺乏创造性会倒逼创作者不断创新来打破结构限制，从而在时代的迭代中留在了溯源阶段。

三、英雄之旅——约瑟夫·坎贝尔的"单一神话"

约瑟夫·坎贝尔是一位美国比较神话学家、作家和教授。他的著作《千面英雄》（*The Hero with a Thousand Faces*）被认为是20世纪最重要的著作之一，对文化、宗教、哲学等领域产生了广泛的影响。

"单一神话"理论是坎贝尔在文化领域的主要贡献之一。坎贝尔通过对世界各国的神话、传说和宗教故事的比较研究，抽象出一种普遍存在且相对稳定的英雄成长旅程的叙事模式，即"分离—试炼—归来"。他认为，尽管这些故事来自不同的文化和时代，但它们都包含着相似的元素和阶段。这个模式反映了人类心理的固有特点和共同的情感需求，是人类对生命经验和存在意义的普遍回应，是集体无意识的一种彰显。他的理论强调了人类文化的共性和相互联系，并提出了整合不同文化的可能性，因此，以"千面英雄"为书名也意在强调神话故事中的众多英雄，其实是一个英雄的千般面孔而已。①

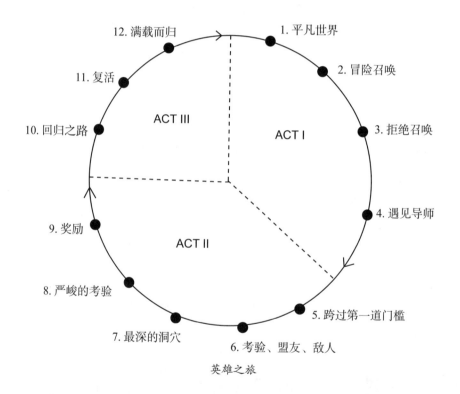

英雄之旅

英雄之旅是从单一神话理论中演变出来的具体叙事结构。约瑟夫·坎贝尔提出其三个阶段——

分离阶段（Departure）：英雄离开熟悉的世界，展开冒险之旅。

---

① 张默茉.约瑟夫·坎贝尔的神话理论对电影制作的影响［D］.西安：陕西师范大学，2020.

　　试炼阶段（Initiation）：英雄在冒险中面临各种试炼和挑战，经历成长和变化。

　　归来阶段（Return）：英雄带着新的智慧、力量和财富回到起点，为自己和周围世界带来改变。

　　基于坎贝尔的研究，作家和学者克里斯托弗·沃格勒（Christopher Vogler）在他的著作《作家之旅》（*The Writer's Journey*）中进一步开发了英雄之旅的概念。他将坎贝尔的理论与电影和故事创作相结合，将"英雄之旅"最初的三个阶段拓展为12个阶段，并认为大部分电影都遵循这个人物历程的基本形态。

　　以超级英雄电影《蝙蝠侠：侠影之谜》为例，影片由克里斯托弗·诺兰执导，讲述了布鲁斯·韦恩成为蝙蝠侠的起源故事。在遭受了蝙蝠和父母双亡的阴影后，布鲁斯一心想要打击黑恶势力，拯救哥谭市。为此，他承受苦难，经历重重考验，最终以蝙蝠侠的身份揭露了黑恶势力组织的阴谋，成为城市的保护者。

《蝙蝠侠：侠影之谜》，2005，美国，导演：克里斯托弗·诺兰，编剧：大卫·S.高耶、克里斯托弗·诺兰，主演：克里斯蒂安·贝尔、连姆·尼森等

英雄之旅的12个步骤：

1.平凡世界

铺陈出英雄在开启旅程之前的世界格局，展现了英雄的生活、情感状态和日常挑战，让观众认为英雄是普通环境中的普通人。这个阶段的作用是为观众建立对英雄当前生活的认知，并为之后的改变和冒险做铺垫。

影片开场，韦恩家族是哥谭市内的第一家族。在倒叙故事线中，童年的布鲁斯·韦恩正与好朋友瑞秋在自家花园玩耍，就在他边跑边抢过瑞秋找到的一个生锈矛头之后，小布鲁斯不小心跌进一口深井。深井之下是幽深的空洞，突然飞出的一群蝙蝠吓坏了小布鲁斯，这也成了小布鲁斯心中的阴影。

而此时，成年的布鲁斯被惊醒，他如今身处监狱，与面相不善的罪犯们关在一起。

2.冒险召唤

也被称为煽动事件，英雄受到挑战或邀请，打破了他们生活的平衡，鼓励他们踏上新的旅程或接受新的使命。这个阶段代表了改变和成长的契机，也是英雄开始追求目标的起点。

监狱里布鲁斯和罪犯们水火不容，一次排队打饭中双方打了起来，就在布鲁斯双拳难敌四手、招架不住之时，狱警将其带走关入单人牢房。而一位自称是雷霄·奥古代言人的男人已在牢房中等待着布鲁斯，男人名叫杜卡，他知道布鲁斯·韦恩的真实身份，此行的目的是想邀请布鲁斯加入"影武者联盟"。他告诉布鲁斯，无论他有什么样的初衷，如今他已经迷失了，而奥古将会为他提供一条伸张正义的出路。

3.拒绝召唤

英雄受到了召唤，但由于召唤是有风险的，英雄可能因为恐惧、责任或者其他原因而拒绝接受挑战。这个阶段展示了英雄内心的挣扎和矛盾，同时也为后续的冒险增加了紧张和情感张力。

虽然布鲁斯起初拒绝了杜卡的提议，认为杜卡能给自己一条出路的这件事很可笑，但当他问杜卡"那么，我要找的是什么？"（What was I looking for），杜卡回答"答案你自己知道"（Only you can know that）后，布鲁斯产生了动摇。

随后，布鲁斯被扔到了荒芜的东边山坡，按照杜卡所说的摘到神秘蓝花并前往冰山最高处找到了影武者的大本营。

4.遇见导师

在旅途中，英雄会遇到一位导师或者指引者，他们会给予英雄智慧、资源或者信念上的支持。这个阶段的作用是为英雄提供指导和帮助，让他们更好地理解自己的目标和挑战。

在大本营，布鲁斯见到了忍者大师，杜卡也正式成为他的导师。杜卡日夜训练布鲁斯，训练之后两人相互谈起往事，布鲁斯将父母双亡的责任归结于自己，但杜卡告诉布鲁斯要用愤怒埋葬内疚，而他将教会布鲁斯如何直面现实。

5.跨过第一道门槛

标志着英雄迈出了进入新世界的第一步，也是出发阶段的结束，英雄进入未知的领域，不再回头。

经过训练的布鲁斯面临着影武者联盟的最后考验，吸入的蓝花气体让布鲁斯直面蝙蝠以及父母被杀的回忆，最后他突破了自己的恐惧，通过测试。但加入联盟前，布鲁斯需要亲手杀掉一名罪犯，并且往后他将负责彻底摧毁哥谭市。这与布鲁斯想要拯救哥谭市的初衷相违背，并且他坚持自己的不杀原则。意识到联盟残酷真相的布鲁斯挑起刀，一把火烧毁了影武者大本营，只救下了杜卡。

6.考验、盟友、敌人

英雄在旅途中会经历多次试炼，结识盟友，也会面对敌人和困难。这个阶段的作用是展现英雄在面对挑战时的勇气、智慧和毅力，同时也展现了英雄与他人的关系。

离开刺客联盟，自觉已经克服了恐惧的布鲁斯回到了哥谭市。这里是观众第一次看到哥谭市全景，而臭名昭著的阿卡姆疯人院就在中城区与奈何岛之间。

他需要面对的考验与敌人是：第一，代管韦恩集团、对外声称自己已死以拿到公司掌控权的厄尔。第二，一个名叫克兰的医生，他为罪犯做精神疾病辩护，并想除掉阻碍自己的瑞秋。第三，买通官员、从事毒品交易的黑道人物法尔科内。

而他的盟友则是：第一，管家阿福。第二，韦恩集团应用科技部门负责人福克斯，福克斯为布鲁斯提供了蝙蝠衣以及蝙蝠车。第三，从前父母案件中安抚自己的警官戈登。第四，青梅竹马的法官瑞秋。

7.最深的洞穴

英雄接近故事中最重要的挑战或者危机，准备与之正面对抗。这个阶段代表着紧张和紧迫感的上升，同时也为故事的高潮做铺垫。

韦恩截获了法尔科内的毒品交易，并将其捆在大射灯上，同时通知戈登与瑞秋，法尔科内终被蝙蝠侠逮捕。

但同时，韦恩集团的一艘重要邮轮被截获，船上是一台微波发射器，能够将液体瞬间气化，一旦泄漏，后果无法想象。而另一边，克兰探监法尔科内，戴上头套的他露出稻草人的真面目并释放出一种让法尔科内瞬间癫狂的气体，就是影武者联盟的蓝花气体，由此，观众可以得知克兰的上线就是影武者。

8.严峻的考验

英雄面临生死考验，经历最艰难的时刻。这个阶段的作用是彻底改变英雄，让他们超越以往的局限，获得新的力量和智慧。

这一头的布鲁斯正在继续蝙蝠侠的正义事业，在逼供腐败警察后，他前往毒品最终的汇聚点——哥谭市最阴暗的奈何岛。此时，克兰正指挥手下烧毁证据，蝙蝠侠被其偷袭吸入蓝花气体，眼前的稻草人口吐蝙蝠，极度的恐惧再次控制了蝙蝠侠，被焚烧的他呼叫阿福才得以保住性命。

9.奖励

作为战胜试炼的回报，英雄获得了宝贵的知识、力量或者物质奖励。这个阶段代表着成果和收获，也为英雄之后的行动提供了动力和资源。

昏迷两天，再醒来已经是布鲁斯的生日。福克斯已检测出蓝花气体并制作出解药。瑞秋更是前来送礼物，是小时候两人玩耍时捡到的那个生锈矛头。

10.回归之路

英雄开始脱离试炼的场所，返回日常世界。但在回归过程中，他们可能会面临新的挑战和危险。这个阶段展示了英雄在完成使命后必须面对的最后考验。

瑞秋前往奈何岛调查上司失踪的情况，布鲁斯化身蝙蝠侠跟随，果然，克兰让瑞秋吸入蓝花气体。蝙蝠侠此时反将一军，让克兰也在气体的控制下说出了自己的上级，正是忍者大师。

杜卡来到布鲁斯的生日宴会中，他就是真正的忍者大师。杜卡表明影武者要让整个哥谭市的市民吸入致幻气体，因恐惧而死。并跟布鲁斯暗示多年来联盟以经济手段试图摧毁哥谭市，但他们仍旧低估了一些哥谭市的市民，就像布鲁斯的正义父母，暗示了影武者才是杀死韦恩夫妇的真正幕后凶手。

忍者大师同样用一把火点燃了韦恩庄园，并将有毒气体注入下水管道，只要将微波发射器运到韦恩集团中枢并启动，整个哥谭市会毁于一旦。

11.复活

这是故事的真正高潮，英雄经历一次死亡和重生的过程，获得了全新的觉醒和洞察。这个阶段代表着英雄的彻底改变和成长，也为最终的胜利做好了准备。

奈何岛笼罩在蓝花气体之中，只有注射了抗体的戈登和瑞秋没受影响，杜卡带着微波发射器坐上轻轨，企图沿途蒸发掉自来水管中的自来水，并在韦恩大厦彻底摧毁哥谭市。

在面对杜卡之前，布鲁斯以一句呼应台词"面具之下的我是谁并不重要，定义我的是我所做的一切"（It's not who I am underneath, but what I do that defines me）让瑞秋了然。韦恩和戈登兵分两路，留给哥谭市的时间不多了。

最后时刻，戈登炸掉铁轨，布鲁斯极限跳出，他没有杀杜卡，也没有救他。哥谭市被拯救。

12.满载而归

英雄回到日常世界，他们实现了个人成长，带着新的智慧、力量或者财富。这个阶段代表着英雄的完整旅程，也为故事画上了圆满的句号。

故事的最后，哥谭市重回平静。戈登成了新警长，布鲁斯拿回集团并和瑞秋在庄园废墟前和解，也和过往的一切阴影与恐惧和解。

英雄之旅的叙事结构属于经典的好莱坞叙事结构，这一结构十分适合表现人物成长弧光，清楚地划分人物面对困境时的内在冲突和外部抗争。即使在高概念电影中，英雄之旅结构的亲和性也能让观众更容易产生情感上的共鸣。

四、八步叙事——丹·哈蒙故事圈

丹·哈蒙故事圈（The Story Circle by Dan Harmon）是由美国编剧丹·哈蒙（Dan Harmon）在2013年归纳出的一个八步故事圈结构，在其代表作《废柴联盟》《瑞克和莫蒂》中，丹·哈蒙也均运用此故事圈完成叙事。

丹·哈蒙之所以认为故事圈是"完美的叙事结构"，是因为首先，他认为人类的故事本身就具有共通性，这个观点也已被约瑟夫·坎贝尔的"单一神话"理论所证明。其次，他所归纳出的故事圈结构是基于约瑟夫·坎贝尔"单一神话"理论的，可以说是"英雄之旅"的迭代版本，因此继承了其中的共通性。最后，丹·哈蒙也认为人类是能够有意识地鉴赏这种共通性结构的，因此故事圈的契合能让观众感受到故事与自己思想变化的一致感，故事的黏性由此增强，满足了观众本能的品位，能够触及观众心中的共鸣点。

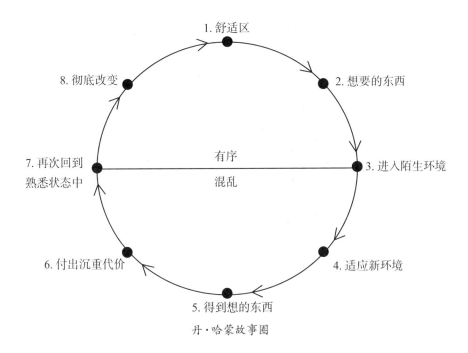

丹·哈蒙故事圈

丹·哈蒙故事圈将英雄之旅的步骤提炼为八个，由人类的基本动机、行动和后果组成，形成了一个圆圈，每个部分都代表了故事发展中的不同阶段和关键元素。

以网飞的《相扑避难所》为例，《相扑避难所》是江口干执导的剧集。讲述不良少年小濑清在走投无路之下踏进相扑界，从最初消极怠惰、被视为无药可救的问题选手，到逐渐迷上相扑，最终成为相扑力士的故事。

故事圈第一节拍：介绍主角并建立故事时空环境和现实背景。此节拍帮助观众建立与主角间的情感联系，了解主角的性格、身份、欲望、价值观和世界观。此时人物处于舒适区，可能并不渴望改变。

片中未成年的小濑清就有着彪悍的体重，曾是少年柔道冠军。父亲本开着一家寿司店，一家人和和美美，却因意外破产导致全家陷入贫困。父亲四处借贷欠钱，母亲更是沦为娼妓，家庭破裂。仗着武力，小濑清成了欺负别人的小混混。

《相扑避难所》，2023，日本，导演：江口干，编剧：金泽知树，主演：一之濑亘、染谷将太、忽那汐里等

故事圈第二节拍：揭示主人公内在的需要或欲望，引入诱发事件。人物有想要的东西，意识到自己内心渴望着某种变化、冒险或目标，而此时出现的特定诱发事件，引导和驱动主人公为达到目标采取行动，这种行动也是故事发展的内在推动力。

诱发事件始于一次登门拜访，退役多年的相扑师父猿将看中小濑清的潜力，邀请他来相扑馆训练，告诉他只要在相扑界出人头地就可以赚大钱。而小濑清不想跟他爸过一样的生活，并想攒800万日元把店赎回来，虽然将信将疑，但这次拜访的确勾起了他的欲望。

故事圈第三节拍：人物进入陌生环境。人物意识到他必须做一些新的事情来实现想要的东西，因此人物开始采取行动，第一次穿过边界，从有序的舒适区迈向无序的陌生环境，踏上实现自己目标的旅程。这是故事的转折点，引发了新的冒险和挑战，故事从上半圆进入下半圆。

小濑清独自前往东京，加入猿将师父室。初到相扑馆，小濑清自恃有柔道技能傍身，不服前辈、不守规矩，对相扑礼仪没有任何敬意。但现实是在训练场上，相扑新手小濑清被体型更彪悍、性格更蛮横的前辈们摔打得毫无还击之力；在集体生活中，等级最低的他更是被羞辱，被嘲笑为"丑陋的大猩猩"。小濑清之于猿将师父室，就像鲇鱼之于沙丁鱼，惹出了一箩筐的事。

故事圈第四节拍：人物适应新环境。进入新环境后的人物开始接受新考验和挑战，得到新的机会，在历练自己的同时与其他角色相互作用，以求适应环境，并在过程中逐渐审视自己，走入潜意识。人物的价值观在此时发挥作用，他们的信念决定了自己是否能够得到最想要的东西。

当小濑清发现薪水与当初承诺的相差甚远，远远不能够实现自己的目标，桀骜不驯的他也决定不再忍受无用的摔打训练和前辈的侮辱。他准备私自离开。但菜鸟清水的及时劝阻，以及父亲突遭车祸且没有钱医治的意外情况下，小濑清已没有退路。最终他回到相扑室，练习起当初他看不上的基础相扑技巧——四股，并开始观察前辈们的相扑技巧，誓要成为最强的相扑选手。

故事圈第五节拍：人物得到想要的东西。这是故事中的高潮点，成长中的人物认为自己得到了他一直渴望的东西，即使这并不是最初他想要的。但这里的"得到"通常会伴随一些不愉快的后果，因此，这也是人物最脆弱的地方，许多线索在此交织。主人公走到了与启程相对应的圆圈最底部。

小濑清凭借以往的柔道底子与初练四股的技巧和力量，击败马守，获得序二段等级的锦标赛冠军。此番胜利虽然让相扑界不满，但让他收获了大量的关注，他得到了自己以为的爱情和送上门来的赞助。小濑清在此获得阶段性的虚假胜利，并傲慢自大起来。

故事圈第六节拍：人物为之付出沉重的代价。得失守恒的故事设定中，人物在前一节拍中获得了"虚假的胜利"，因此他需要为这种前置"胜利"付出相对应的代价。这是最艰难的部分，但同时他们会因此意识到什么才是最重要的东西，才会彻悟与改变，激发潜能，实现目标。

在第六节拍中，目中无人的小濑清的轻浮举动惹怒相扑界，被安排与最强选手静内对抗。这阶段小濑清经历了种种意外：唯一看重他的前辈猿谷因为旧伤累累，在比赛中败下阵并再次负伤，女友偷钱偷情，自己被静内打成重伤，失掉一只耳朵并对这场比赛产生心理阴影。且因为赛后的应激反应，小濑清频繁发生暴力行为，相扑界高层由此抓到他的错处并强令猿将师父室将他开除。小濑清即将面对身心俱疲、一无所有的局面。

故事圈第七节拍：再回到熟悉的状态中。在跟第三节拍相对应的第七节拍中，人物再次到达边界，从无序、混乱的半圆中返回有序的世界，代表着人物将发生深层的改变，他们从磨炼中重生，对外界和自身有了不同的看法，因此这也是故事峰回路转的地方。

虽然最后小濑清的开除被撤销，但他灰心丧气、毫无斗志，依然想离开相扑室。这时小濑清的母亲来到东京，用极端的语言和行为表面讽刺，实则刺激和激励了他。重拾目标的小濑清再次回到猿将师父室训练，他脱胎换骨，开始虚心求教，一步一步朝着最高段位的横纲奋进。

故事圈第八节拍：人物发生彻底改变。上半圆是人物旅程开始和结束的地方，第八节拍是故事的结局，呈现了人物的变化和故事中的情感收束。经历了一切的人物得到成长且拥有了更强大的身心力量，他们会由此改变生活，成为两个世界的主人。

经历了一系列挫败的小濑清开始真正尊重相扑，彻底改变以往的问题小孩态度。他向师父和前辈猿谷认真求教，勤学苦练，相扑技能长进飞快，并带动着整个猿将相扑室燃烧起斗志，走向横纲之路。

丹·哈蒙故事圈简单清晰，环状结构将故事最终带回到起始点，避免故事过于散漫或无结尾的问题。圈中的每一个节拍都迫使作者去思考角色的需求，因此更具体地关注人物的角色弧线。但同时这也使得丹·哈蒙故事圈并不适合那些更注重讲述事件逻辑和因果的故事，具有一定的局限性。

五、跳过"平凡世界"——费希特曲线

费希特曲线是美国现代派小说家、散文家、文学评论家**约翰·加德纳**在其《小说的艺术》一书中提出的，是指将故事按照起始、升高、顶峰、下降和结局的顺序进行叙述，来呈现故事情节的发展和紧张度的变化的曲线。加德纳认为这是一种借由偶发事件的逐渐积累直到一个宏大的高潮危机的叙事方式。

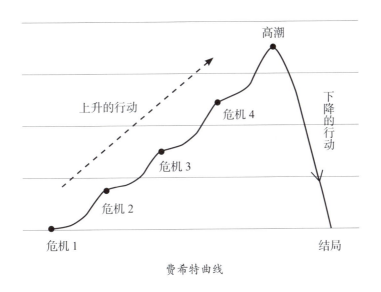

费希特曲线

费希特曲线区别于其他结构设定，它跳过了"平凡世界"的铺陈，直接以一环扣一环的上升行动叠加来推动情节发展，以弱刺激的积累使观众感受故事的紧张氛围，以达到最大的情感效果。该结构通常以线性方式展示故事，其高潮是整个故事最重要的部分。

以电影《低俗小说》为例。《低俗小说》是由昆汀·塔伦蒂诺执导的犯罪电影。影片由"文森特和马沙之妻""金表""邦妮的难题"三个章节以及首尾序幕和尾声三个故事所构成。

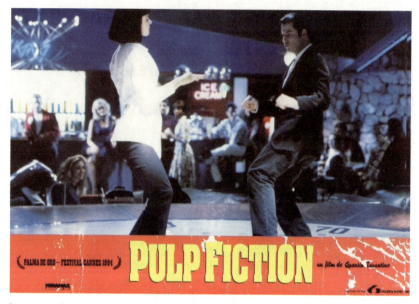

《低俗小说》，1994，美国，导演：昆汀·塔伦蒂诺，编剧：昆汀·塔伦蒂诺、罗杰·阿夫瑞，主演：约翰·特拉沃尔塔、乌玛·瑟曼等

上升的行动： 从起点开始，故事的前2/3将全部是上升的行动。故事的背景和基本情况被介绍给观众。主要角色、场景以及故事的背景信息都在此阶段中被引入。故事开始发展并紧张度逐渐增加，所有的危机都朝着主要高潮建立张力。

危机1： 餐厅抢劫。莽撞的情侣劫匪"小南瓜"和"小兔子"正在早餐店策划一场抢劫，两人一番分析后觉得抢劫银行等难度太大，于是一拍脑门当即决定打劫这家早餐店，并立即拔枪开始行动。

危机2： 箱子。故事切换到另一条情节线，马沙·华莱士是实力强大的黑社会大哥，几个年轻人侵吞了他一只装满黄金的皮箱，于是他派手下朱尔斯和文森特去拿回这只箱子。

上升的行动,《低俗小说》剧照

高潮：费希特曲线的高潮通常发生在全片2/3处。高潮是故事戏剧性和冲突的高峰。先前段落中的故事线在此交织，攒成一件出乎观众意料的大改写事件，并由此开始走向结局。

本片的高潮为文森特和马沙之妻段落。拿着箱子回酒吧交差的朱尔斯和文森特与一个男人擦肩而过，男人是拳击手布奇，他正和老大马沙完成了一笔打假拳的交易，按照计划，布奇会在下一场比赛输给对手以获取这一大笔钱。

从第一个故事开始铺垫马沙的强势和权力，在这个故事中，文森特接到一个受马沙所代表的权力直接压迫的任务——让他陪妻子蜜娅一个晚上。任务看似轻松，实则充满了压力。蜜娅有了文森特做舞伴，夺得了跳舞比赛冠军，满意回家，却因为吸食了文森特外衣里的毒品而昏死过去。这一压力在蜜娅昏死过去后直接显现，表现为文森特的慌乱无措。惊恐的文森特把蜜娅带到毒贩兰斯家中紧急抢救，直到蜜娅挣扎着大口呼吸后，文森特才终于从压力中解脱。

下降的行动：这是故事见分晓的地方。所有未解决的冲突与线索被联系起来，新的信息和发展逐渐出现，紧张度相对减弱。

高潮—下降的行动："金表。"这是危机程度比危机3稍低的危机，引入另外一条故事线。讲述拳击手布奇与文森特老板马沙的冲突。布奇为了从博彩中获利，违背了他对马沙许下的打假赛的承诺。马沙闻讯后大怒，发誓一定要将布奇干掉。布奇有一块祖传的金表，原准备打完拳赛后和女友远走高飞，却在临走时发现金表忘在家中，布奇只得冒险回家。在家中他反杀了蹲守的文森特，却又在返回路上遇到了马沙……此危机在紧张程度上缓和危机3，把情绪高潮引向动作高潮。从而使观众在上一个危机中获得的情绪得以疏解，用强烈感官刺激来缓解紧张情绪。

下降的行动：邦妮的难题与抢劫事件。故事线回到文森特和朱尔斯拿着箱子返回的路上，文森特失手打死了线人，弄得整个车子血污不堪，为了不被警察抓个正着，他们只能暂避到朋友吉米的家中。吉米担心妻子邦妮看到这一切，要求他们马上处理。在马沙派来的"狼先生"的指挥下，车子被处理，朱尔斯和文森特换上休闲装继续一天的生活。

结局：这是故事的最后一个阶段，故事的主要冲突得到解决，并揭示出故事的结果。角色的命运和故事的目的得以明确。

处理完车子后的朱尔斯和文森特到一家早餐店吃饭。正当朱尔斯坦言，因为刚才的"神迹"，自己要放弃杀手的生活时，他们赶上了影片开头的抢劫。但两人并没有杀人，他们放走了这对"小南瓜"和"小兔子"，随后一同离开。这两件事是比"金表"对于主人公的危机程度更低的事件，二者在全片后段保持着影片该有的张力，同时用相较于其他事件更为轻松的方式和更低的危机程度作为观影的结束，完成了下降行动的平缓曲线。

可以说，费希特曲线给予了叙事极大的灵活性，让动作、犯罪、悬疑等类型的故事在编写时不必一定要设置障碍或转折来推动故事前进，而是以一簇一簇的矛盾或冲突叠加来激发故事的张力。同时，观众对故事的高潮没有程式化的预判，因此会得到更加惊喜的观影体验。

六、按分钟计算——布莱克·斯奈德的"救猫咪节拍表"

"救猫咪节拍表"（Save the Cat! Beat Sheet）是美国著名编剧、作家**布莱克·斯奈德**（Blake Snyder）所创作的一种电影剧本编写模型，用于分析和构建故事结构。

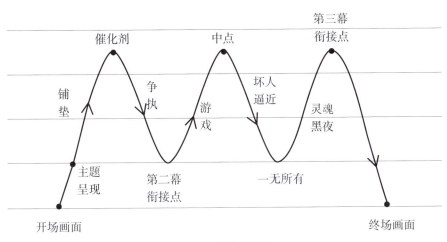

"救猫咪节拍表"

"救猫咪节拍表"首次发布于斯奈德的同名畅销书籍《救猫咪：电影编剧指南》中，斯奈德使用这个术语来指代一种特定的情节设计，**即让主人公做一些让观众支持他们的事情，**设计一个让主人公在观众眼中变得善良且易于令人同情的场景，通常是主人公拯救或保护一个无辜的生物，如一只猫咪，以便让他们更讨人喜欢，使观众对这些角色投入更多精力，站在他们一边。这是一种快速产生对主人公的同理心和依恋的方法，此概念强调了在故事中建立主人公与观众情感联系的重要性。

"救猫咪节拍表"是三幕结构的演变，为剧本创作提供了一个按分钟计算的模式。斯奈德在《救猫咪：电影编剧指南》一书中以比喻表示，节拍表就像"在无边的海洋中游泳的人一样，在幕与幕之间还存在着很多开阔的水域。剧本中会有很多空白的区域让你感到迷茫、恐慌和窒息。我需要水域中间有更多的岛屿，好缩短每一段游泳的距离"。这段话形象地比喻了剧本创作中的挑战。剧本中的岛屿代表着关键情节、重要场景或有趣的转折点，而游程则指的是连接这些情节或场景的部分。斯奈德想要表达的是，在剧本中，如果两个重要情节之间的部分太长或缺乏足够的戏剧张力，就会让观众感到迷失和无聊。因此，斯奈德所作的节拍表中的每一个节拍都规定了每个事件应该发生的位置和顺序，以保证故事有足够有趣和紧凑的情节，避免在中间垮掉。①

以电影《死亡诗社》为例，《死亡诗社》是由彼得·威尔执导的剧情电影，故事以1959年的威尔顿高等学院为背景，百年来学院坚持的传统、荣誉、纪律和卓越的教学信条一直禁锢着学生们的生活，直到新的英语老师约翰·基汀的到来，他独特的教学方式解放了学生们自由的灵魂，"哦，船长，我的船长！"（Oh Captain! My Captain）成为师生间惺惺相惜的信号。

《死亡诗社》，1989，美国，导演：彼得·威尔，编剧：汤姆·舒尔曼，
主演：罗宾·威廉姆斯、罗伯特·肖恩·莱纳德、伊桑·霍克等

---

① 斯奈德.救猫咪：电影编剧指南［M］.孟影，译.杭州：浙江文艺出版社，2021：158.

1.开场画面（0—1%）

作为第一个节拍，故事开始时展示的第一个镜头或画面，通常用来吸引观众并奠定故事基调。让观众进入主人公的初始世界，了解主人公姓甚名谁、他或她的生活是什么样的。因此，此节拍应该在视觉上尽可能多地告诉观众关于主人公的信息。

电影开篇，威尔顿贵族学院正在举行开学典礼，学院纪律严明，学生们整齐划一。人物出场，约翰·基汀作为学期新来的英语老师登场，他是学院的优秀毕业生之一。

2.主题呈现（5%）

在故事的前5%中，确立故事的中心主题，暗示故事的真正内容，以及主人公的弧线将是什么，即主人公在故事结束之前必须学习或发现什么。让观众对主人公的世界在宏观和微观上进行更详细的了解。

影片在这部分通过学生们入住校舍环节，交代了故事的其他几个主要人物：颇有想法的尼尔，内向的托德，青春叛逆的诺克斯、米克斯和多尔顿。大家谈笑往来，直到尼尔父亲的加入。父亲勒令尼尔取消任何与课业无关的活动，对话凸显了父权的极度强势和尼尔的过度压抑，父子关系也映射了这群年轻学生所渴望的与他们背后所背负的家族期待之间的矛盾。由此呈现主题中想传达的个人自由和自我表达的重要性。

3.铺垫（1%—10%）

第三节更深入地探讨主人公转变之前的生活，这些场景被用来探索主人公的生活现状及其所有悲剧性缺陷。

在这一片段中学期开始了，剧情先铺垫了其他几位老师古板无聊的教学方式，课堂氛围沉闷压抑。而基汀老师则让学生们撕去教科书上矫作的诗歌分析，告诉他们不要再被禁锢在书本里，而是追求自己的诗、自己的自由。这在威尔顿学生长期窒息的心灵中引发了一场地震。

4.催化剂（10%）

故事进行到10%时，提出诱发事件。主人公身上应发生一件激动人心或改变生活的事情，这将使他们进入一个新的世界或新的思维方式，它扰乱了主人公的世界观，迫使他们审视自己的立场，使故事开始发展。

基汀的课勾起了青春期男孩们的好奇，此时尼尔在校史册中发现基汀老师曾是死亡诗社的成员，并由此对死亡诗社产生了兴趣。基汀告诉他们，死亡诗社是一群浪漫主义者的山洞聚会，死亡诗人致力于吸取生命的精华，这是梭罗的一句话。这对男孩们产生了莫名的吸引力。这场激励事件以催化剂般的存在让影片自然地步入正题。

5.争执（10%—20%）

在催化剂之后，英雄通常会采取多个场景或章节来对催化剂中发生的事情做出反应。争执通常是由威胁或迫在眉睫的事件引发的。通常这种节拍的目的是表现主人公不愿意改变并保持现状，直到他被迫采取行动。

在争执阶段，尼尔等人提出要效仿基汀老师复活死亡诗社。因为家庭教育与自身性格的不同，男孩们对此产生了不同的反应。他们得以在内心深处思考，是否应该追求自己的激情，而不仅仅是迎合家庭和学校的期望。

6.第二幕衔接点（20%）

这标志着主人公有意识的选择和旅程的正式开始。这是英雄决定接受行动号召、离开舒适区、尝试新事物或冒险进入新世界或新思维方式的时刻。主人公也可能会受到启发而做出改变以实现个人目标，通常这个新目标是主人公在第二幕的前半部分中追求的。

顺着神秘具有吸引力的音乐，尼尔等人出逃学院，奔向山洞，秘密复活了"死亡诗社"，这个决定代表着他们进入了一个新的世界，展示了他们迈出追求自己激情的重要一步。在《瓦尔登湖》的名句开场中，在诗歌溢满的空气中，大家从拘束中解脱，沉浸在自由里。

7.B故事（22%）

子情节启动，引入了一个或多个新角色，可以是爱人、宿敌、导师、家庭成员、朋友等，这些新角色的最终目的是协助主人公完成人生旅程。子情节的发展有助于补充和支持主要故事线以及突出故事主题。

影片的B故事，一方面，尼尔在父亲的强压之下依然争取着自己喜欢的戏剧角色，另一方面，B故事中插入诺克斯遇到心上人的次要情节，这个情节并非与故事主线毫无关联，基汀"诗歌、美丽、浪漫、爱情，这些才是我们活着的意义"（Poetry，beauty，romance，love—there are what we stay alive for）的激励，不止激发了学生们对于诗歌乃至艺术的勇敢表达，还从爱情等生活方面给予了他们莫大的勇气，诺克斯为此以诗的名义表达对心上人的爱恋。B故事线由此依旧回归主题中来，让影片的故事线显得尤为聚拢。

8.游戏（20%—50%）

故事中轻松愉快的部分，主人公开始适应新环境或面临新挑战，通常伴随着喜剧元素或创意场景。是整个故事中最有娱乐性的部分。

在游戏阶段中，男孩们以创造性的方式表达自己，他们积极参与到诗社活动中，在基汀的课上越发神采飞扬。诺克斯追求暗恋的女孩，尼尔努力争取梦想的角色，托德甩掉了不受重视的礼物，所有人都在死亡诗社效应下肆意地追求自我。

但冲突与转折就在游戏之后到来。

9.中点（50%）

第九节拍标志着故事叙述的中间点，英雄要么遭遇虚假的胜利，要么遭遇虚假的失败。虚假的胜利是指主人公以为他们得到了他们想要的一切，但真相往往不是这样，胜利会带来更多的不幸。虚假的失败是指在某种程度上主人公跌入了某种谷底，主人公除了向上，别无选择。在这种类型的故事情节中，主人公必须以某种方式征服自己，这通常会将中间点推向一个具有幸福结局的反叙事。

故事达到转折点，查理公开为诗社招募女同学使得诗社被曝光，基汀受到牵扯，校方大为震怒。尼尔的努力使他获得了《仲夏夜之梦》中的角色，父亲准许他演完当晚的戏剧，尼尔以为演出的成功能让父亲改变想法，但这只是一场虚假的胜利。

10.坏人逼近（50%—75%）

在中点之后，主人公面临越来越大的困难和挑战，压力逐渐增加，使故事紧张起来。如果中点是一场虚假的胜利，那么故事的这一部分通常会是一条下坡路，主人公的情况会变得越来越糟。如果中点是一场虚假的失败，路径则正好相反。

演出刚结束，尼尔的父亲便强制地带走了尼尔，并警告其远离自己的儿子。到家之后尼尔父亲再次警示儿子一定要进入哈佛医学院，这是最好的机会。而尼尔的内心裂痕也在谈话中越裂越大。

11.一无所有（75%）

这一刻是小说的最低点。主人公跌入谷底，他失去了迄今为止所得到的一切，被反派压制。这个节拍通常会象征主人公的旧生活，或者是旧自我的死亡。

尼尔在演出结束的当晚自杀了。得知尼尔死讯的众人悲痛不已，托德更是无法置信地在雪中发泄。

12.灵魂黑夜（75%—80%）

这是一个反思性的节拍，主人公的处境应该比开始时更糟，在失去了一切之后，主人公需要时间来处理迄今为止发生的一切。这是黎明前的黑暗，是主人公找到解决问题的方法、结束人生课程之前的时刻。

尼尔的死让校方迫于压力展开全面调查，卡梅伦的告密，尼尔父亲的施压，重重危机迫近"死亡诗社"。面对着校方的威逼，大家不得不违心指证基汀，基汀最终背负起全部责任，被学校解雇。

这些事件使得学生们感到无助和失望，他们开始怀疑自己选择和追求激情的决心，意识到追求自由和自我表达的代价是巨大的。这个时刻代表着他们的迷失和困境，是他们自我探索旅程中的心灵低谷。

《死亡诗社》剧照

13.第三幕衔接点（80%）

主人公经历了某种顿悟，被他们新发现的希望所激励，他们最终意识到必须做些什么来解决当下的问题处境，以重生为更好的自己，人物弧线已接近完成。这也是进入第三幕的节点。

一切回到原点，代课老师在课堂上再次让学生们念出课本普利查特的文章，而这一页早在第一堂课便被基汀要求撕去。如此回忆冲击了托德等人，面对基汀，托德显得尤为内疚与不安。

14.结局（80%—99%）

主人公和反派之间的对抗终于发生了，一直以来被掩盖的真相终于被揭开。

情绪终于在基汀准备离开时爆发，托德向基汀和盘托出违心的事实，最内向却也是受基汀影响最大的他突然站上桌子，喊道"oh captain，my captain"。其他男孩也在积压的种种愧疚、感激等情绪的影响下，陆续站到桌子上。这场戏虽然无声，但是在前面扎实的事件铺垫以及层层的情绪堆积下，整场戏形成了一股巨大的张力，爆发出来的情绪推动着整个故事达到了高潮。

15.终场画面（99%—100%）

这是开场图像的镜像呈现，是主人公在经历转变之后的"当下"快照。最后的节奏展示了在旅程之后主人公发生的变化以及变得更好之后的生活。

最后，影片定格在托德的凝望下，戛然而止。与开头刚入学的他们举旗的画面互照，让人回味无穷。

通过案例分析可以看到，"救猫咪节拍表"能够帮助编剧了解场景时机以及重要情节的安排，"救猫咪"这个短语如今已成为常用术语，用来指代电影中的那些能够让观众产生情感共鸣和同情的触动人心的场景。

七、从结局回到起点——丹·威尔斯七点式结构

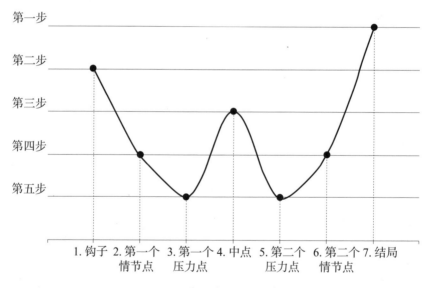

七点式结构

七点式结构由美国恐怖和科幻小说作家丹尼尔·安德鲁·威尔斯（Daniel Andrew Wells）首先提出，此结构虽是一个相对较新的概念，但从结构图中可以看出，它本身并不是革命性的结构创新，与三幕式以及英雄之旅都有相似的叙事走向，它之所以普及开来是因为其在实际创作中独特的可操作性。

七点式结构将一个故事概括为七个连续的事件。此结构的第一步是**从结尾开始的**，创作者可以**先确定故事的解决方案**，他们希望故事如何结束。这使创作者在写作过程中始终跟随着故事既定的发展方向，从而使叙事线较为平滑，有连贯性。

有了结局，而后**再回到起点**，设置一个**与结尾几乎相反的现状**，即故事开始的"钩子"。如此让主人公和情节以最能与结局形成鲜明对比的状态开始，使故事头尾产生戏剧性转变，同时在故事的前后部分之间创造了某种对称性，让观影处于松弛有度的状态。

以大卫·柯南伯格执导的影片《暴力史》为例。影片讲述了有着黑帮暴力史的乔伊隐姓埋名成为小镇上拥有美好家庭、开着小店谋生的男人汤姆。然而某日因反杀了一对劫匪，汤姆成为英雄，被媒体报道之后，一连串的继发事件打破了一家人平静的生活，揭露汤姆的过往。

《暴力史》，2005，美国，导演：大卫·柯南伯格，编剧：乔什·奥尔森，主演：维果·莫腾森、玛丽娅·贝罗等

1.钩子

这必须是一个极度吸睛的内容，开局强有力地抓住观众的好奇心。七点式并列的开头和结尾使得无论主人公的结局如何，其个人弧线在故事中都是突出的、有巨大转变的。

开场，一对暴徒劫杀了一间小旅馆，连孩子都不放过，以射向女孩的子弹转场，视角来到了温馨的汤姆家中。

女儿被噩梦惊醒，全家人陆续来安抚，屋内宁静安详，与开场饱和度高且杂乱的场景形成对比。

汤姆是小镇上再平凡不过的一家之主，与妻子育有一双儿女，经营着一家小餐馆。虽然城间充斥着暴力，连儿子的学校也不例外，但汤姆家中像是个最和平美好不过的乌托邦。

在找碴儿的儿子同学和开场的暴徒别了车后，故事的煽动事件即将到来。

2.第一个情节点

在故事的进程中有一个轻微的变化，使事情向前发展。这是一个人物必须回应的事件，也就是煽动事件。主人公在故事的前半部分处于被动地位，他们必须学习获得主动权，成为决策者。

暴徒来到汤姆的餐馆，强硬地要求已打烊的汤姆端上黑咖啡和柠檬派，汤姆起初并不想节外生枝，但不想对方企图杀害店员，于是以出乎意料的暴力手段击败了这对暴徒。

他的英勇成为人们津津乐道的话题，媒体对此事的报道，也把汤姆一家赤裸裸地放置在公众视线里。

面对漫天的报道，汤姆忧心忡忡，而他担心的事情也在此时发生。经过此事，汤姆的餐馆生意好得不得了，同时引来的是黑道势力的关注。神秘的疤脸男人卡尔突然登门，在餐馆中不停地以乔伊·古萨克之名挑衅汤姆。原来，汤姆是一个有着暴力过去的男人，20年来他极力逃避、隐藏，而现在一切都崩塌了。

卡尔等人频繁的骚扰引来妻子爱迪的怒气，此情节点的启动也让观众对汤姆的身份以及后续发展产生好奇。

3.第一个压力点

这是连接不同部分的时刻，同时增加紧张感和故事张力，使其更扣人心弦。在第一个压力点引入反面人物，向观众展示对主人公来说前方将会是多大的挑战。

由于妻子的报警，警官的到来，汤姆的身份面临泄露的危险。

家中的妻子恐慌又担忧，而汤姆自己也在餐馆中惴惴不安，这件事到底是彻底打碎了汤姆的生活。突然，卡尔带着手下驾车前往汤姆家中，汤姆迅速反应，打电话让妻子准备霰弹枪，自己向家中飞奔而去，突然出现的枪支以及气喘吁吁的父亲让儿子讶异不已，而儿子端起枪的举动也露出了一些暴力的端倪。

卡尔等人跟着妻子爱迪和女儿来到商场监视着他们，卡尔告诉爱迪，自己失掉的这只眼睛就是因为乔伊，乔伊是个杀人不眨眼的狠角色。

同时，在B故事线上，儿子杰克在校又被欺凌，实在忍不下去的杰克下手将对方暴揍到住院。回家后，汤姆与儿子因此事争吵，竟下手扇了儿子耳光，汤姆愣在当场，暴力的因子在原本美满的生活中隐隐作痛。

4.中点

中点是将故事一分为二的分水岭事件，需要起到加强故事的骨架并增加一些复杂性的作用。通常情况下，这个转折点伴随着一个触发点，一个可以刺激主人公为自己设定新目标的事件。这通常是一个"虚假的胜利"，即人物"赢得"了一些东西，但获得这些东西却要付出巨大的代价。

妻子回家告诉了汤姆所发生的事情，而此时，卡尔的车已经停在了门口。卡尔以儿子威胁汤姆，让其跟他回费城。为了保护自己和家人，汤姆被迫揭示了自己的真实身份，并展现出他过去作为杀手的暴力技能。就在他被卡尔压制之时，儿子用那把家用霰弹枪杀死了卡尔。

汤姆拥抱住儿子，父爱使他对于儿子展现出的暴力行为深感内疚。

中点,《暴力史》剧照

5.第二个压力点

故事在这一点上拿走所有的希望,这是一个"全完了"的时刻。尽管已经找到了故事中真正的对手,但主人公感到他们似乎无能为力。在某种程度上,这能够刺激主人公摆脱桎梏,重新审视事件和自身,并找到摆脱困境的方法。

妻子来到病房质问汤姆,而得知实情后的她深受打击,最后因无法接受自己深爱的丈夫的暴力和谎言而崩溃地离开。同样的,儿子因为汤姆的身份,失望且愤怒地离开了他。汤姆用心呵护的家庭,在暴力的阴霾下,就这样走向了瓦解的边缘。

警官山姆来到家中,认为事情不太对劲,想让夫妻俩说出实情。即使对丈夫的隐瞒十分生气,但爱迪还是维护了汤姆。

半夜,汤姆接到了哥哥瑞奇的电话,为了不让哥哥再来找他,汤姆在半夜前往费城。

6.第二个情节点

这是故事中的另一个"变化",这一行动将解决故事的主要冲突,把故事带到终点。这一点通常与第一个情节点形成对比,人物不是被迫,而是主动选择使用他们收集的所有"工具",最终实现他们在中点为自己创造的新目标，开始创造自己的环境。

汤姆与瑞奇相见，兄弟俩的寒暄仅短暂地停留了一下，瑞奇便亮出杀心。他告诉汤姆由于他的下手，他付出了很大的代价，因为汤姆，他成不了老大，帮派不尊重也不信任他。瑞奇告诉汤姆，他从小就是个麻烦，而他现在要实现小时候失败的事情。瑞奇的暗杀使汤姆不得不反抗，并最终反杀了哥哥，结束了自己到目前为止的麻烦。

7.结局

结局是一个叙事弧的终点，故事的主要问题在这里得到解决。也可以是主人公人物弧的最后阶段，在那里他们成为改变的人。在达到这一点时，观众将深深地投入故事中，所以他们希望人物有一个满意的回报。

最后，伤痕累累的有暴力过往的汤姆回到了家中，妻子与孩子正在准备晚餐，汤姆的回来让气氛显得尴尬，家中的隔阂依旧存在。懵懂的女儿为她的父亲摆出餐具，儿子继而也沉默地挪来了面包，在和妻子爱迪的对视中，汤姆知道他的家人最终接受了这个有着暴力史的男人。

七点式结构具有丰富的情节点，明确的激励事件，中点与结尾。它在结构上与三幕式有相似之处，即都能简单明了地传达剧作意图。但七点式中频繁地设置小结构又使得它所带来的叙事结构变得更具可看性，更具有吸引力。

七种经典叙事结构的分析告一段落，通过剖析结构，制片人可以在以后阅读剧本时更有意识地理解故事的布局组织和发展方式，锁定故事的关键转折和重要事件，了然角色的成长与变化是否顺畅，以及故事情节是否具有足够连贯性和张力能使观众产生共鸣。此外，不同类型的故事会采用不同的叙事结构，例如传记、悬疑、爱情或冒险等，基于以上选取的类型故事的叙事分析，有助于制片人更明晰地了解结构间的共通之处和特殊之处，理解它们在不同类型中的运用效果。

然而，叙事结构只是创作一个优秀故事的众多因素之一。其他因素如角色塑造、情感表达和主题等同样重要。且随着时间推移，叙事结构也在因为观众观影习惯以及更多叙事内容和方式的可能性的出现不断演变和创新。因此对于结构的分析不能只停留在一个时段，应随着我们有意识的发现与总结被填充得更加丰满。

第五讲　鲜活形象：人物塑造的分析方式

在以上的四讲中，我们讲述了剧本整体评估的方法策略，并从主题的角度切入剧本的内核之中。之后又对剧本的基本元素和叙事结构进行了全面的复盘，在带着读者解析了诸多经典电影的同时，也让这些剧本评估的基础知识逐步进入读者的视野。而在了解了以上的知识和分析方法之后，我们便可以进入电影中最有魅力和吸引力的部分，对电影的人物塑造进行详细的分析。

在电影和电视剧的世界里，人物无疑是故事的灵魂。他们是故事发展的推动者，是观众情感共鸣的桥梁，也是作品成功与否的关键因素。因此，对人物进行精准评估不仅是一项技术活，更是一种艺术。在本讲中，我们将深入探讨如何用一双锐利的眼睛，看穿故事人物的核心，确保他们不仅在纸面上活跃，更能在银幕上焕发生命。接下来，我将为各位讲述进行剧本人物分析的核心要素，这样会帮助我们在接下来对主角、配角、反派等不同角色进行拆分讲解的时候更好地理解人物评估的具体方法。

对于剧本的人物评估而言，首先，我们要关注的是人物的真实性。一个真实的角色会让观众觉得他们就像生活中的普通人一样，有着自己的优点和缺点、欲望和恐惧。真实性是角色深度和复杂性的基础，也是观众能否"买账"的重要标准。然而，在某些作品中，人物可能会给人一种强烈的不真实感。

这种不真实感通常源于以下四个方面。

1.过于单一的性格特质

在电影和电视剧的世界里，人物的真实性往往是观众是否能与作品产生共鸣的关键因素。然而，当一个角色被刻画得过于单一，他们就容易失去这种真实性，从而影响整部作品的质量和观众的接受度。就像著名剧作家罗伯特·麦基在他的著作《故事：材质、结构、风格和银幕剧作的原理》中强调的那样：角色的复杂性来源于他们的内在冲突。这种冲突可以是道德的、情感的，或者是心理的。角色的内心斗争使他们的行为更加真实可信，因为他们的选择往往是在不同价值观和欲望之间做出的艰难抉择。这样的角色不仅能够引起观众的共鸣，还能够激发观众的好奇心，让他们想要了解角色在故事中的发展和变化。而在相反的情况下，缺乏复杂性格的角色很容易被视为一个工具或符号，用来传达某种特定的信息或主题，而不是一个有血有肉的人。

以2003年托米·韦素编剧并执导，托米·韦素、格雷戈·赛斯特罗、朱丽叶塔·丹妮埃拉等主演的美国电影《房间》为例，这部总体上评价很低的影片对于主角乔尼的设计很好地诠释了这一点。乔尼被刻画为一个完全正直、无私的人。这种单一性格让他在电影中显得非常不真实。在现实生活中，人们的性格和行为通常都是多面的，拥有各种各样的情感、动机和行为。然而，乔尼的单一性格不仅让他失去了这种多样性，还让他的行为和决策显得不合逻辑且不可信。

这种不真实感不仅削弱了角色的真实性，还可能影响到观众对整部作品的评价。观众可能会觉得这样的角色是刻意设计的，而不是自然流露出来的。这进一步导致观众难以与角色产生共鸣，从而影响他们对整部作品的整体评价。

缺乏深度和复杂性直接导致了主人公在人性多样性上的缺失，这种缺失是导致人物产生不真实感的一个主要原因。当角色过于单一，缺乏性格的多样性和人格的深度，便会极大地拉开观众和人物的心理距离。这种缺乏深度的问题进一步加剧了角色的不可信度，因为当角色的行为和决策显得不合逻辑或单一性过强时，这进一步削弱了这些人物的真实质感。

因此，在进行剧本评估或人物创作时，制片人和编剧应该尽量避免这种问题。他们需要确保角色不仅具有足够的深度和复杂性，还能在各种情境下表现出合逻辑和可信的行为。这样，作品才能在娱乐观众的同时，也能让人物显得更加真实和有深度。

2.不合逻辑的行为和决策

逻辑性的缺失，是角色不真实感的一个显著因素。当观众发现角色的行为与其性格或所处情境不符时，他们的"愿意暂时性地相信"就会被打破，从而开始质疑整个故事的可信度。

以2023年由本·维特利执导，杰森·斯坦森、吴京等主演的电影《巨齿鲨2：深渊》为例，虽然这部电影获得了一定的票房成绩，但是由于缺乏严谨的逻辑性故事，导致后续口碑直接崩塌。其中的重要原因便是本片中出现了很多的反智桥段，比如让主角在深海7000米的环境下不穿潜水服直接进入海中，以及反派是来杀死主角的，在主角昏迷的时候却没有痛下杀手，反而选择安静地等到主角醒来再进行决斗，最后被反杀。明显的反智桥段不断地打击着观众的观影热情。在主角团被困深海的时候，其团队无法救援的原因也显得极为敷衍。从整个情节逻辑的设计上，电影的剧本就透露着敷衍的气息。

角色的不真实感如同一道裂痕，不仅割裂了观众与角色之间的情感联结，还可能将这一裂痕扩散至整部作品，影响其整体的魅力和说服力。在这里，逻辑性起到了至关重要的作用。在剧本评估阶段，制片人和编剧必须仔细检查角色的行为和决策是否具有内在的逻辑性。这不仅要与角色的个性和背景相符，还要与整个故事的情境和发展逻辑相一致。只有当角色行为符合逻辑时，整部作品才能真正达到引人入胜的效果，同时也能增加作品的真实性和深度。

3.缺乏内在动机

动机的缺乏是另一个让角色显得不真实的关键因素。当角色的行为和决策看似随意并缺乏有力的外在或者内在的动机的时候，观众就会开始质疑这些角色的真实性。这种情况在某些浪漫喜剧中尤为常见，角色之间的关系发展往往过于急促，以致观众难以理解为何他们会如此迅速地走到一起。缺乏对人物动机的有力铺垫，导致了动机的缺乏不仅削弱了角色自身的真实感，还可能影响到整部作品的可信度。

在这种情况下，观众可能会觉得角色的行为是被剧本强加的，而不是自然而然地产生的。这种不真实感会让观众对整个故事产生怀疑，从而影响他们的观影体验。因此，在剧本评估阶段，制片人和编剧需要特别关注角色的内在动机，确保它们不仅合理，还能与角色的性格和故事情境相协调。

4.刻意的戏剧化设计

在一些电影或电视剧作品中，角色和情节可能会因为过度的戏剧化而显得不真实。这种情况通常出现在肥皂剧或者某些高度戏剧化的作品中，其中角色的情感反应被刻意放大，以增加戏剧张力。例如，在一部分电影中，为了推高结局的戏剧张力，会在结局部分设计过多的反转和刻意的戏剧冲突。这样的设计实际上对电影的整体情节产生了负面影响。以致许多前半部分水准很高的电影最终落得一个烂尾的结局。

这种刻意的过度的戏剧化设计不仅会让角色本身失去真实感，还会伤害到观众对于电影的整体观感。

通过以上的论述和例子，我们不难看出，人物的真实性不仅关乎他们是否具有复杂和多维的性格，还涉及他们的行为、决策和内在动机是否合乎逻辑和情感。

代入感是评估剧本中人物真实性的另一个重要维度。一个具有高度代入感的角色能够让观众自然地站在他们的角度去看问题，感受他们的情感波动。这种代入感不仅能够增加观众对故事的投入度，还能为角色之间的互动和故事的情节转折提供更多的情感深度。

以三部电影为例，在1994年由弗兰克·德拉邦特编剧并执导，蒂姆·罗宾斯、摩根·弗里曼领衔主演的美国电影《肖申克的救赎》中，故事设定在一个普通人都不愿意进入的地方——监狱。安迪·杜佛兰，一个被错误定罪的银行家，被投入这个令人恐惧的环境。他的孤独、沮丧和对未知的恐惧，是每一个人在面对巨大不公时都会感受到的情感。观众能够轻易地将自己代入到他的角色中，体验他的痛苦。

而当安迪播放莫扎特的歌剧音乐给整个监狱的人听时，他感受到"那一刻的感觉，他们是自由的"。(And for the briefest of moments…every last man at Shawshank felt free) 这不仅体现了安迪的反抗精神，也是观众与角色之间情感交流的巅峰时刻。音乐在那短暂的时间里，打破了囚笼，带给了观众强烈的代入感。

进一步地，通过安迪与瑞德的深厚友情，电影展示了希望的力量。瑞德，一个原已对外界失去希望的囚犯，通过与安迪的互动，开始重新相信未来。他的名言："希望是个好东西，也许是世间最美好的东西，美好的事物永远不会消逝。"不仅仅是他的觉醒，也是观众在与影片互动中，对希望的重新定义。

《肖申克的救赎》所展现的代入感，是通过紧密的情节编排、真实的人物刻画和深刻的情感交流实现的。这使得电影不仅仅是观众的视觉体验，更是他们情感上的参与和思考[①]。

相反，相较于其他的超级英雄故事，在2004年由皮托夫执导，哈莉·贝瑞、本杰明·布拉特、莎朗·斯通等主演的美国动作电影《猫女》中，主角菲柏丝有着明显的转变缺陷。她原是一个害羞、内向的女性，却在一次意外后变身为"猫女"，拥有了超人的能力。尽管这种变化的设定具有戏剧性，但角色内在的动机和行为转变却显得突兀和薄弱。

---

① 杨晶.基于电影语言视角的《肖申克的救赎》人物塑造分析［J］.戏剧之家，2022（20）：145-147.

观众可能会质疑，为什么一个平凡的女性在获得超能力后，内心会有如此巨大的转变？为何她突然之间会有如此大的自信，决定挑战世界的不公？这样的转变，缺乏足够的内在逻辑和情感驱动。

这种代入感的缺失，使得电影在人物情感和故事层面都显得相当薄弱，导致观众难以与角色建立真正的情感联系。**因此，在剧本评估阶段，制片人和编剧需要仔细考虑角色的代入感。他们应该确保角色不仅具有复杂和多维的性格特质，还需要有合逻辑的行为和动机，以便观众能够自然地代入角色，从而增加作品的情感深度和观赏价值。**

另外，人物的共鸣性不仅是剧本评估的重要环节，更是一部作品能否赢得观众心声的关键因素。一个能引发共鸣的角色往往具有普遍性的情感或经历，这些深刻的内在元素能够跨越文化、年龄和社会界限，触动观众内心最柔软的部分。

想象一下，当观众看到一个角色在面对困境时展现出的坚忍和勇气，或是在爱情和友情中经历的失落和重获，他们会不由自主地将自己的生活经验与之对照，产生一种强烈的情感共鸣。这种共鸣不仅增强了观众与角色、故事之间的情感联系，也极大地提升了作品的观赏价值和文化影响力。

例如，2017年由马丁·麦克唐纳执导，弗兰西斯·麦克多蒙德、伍迪·哈里森、山姆·洛克威尔联合主演的美国犯罪剧情片《三块广告牌》，不仅仅是一部关于母亲追求正义的电影，更是对体制、人性和复仇的深入探讨。电影中的主角米尔德里德是一名生活在小镇上的坚忍母亲。她女儿的悲惨遭遇以及警方的冷漠态度，使得米尔德里德心中积聚了巨大的愤怒。而三块广告牌成为她表达这种愤怒的工具。

在其中的一幕中，米尔德里德与警长威灵厄姆有了一次激烈的对话，警长威灵厄姆试图让她了解案件的难度："我愿意做任何事情来抓住凶手，但是当DNA与从未被捕过的人不匹配，而且在全国范围内也找不到匹配的犯罪记录时，尤其是在她离开你家到我们发现她这段时间内没有任何目击者的情况下，我们现在能做的也就有限了。我正在尽我最大的努力追查凶手，但我认为那些广告牌的做法不太公平。"（I'd do anything to catch the guy who did it，But when the DNA don't match no-one who's ever been arrested，and when the DNA don't match any other crime nationwide，and when there wasn't a single eyewitness from the time she left your house to the time we found her，well.right now there ain't too much more that we can do. I'm doing everything i can do to track him down，I don't think those billboards is very fair）米尔德里德尖锐地回应："威灵厄姆，现在可能又有一个不幸的女孩正在遭受毒手，但我要说，我很高兴你还能分清轻重缓急。"（Willoughby，some other poor girl's probably out there being butchered right now，but i'm glad you've got your priorities straight，I'll say that for ya）这种直白的对话展现了她对警方失职的强烈不满，同时也让观众对警方的办案能力产生了质疑。

这种直面社会问题的勇气，以及米尔德里德为正义而不懈努力的形象，深深地打动了观众。而电影中对于正义、复仇和道德的探讨，也使得它在公映后引起了广泛的关注和讨论。例如，当米尔德里德说："我不是在寻找正义，警长。我只是在寻找答案。"这句台词为观众揭示了她内心深处的真实想法——她需要的并不仅仅是正义，更多的是一个对女儿死因的解释，一个能够让她心灵得到安慰的答案。

这种直击心灵的情感共鸣，让电影中的每一个细节都充满了力量，也使得米尔德里德这一角色在观众心中留下了深刻的印象。而主角米尔德里德的愤怒和失望是每一个寻求正义但受阻于体制的人都能理解的情感[1]。她用三块广告牌质问警方为何不能解决她女儿的命案，这一行为虽然具有局限性，却触动了无数观众的心弦。这种普遍性的情感和经历让角色更具共鸣性，也使得电影能够获得更广泛的关注和讨论。

---

[1]　张留梅.人性的善恶之辨：对影片《三块广告牌》中米尔德里德·海耶斯人物评析［J］.大众文艺，2019（11）：139-140.

因此，在进行剧本评估时，制片人和编剧需要深入挖掘角色的共鸣性，探索他们所面对的情感和挑战是否具有普遍性，是否能引起不同观众群体的共鸣。这不仅能增加作品的商业价值，还能提升其文化深度和社会影响力。

最后，是关于人物的独特性，人物的独特性主要体现在人物的特点上，这些人物特点是他们在故事中的独特印记。这些特点不仅让角色更具生动性和多维度，还在很大程度上决定了他们在故事中的角色和影响力。而一些设计精巧的特点正是让人物免于千篇一律的妙手良方。这些特点可以是一种独特的技能，一种突出的性格特质，或者是一种特殊的生活经历，甚至是一种怪癖或者长相上的独特之处。但无论是什么，它们都应该是角色和故事中不可或缺的一部分。

在2019年由奉俊昊执导，宋康昊、李善均、赵茹珍、崔宇植、朴素丹主演的韩国电影《寄生虫》中，导演对每个寄生家庭的成员都有独特的性格设计。

家庭成员各自的特点不仅为他们自身赋予了丰富的内涵，还在很大程度上推动了整个故事的发展和高潮。这些特点让角色更加鲜明，也让观众更容易记住他们，从而增加了作品的观赏价值和深度。也正是在电影人物的加持下，电影对于小人物的悲剧审美与现实映射[1]才得以成立。

父亲基潭的机智和世故让他能够快速适应不同的情境，也使他在与富裕家庭的互动中显得更加自信和从容。他的机智不仅让他能够轻易地融入富人家庭，还使他能够在关键时刻做出决定，推动故事向前发展。

母亲慈英的果断和坚定则是家庭能够成功"寄生"于富裕家庭的关键。她不仅在计划中起到了关键的作用，还在面对突发情况时展示了出色的应变能力。

儿子基宇的聪明和敏感使他能够快速识别出富裕家庭的需求和弱点，

---

[1] 郑韵菲，周博文.电影《寄生虫》中的小人物悲剧审美与现实映射 [J].沈阳工程学院学报（社会科学版），2021，17（4）：68-73.

从而为家庭提供了"寄生"的机会。他的聪明和观察力不仅让他在故事中成了一个关键的角色，还增加了故事的复杂性和深度。

女儿基婷的狡猾和计谋则是她能够成功地将自己和家人"植入"富裕家庭的关键。她的狡猾和机智使她能够在各种复杂的情境中保持冷静，也让她在故事中成为一个不可或缺的角色。

这些角色各自的特点不仅让他们在故事中各自发挥了独特的作用，还增加了故事的层次感和复杂性。观众能够清晰地看到这些特点如何影响他们的行为和决策，以及如何推动故事的发展。这不仅增加了角色的真实感和深度，还提升了整部作品的艺术价值。

因此，在剧本评估阶段，制片人和编剧需要特别关注这些角色特点，以确保他们能在故事中充分发挥作用。在剧本评估阶段，制片人和编剧需要仔细审视每个角色的特点，思考这些特点如何与故事的整体情节和主题相互影响，以及如何能让角色在故事中更加出彩。这不仅能增加角色的层次感和真实性，还能提升整部作品的观赏价值和艺术性。

而除了这些独特的性格设计外，一些有趣的怪癖和外形设计也成为特点设计的重要成分，无论是莱昂手里放不下的花盆，还是树先生那飘忽的烟火，抑或杰克船长飘来荡去的兰花指。在很多时候，这些特点是在剧作阶段就被体现出来的。这些怪癖和特色也成了人物的核心记忆点。

因此，无论是主角还是配角，他们的独特特点都应该被充分挖掘和展示，以确保他们不仅是故事的推动者，更是观众心中难以忘怀的存在。这样的角色才能真正赢得观众的喜爱，也能让作品在众多的故事中脱颖而出。

以上便是对于剧本人物分析因素的简单论述，在剧本评估的过程中，真实性、代入感、共鸣性和独特性是衡量剧作人物的四个尺度。一般而言，能同时满足以上四条评价标准的剧作人物都是出现在一些口碑极高的经典影片当中。在后续的精细化的分析中，我们也会经常用到这四个人物分析的因素。

一、主角：魅力十足还是令人反感？

想象一下，作为制片人的你手里拿着一份新鲜出炉的剧本，心里充满了期待。这里面可能展示了一个光怪陆离的世界，可能是悠远宇宙中的科幻回响，也可能是城市阴影下的人性迷狂，抑或小区露台下的心事成长，但无论故事具有怎样多彩的外衣，对于读者来说，总是需要一个主角带你进入这个他人笔下的曼妙世界。于是你缓缓地翻开书页，逐渐进入这个新世界，与主角建立起一种联系。但等一下，这个主角是一个你会喜欢并愿意跟随的人吗？还是一个让你眉头紧皱、想要放下剧本的烦人精？**对于剧本评估而言，主角的个性和魅力是剧本成功的关键因素。一个主角缺位的故事，在每一个叙事的层面都会面临巨大的困难。**然而如何对主角的魅力进行判断呢？

作为制片人而言，常年的观影和牢固的经验会给你一种先入为主的先验性直觉，你的这种直觉可能会告诉你答案，但这是远远不够的。你需要全面、深入地了解这个角色，弄清楚那吸引观众的神秘魅力，以及那可能让观众产生反感的玄机。

在上一部分，我们探讨了在剧本评估之中对人物进行评估的一些主要的基本的标准。然而这些标准的判断需要通过一些更为精细化的具体判断来实现。

当你坐下来评估一个剧本，第一件事就是要深入了解主角的背景和动机。这两个元素是角色行为和决策的核心，也是观众与角色建立情感联系的基础。不妨设想一个电影中常见的桥段，一个从贫穷背景中崭露头角的主角，他的每一个行动和决策都是为了摆脱困境，追求更好的生活。这种强烈的成功欲望不仅让角色更具深度，也让观众更容易与其产生共鸣。

这样的主角可能在年幼时就失去了父母，或者在一个充满暴力和不公的环境中长大。这些经历会让他有一种强烈的生存压力和逆袭的决心。当这样的角色面对困难和挑战时，他不会轻易放弃，因为他知道，这是他改变命运的唯一机会。这种从绝境中寻找希望的精神会让观众感到极度的共鸣。

我们也可以设想出一种与之相反的角色类型，对于那些生来就拥有一切的角色，他们可能从未经历过真正的困境和挑战，因此为他们的行为和决策找到真正的动机就有一定的设计难度。这样的角色可能会是一个"富二代"，从小就生活在财富的环绕中，从未为生活担忧过。当他们面临挑战或困境时，他们可能会选择逃避，因为他们从未学会如何面对和解决问题。他们可能缺乏真正的人生目标和动机，因为他们从未需要为生活努力过。

因此这类"富二代"类型的角色担任主角的时候，我们就需要格外重视角色的动机设计。因为这类主人公距离普通观众的心理距离较远，所以一定要有足够强大的内心和外部动机推动故事的发展和前进。

从这一对相反的角色之中，我们可以发现一个主角的背景和动机是评估其魅力和深度的重要依据。如果这些元素能够丰富且合逻辑地展现在剧本中，那么这个主角就有很大的可能成为一个令人难以忘怀的角色。所以，在评估剧本时，要优先考虑主角的背景和动机。这是整个人物建构和人物在故事中行为逻辑的基础。

之后，随着故事的深入，主角的矛盾性成为提升主角魅力的一大利器。内在矛盾不仅是角色塑造中的一种常见手法，而且也是让主角更具吸引力和深度的关键元素。当你的主角在追求自己的目标时遇到道德或情感的困扰，这种挣扎不仅让角色更加立体，也增加了故事的戏剧张力。

我们可以设想一些简单的矛盾处境，如果故事的主角是一个成功的商人，但他的成功是建立在对环境和社会不负责任的基础上。他内心深处知道这一点，但又无法摆脱对成功和权力的渴望。这种内在的矛盾会让观众对他产生复杂的情感，既有同情也有批评，从而增加了故事的层次感和引人入胜的程度。

或者，你的主角是一个献身于社会公益事业的人，但他也有家庭和孩子需要照顾。当工作和家庭发生冲突时，他该如何选择？这种内在的挣扎和矛盾会让观众更加关注主角的决策，也更容易产生共鸣。

在主角的评估中，一个具有内在矛盾的主角会让电影或剧本更加丰富和多维度，也更能引发观众的情感共鸣和思考。这不仅是角色塑造中的一项基本功，也是让作品成功的重要因素。而内在矛盾的缺失，往往会让角色成为扁平人物。不仅角色的魅力大打折扣，也使得后续的故事难以全方位地展开。

随着故事的进展，我们要开始对人物的行为一致性进行一个准确的分析。

行为一致性不仅是角色真实性的重要标志，也是故事可信度的关键因素。当观众看到一个角色在不同情境下的行为风格大相径庭，没有明确的解释或合理的动机，他们可能会觉得这个角色不够真实，甚至可能会对整个故事产生怀疑。

这并不意味着角色不能有复杂的性格或在不同情境下有不同的反应。事实上，这种复杂性和多样性往往会增加角色的深度和观赏性。但关键是，这些不同的反应和行为应该都是基于与角色一致的人格和动机。

苏联著名文艺理论家、批评家巴赫金认为，智力障碍者是特殊的"体裁面具"，"他们有权不理解生活，有权打乱生活，对生活加以夸张，滑稽模仿；他们有权不成为本义上的自己，有权说话，讽刺性模仿；他们有权通过戏剧舞台的时空体生活，把生活描绘成喜剧，把人们表现为演员；他们有权揭开他人的面具，有权用最损的话骂人；有权公开一切最隐蔽的私生活"[1]。当智力障碍者作为电影人物出现的时候，虽然会承接一些特别的戏剧任务，但是归根结底，任何的文学性的建构都需要保持一种特有的一致性，即使对于智力障碍者也不例外。接下来的一个例子，便是关于一个智力障碍者的一致性的讲述。

---

① 吴艳华.影片《我的个神啊》对人性的反思 [J].电影文学，2015(19)：149-151.

《我的个神啊》，2014，印度，导演：拉库马·希拉尼，编剧：拉库马·希拉尼、阿西奇·乔希，主演：阿米尔·汗等

　　以2014年由拉库马·希拉尼执导，阿米尔·汗主演的印度喜剧电影《我的个神啊》为例。主角PK（阿米尔·汗饰）作为一名外星人，其言行之中一直展现出一种与地球传统的人情世故的疏离性。PK是一个对地球陌生的外星人，他的到来并非出于探索或征服，而是出于对其被盗遥控器的追寻。由于他对地球文化一无所知，PK经常因为不懂地球的规矩和传统而遭遇各种尴尬和误解，这为电影带来了不少喜剧元素。

　　在影片的初段，PK尝试以"换衣服"的方式获取食物或交通工具，这种行为本身很难为地球上的人所理解，但对PK来说，他所在的星球的文化就是如此——他们通过物物交换来获得所需。这种文化差异在PK的每一次尝试中都被放大，与地球人形成鲜明的对比。

　　但更为重要的是，PK对于宗教的看法。当他试图找回他的遥控器时，不同的人告诉他去找不同的"上帝"，这使得PK对于地球上多样的宗教信仰产生了困惑。他经常问："上帝在哪里？"并尝试了多种方法来"拨通与上帝的电话"。其中最经典的台词便是："我一直在打电话，但总是打不通。"这不仅展现了PK的纯真与困惑，也间接地质疑了宗教对于"神"的不同解读。

此外，影片中PK还质疑一些地球的宗教习惯，例如为何神庙前要摆放许多鞋子，为何人们要为上帝献祭等。他的问题，虽然看似幼稚，但实际上都针对了人类信仰中的一些荒谬之处。

总的来说，PK这一角色在整部影片中，既带来了喜剧效果，又引发了观众对于宗教和信仰的深入思考。而他对事物的纯真态度，与对地球规矩的不解，都是基于他作为外星人的一致性人格和动机。这种人设的一致性，其实都需要在剧本创作阶段把故事和台词的创作都框定在人物的一致性之中，才能让人物的一致性得以凸显。

本片也正是通过这种外星人人设上的一致性，探讨并解构了宗教的部分荒唐之处，不仅使得人物的质感得以提升，对整部影片的深度也有所提升。

在了解了人物的一致性之后，接下来便是在对剧本故事的阅读接近完成的时刻，我们就需要对人物的对话风格以及和其他角色的互动性进行一个整体的评估。因为到了故事的结尾阶段，人物的语言和风格性已经完整地展现，同时人物与其他角色的互动也终归完成。

对话风格是在与其他角色的互动过程中展现出来的，因此我认为应当将这两部分的评估并列进行。

例如，如果你作为制片人，在对2013年由詹姆斯·弗雷、大卫·芬奇等执导，凯文·史派西主演的美剧《纸牌屋》的剧本进行评估时，主角是一个老辣、狠毒、充满野心的政治家，他的对话风格清晰、富有激情，而又带有隐含的目的性。这反映了他的教育背景和社会地位。但当他与其他角色互动时，这种风格会有所不同。

当他与他的政治对手交流时，他可能更加严肃和机智，抑或充满了某种不可言喻的诱导性，用听起来天衣无缝的言辞来展示他的智慧和立场，并在无形之间利用他人达到自己的目的。但是当他与家人和朋友在一起时，他的语言可能更加轻松和亲切，展示出他作为一个丈夫、一个朋友的柔软一面。

这种对话风格的变化不仅让主角更加真实，也增加了与其他角色互动的深度和复杂性。这样的多维度互动和对话风格不仅让主角更加鲜明和立体，也让观众更容易找到共鸣点。他们会看到主角不仅仅是一个充满野心和权谋思想的政治怪物，也是一个有家庭、有朋友、有情感和弱点的普通人。

所以，在评估剧本时，不仅要关注主角自身的对话风格，还要看他如何通过这种风格与其他角色产生有趣和有意义的互动。这样的主角有更大的魅力，也更有可能让整部作品获得成功。

当你终于读完整个剧本，你会发现，其实随着故事的不断演进，我们对主角进行分析和评估的方法也逐渐完整。**对于制片人来说，主要角色的魅力很大程度上决定了电影项目的最终成败。事实上，有时候有强大魅力的主要角色和正确的演员结合产生的叠加效应甚至可以成为在票房上挽狂澜于既倒的重要支柱。因此，制片人的剧本评估过程，比起主角所展现的文学性和现实性，应当更多地着眼于主角的魅力和吸引力。**毕竟一个具有强大魅力的主角是吸引观众进入影院的绝对法宝。

就像"加勒比海盗"系列作品中，由约翰尼·德普饰演的杰克船长一直是年轻人心中的经典海盗形象。当人们谈起海盗，我们的心中总会浮现那个戴着三角帽、摇摇晃晃地比着兰花指的形象。而到了系列电影的后期，许多人进入电影院已经不仅仅是去观赏一个情节完整、制作优良的电影，更多地还是想去看看这个魅力四射的杰克船长又遭遇了怎样的奇遇和冒险。

二、配角：工具人还是点睛之笔？

想要清楚地讲述配角的评估方法，就无法绕开对配角层次的详细阐述。

在电影或剧本中，配角通常分为几个不同的层次，每个层次都有其特定的作用和重要性。了解这些层次有助于制片人更准确地评估剧本的质量和潜力。以下是一些常见的配角层次。

1.主要配角

这些角色通常与主角有密切的关系，可能是家人、朋友或者敌人。他们在故事中有明确的目标和动机，经常出现在关键情节点，对故事的发展有直接影响。

2.次要配角

这些角色在故事中出现的频率较低，但他们通常有特定的功能，比如推动故事情节或揭示主要角色的某些特质。尽管他们可能没有完全发展的背景或动机，但仍然是故事不可或缺的一部分。

3.功能性配角

这些角色主要用于服务故事的特定需要，如传递信息、提供幽默元素或增加戏剧张力。他们通常没有复杂的背景或个性，但在特定情境下可能非常重要。

4.群众演员

这些是背景中的角色，通常没有对白或个人特质。他们用于营造场景的氛围或真实感，比如在街道、餐厅或学校等公共场所出现的人群。

5.客串角色

这些通常是为了增加娱乐性或出人意料的效果而特别设计的角色。有时，这些角色会由知名演员或名人扮演，以增加观众的兴趣。

了解这些不同层次的配角可以帮助制片人更全面地评估剧本的多样性和复杂性，以及每个角色是否都有效地服务于整体故事。这也是一个优秀的制片人在剧本评估过程中必须考虑的细节之一。同时，对于不同层次的配角，制片人也应当采取不同的眼光进行分析与评估。

首先要明确这些角色与主角的关系以及他们的动机，以评估他们是否增加了主角的复杂性和是否有助于推动故事情节。

在主要配角的层级，一般而言，主要的配角都有自己的人物小传和背景的简单交代。除此之外，很多主要配角还拥有属于自己的故事情节链条。一般而言，我们将这种链条称为电影和电视剧中的次要情节。

很多时候，次要情节的出现和发展的设计有三个主要的作用。

其一自然是帮助主角的成长和变化，推动剧情发展。

其二便是帮助观众建立主要配角的立体形象。这种次要情节可以是去交代主要配角的背景故事，或者在主线之外的新鲜内容。当然，适当的次要情节描写可以增加电影的趣味性，但是要格外注意次要情节在整体叙事中的占比。

其三是次要情节的圆满可以提升观众对电影观感的满意度。比较常见的一种次要情节是对于一些主要配角的结局和交代。例如，在很多电影中，我们可以看到导演会在最后展示或暗示某两个配角的感情线路。当我们回想这段感情经过的时候，往往会露出一种独特的笑意。很多编剧都喜欢在故事主线之中埋藏这些令人满意的次要情节，用极少的叙事容量增强观众的满足感，这是一种较为高级的编剧技巧。

之所以对次要情节进行一个较为明确的定义，原因在于对于制片人来说，对主要配角的评估和分析要伴随着主要配角的次要情节链条来综合进行。主要配角的人物个性和魅力往往是随着次要情节的进展而逐渐展开的。这种次要情节由于叙事容量的原因，在电视剧的剧本之中会显得更为明显。

以2002年美德合拍的由道格·里曼执导、马特·达蒙主演的间谍动作片《谍影重重》为例，在《谍影重重》中，由马特·达蒙饰演的男主角杰森是一名失忆的特工。当他醒来的时候，首先要完成的任务就是要了解"我是谁"，探索自己的身份之谜。他逐渐发现自己的身体有超强的肌肉记忆，在速度、敏捷、力量、枪支方面都有惊人的惯性，绝对不是普通人。就在这时，他也遭遇到了旁人的追杀……

在这个故事中，主线故事就是杰森一边逃避追兵一边探索自己的身份之谜。在逃跑过程中，他遇到了一个陌生的女孩玛丽，两人在逃亡过程中产生了爱情。但是爱情线是这个故事当中的辅助线，如果爱情线太重，则会让观众对主要的悬疑线分心，所以在电影进入第二幕之后，玛丽被送出了"故事"——杰森给了她一笔钱，让她找个遥远的藏身之处，并且答应她在这个事情结束后去找她。于是我们会发现，在这个故事的关键高潮处，女主角是不存在的。这便是次要情节的应用，它在起到补充第二幕的作用后，便乖乖地消失不见了。

虽然在现在的故事设计当中，这个例子显得过于普遍，但是却可以很好地阐释次要情节的形式和作用。

这些次要配角的存在是否有意义，以及他们的行为和对话是否与他们的角色定位相符；功能性配角是否有效地服务于故事的特定需要，以及是否可以合并或省略以使故事更紧凑；群众演员是否成功地营造了所需的场景氛围和真实感，以及是否增加了故事的视觉丰富性——这些都是制片人需要考虑的因素。

通常来说，这些角色不需要制片人投注过多的精力来进行具体的分析。但对于一个有多年制作经验并且对电影的氛围有强烈敏感性的制片人而言，可以在剧本阅读的阶段，就对不同场次的群演数量和可能达到的效果有一个心理的预判和估计，并且可以思考如果在资源有限的情况下，应该首先保全电影哪个部分的群演氛围。因此对于制片人而言，对群演与影片氛围的评估、把握和取舍也是工作的内容之一。

最后，客串角色通常是为了增加娱乐性或出人意料的效果而特别设计的。有时，这些角色会由知名演员或名人扮演，以增加观众的兴趣。这些角色是否增加了作品的娱乐性或出人意料的效果，以及是否能吸引更多观众，是制片人需要仔细权衡的。

例如，斯坦·李老爷子在漫威电影中的反复客串，实际上就形成了一种粉丝文化和趣味性。因此，对于客串角色，正好是制片人可以发散妙趣和想法的一个角色。毕竟对于一个漫威迷而言，寻找斯坦·李老爷子在每一部漫威电影中出现的时刻也成了一种别样的乐趣。

还有一个经典的例子便是，在2015年由闫非、彭大魔执导，沈腾、马

丽、尹正、王智、艾伦联袂主演的中国喜剧电影《夏洛特烦恼》中出现的
"马冬梅大爷"，一个简单的客串成就了喜剧电影中受千万人喜爱的喜剧
形象。因此，不能因为客串角色的戏份较少就松懈对客串角色的分析和思
考。一个优秀的客串角色，往往可以成为电影的亮点之一，而优秀的电影
和电视剧正是亮点堆叠的产物。

三、经常被忽视的部分：反派的角色分析

在剧本评估过程中，反派角色的分析经常被忽视，但作为制片人，我
们必须认识到，一个强大而复杂的反派角色对于故事的成功至关重要。**反
派不仅是主角实现目标的障碍，更是推动故事发展和增加戏剧张力的关键
元素。而优秀的反派是提升故事质感的重要因素。**

首先，一个好的反派应该有明确和合理的动机。这些动机不仅需要与
主角的目标形成对立，还应该是内在逻辑和情感上令人信服的。如果反派
仅仅是为了作恶而作恶，那么角色就会显得单薄和不真实。因此，在评估
剧本时，需要仔细考察反派的动机是否具有深度和复杂性，以及是否能引
发观众的共鸣或理解。

小丑，《蝙蝠侠：黑暗骑士》剧照

以 2008 年由诺兰执导、克里斯蒂安·贝尔主演的经典电影《蝙蝠侠：黑暗骑士》为例，由希斯·莱杰扮演的小丑一角，无疑是反派的永恒经典。其本质原因一方面在于 DC 在漫长的蝙蝠侠系列漫画的创作之中，对小丑的人物和性格进行了多层次、全方位的建构。剧本的设计中，诺兰不仅借鉴了这些对恶的建构，还用虚无主义和无政府主义的哲学思考武装了小丑的深层动机和人物设计。使得小丑的作恶充满了虚无主义的嘲讽做派，也使得普通观众陷入一种接受这种恶和害怕这种恶的矛盾心理，极大程度地激发了观众对于正邪深层次的思考[①]。

比如当小丑在医院中与哈维·丹特（双面人）对话时，他描述了自己为什么要制造混乱。他说："我只是一只追着车子的狗，我没有计划，只是随心所欲。"他比喻自己为一只狗，追逐车子但不知道如何处理追上后的车，这样的台词表达了他行为背后的纯粹的混乱和破坏欲望。

再如，小丑的傀儡在与蝙蝠侠的对决中曾说："你有你的原则，而他，也有他的原则。"（You got rules. The Joker, he's got no rules）这里的"原则"并非我们常规理解的道德或法律原则，而是小丑眼中的"混乱原则"。他相信人性的黑暗，认为当社会的秩序被打破，每个人都会变得和他一样。

再者，小丑在组织两艘船上的炸弹游戏中，让人们选择是否杀死对方来保全自己。这是一个对社会道德观念的极端挑战，试图证明在关键时刻，人们会选择自私与混乱。而最终的结果，即两艘船上的人们都选择了不按下按钮，反而成为对小丑哲学观点的一个反驳。

以上具体的情节，是小丑作为反派的哲学混沌的实际体现，这一切的混乱和可怖都一方面来源于希斯·莱杰发自灵魂的完美演出，另一方面也来自导演对于情节和台词的设计和构建。当然，现实地讲，我们无法要求所有的反派的作恶都具备这种深层次的哲学铺垫。

另一个更为实际的例子，是 2018 年由安东尼·罗素、乔·罗素执导，

---

① 杨晨.从他者视角到自我价值：DC 小丑身份符号的构建——以《蝙蝠侠：黑暗骑士》和《小丑》为例［J］.科技传播，2022，14（14）：108-110.

小罗伯特·唐尼、乔什·布洛林、克里斯·埃文斯、克里斯·海姆斯沃斯、斯嘉丽·约翰逊、马克·鲁法洛等主演的美国科幻电影《复仇者联盟3》中的大反派灭霸。漫威系列的电影在反派的构建方面一直被众多影迷所诟病，原因在于许多角色的作恶动机非常扁平。例如漫威经典角色红骷髅，只是简单地把纳粹和邪恶联系在一起，然后给了九头蛇一个试图统治世界的刻板的邪恶目标，导致了这些反派的扁平化。而灭霸，虽然被许多影迷戏称"计生办主任"，因为他试图消灭宇宙一半生物的理由是非常简单的，即宇宙中的生命过多，会导致宇宙资源的枯竭。虽然听起来过于偏激，但是整个哲学逻辑确实是非常容易理解的。所以，其实只需要给反派一个简单的思想建构就可以在质感和真实性上有一个很大的提升。这是制片人在进行剧本评估的时候非常容易忽略的部分。甚至于目前的部分电影已经彻底地放弃了对反派的建构，这种故事的讲述方法其实对故事本身具有一定的伤害性。

另外一种反派的动机建构，其实是关于愉悦犯的建构，这是一种现实中存在的反社会的人格表现。如果将反派进行这种基于现实的建构，便需要适量的反派的背景故事的铺垫，以凸显愉悦犯的残暴和荒唐，激发出观众内心的朴素正义感。这也是反派动机建构的一种方式。所以在进行评估时，如果剧本的反派是类似反社会人格的愉悦犯，便需要格外注意对反派的背景故事的铺垫和展示。

其次，行为一致性在评估反派角色时也显得尤为关键。一个精心设计的反派应该具有与其动机和性格特质相一致的行为和决策。这种一致性不仅让角色更具真实感，还有助于观众更深入地理解故事的内在逻辑和情感深度。例如，如果一个反派是出于复仇而行动，那么他的每一个决策和行动都应该反映这一核心动机。他可能会选择更狠毒、更有策略的手段来达到目的，而不是随意或冲动地行事。

当反派的行为突然发生改变而没有合理的解释或情境支持时，这通常意味着剧本可能存在质量问题。这样的不一致性会让观众感到困惑，甚至可能导致他们对整个故事失去信任。因此，在剧本评估中，特别需要注意是否有足够的情境或角色发展来合理解释反派行为的变化。

例如，如果反派在故事初期表现得非常冷酷和有策略，但在后来突然变得情感化或犹豫不决，那么这种转变需要有充分的理由。否则，这样的不一致性就可能是一个重要提示，表明剧本需要进一步修订和提高。

总体来说，行为一致性是评估反派角色质量的重要标准之一。它不仅影响角色自身的深度和复杂性，还对整个故事的可信度和观众接受度有着直接的影响。因此，作为制片人，在剧本评估时应特别关注这一点。

再次，反派与主角和其他角色的互动也是评估其角色质量的重要侧面。一个好的反派应该能在多个层面与主角产生冲突，不仅是物理上的，也包括心理、道德和情感等。这样的复杂互动不仅增加了故事的戏剧张力，也使角色更加立体和引人入胜。

反派和主角的互动是很多影视作品缺失的部分，其实这种互动和不激烈对立的状态，往往能在反派和主角之间营造一种有强烈魅力的戏剧张力。

以2010年由姜文执导，姜文、周润发、葛优等主演的剧情片《让子弹飞》为例，其中黄老爷和张麻子以及马邦德的圆桌戏份可以说是主角和反派的经典互动，每一句台词都包含着对立的意味，而又将你死我活的争夺贯彻在酒局和和美美的拉锯之中，其戏剧张力和魅力是诸多作品中少见的。

例如，在张麻子刚刚进入黄四郎的碉堡时，便出现了如下的对话。

黄四郎：那你想挣谁的钱呢？

张麻子：谁有钱挣谁的钱！

黄四郎：那谁有钱？

张麻子：你有钱！

此处二人的互动，便是开宗明义的，张麻子直接表达了自己此行的目标，便是冲着黄四郎来的。

黄四郎：老大往往是空架子，每天眼一睁，几百人吃、喝、拉、撒都要等着我来伺候，真正到我嘴里的能有几口？

黄老爷的台词之中，明面上是在"卖惨"、聊生意，实际上是在看到对方拿自己当目标之后，明确警告对方，自己手下有几百号人。

而在后续张麻子和黄四郎聊到剿匪的事情时，其中指桑骂槐的意味更为明显。两人口中的"张麻子"就具备了完全不同的含义。黄老爷的"张麻子"说的正是眼前的县长。黄老爷说让县长剿匪，实则是对县长动了杀心。而县长口中的"张麻子"便是黄老爷，那句"张麻子进不来的地方，我能进来，张麻子不想死的时候，我可以让他死"实际上是对黄老爷的明确威胁，简单直白地告诉黄老爷：你不想死的时候，我可以让你死。这种巧妙的概念上的替换，使得黄老爷和张麻子的形象更为丰满。而这种与主角的高强度的互动使得黄老爷恶霸的形象活灵活现地展现在观众眼前。

在这短短的戏份之中，黄老爷和张麻子之间的反复拉扯和试探构成了这幕戏的核心和基调，而马邦德在其中的和稀泥又给这种潜藏的杀机予以调节。戏剧张力在语言的试探和攻防之中达到了极致。

另外，需要补充的一点是，在现在的剧本评估之中，很多影迷给出了反派存在非常多的"降智"操作。例如，许多好莱坞的经典反派，总是喜欢在将正义的主角抓住之后，开始长篇大论地叙述自己的邪恶计划，以此给主角可乘之机，这些过于传统的反现实的情节设计在今天由于被过多地使用，已经开始成为被普通观众所诟病的情节。因此在剧本评估时，也可以从这种反传统、反话痨的方式进行思考，反套路的反派情节在很大程度上可以增强现代观众的观看体验。

例如，在2015年由马修·沃恩执导，科林·费尔斯、塞缪尔·杰克逊、马克·斯特朗等联袂出演的一部美国科幻动作片电影《王牌特工：特工学院》中，反派没有一句废话，一枪崩掉主角师父的桥段，令很多观众大呼过瘾。这件事倒也不是观众的道德败坏，关键是"反派死于话多"的网络热梗已经让观众开始厌烦那些把邪恶计划挂在嘴上的奇怪反派，反而对这种现实的真实暴力具有更高的观赏兴趣。

因此，在制片人对反派进行分析的过程中，反派的桥段是否过于俗套，也是一个重要的评价标准。

最后，反派的结局和他或她在故事中的整体走向也是在评估过程中需要关注的问题。一个令人满意的反派结局应该是故事发展的自然结果，既符合角色的内在逻辑，也满足观众的期待。

以反派结局设计得精巧著称的电影，例如1995年由大卫·芬奇执导，布拉德·皮特、摩根·弗里曼等人主演的惊悚悬疑片《七宗罪》，结局是非常震撼和黑暗的。约翰·多尔（凯文·史派西饰），这位精心策划了一系列基于七宗死罪（傲慢、忌妒、愤怒、懒惰、贪婪、暴食、淫欲）的谋杀案的反派，最终被警探大卫·米尔斯（布拉德·皮特饰）和威廉·萨默塞特（摩根·弗里曼饰）找到。

在电影的高潮也同时是结局的部分，约翰·多尔引导两名警探到一个偏远的地方，并通过快递送来一个盒子。当萨默塞特打开盒子并看到里面的内容时，他意识到这是米尔斯妻子特蕾西的头颅。约翰·多尔解释说，他因忌妒而杀了特蕾西，并希望通过激发米尔斯的愤怒来完成最后一宗死罪——愤怒。

米尔斯在情绪失控下杀死了约翰·多尔，从而彻底地完成了约翰·多尔的整个计划。萨默塞特则用一句经典的台词结束了电影："世界是一个美好的地方，值得我们为之奋斗。我同意后半句。"（The world is a fine place and worth fighting for. I agree with the second part）

这个结局不仅展示了约翰·多尔作为一个反派的成功，也让观众对正义和道德感到困惑和不安，这是一部非常引人深思的电影。在观众的眼前展现了一种犯罪的艺术和美学，并且让观众陷入对正义深刻的思考与怀疑之中，无疑使本片成为反派结局设计中的经典案例。

总体而言，制片人在剧本评估中不能忽视反派角色的重要性。通过深入分析反派的动机、一致性、互动和结局，我们不仅能更准确地评估剧本的整体质量，还能更好地理解如何通过一个强大的反派来提升故事的吸引力和深度。

四、通过现象看本质：角色的背景环境研究

在电影或剧本制作中，角色的背景和环境是塑造角色深度和故事情节的关键元素。制片人在评估剧本时，深入了解角色的多维度特性尤为重要。这不仅包括角色在故事中的行为和决策，还涉及他们的文化、社会和心理背景。

在电影或剧本中，角色的社会和文化背景不仅是塑造角色个性的基础，也是推动故事发展的重要因素。这一点在评估剧本时尤为关键，因为它直接影响角色的可信度和故事的深度。

以经典美剧《破产姐妹》的故事为例，在这部剧中，麦克斯（凯特·戴琳斯饰）是一个从贫穷背景中崭露头角的角色。她的生活充满了挑战和困境，这种经历赋予她一种强烈的成功欲望和生存压力。对麦克斯来说，成功不仅是一种追求，更是生存的必要。这种强烈的动机让她在面对生活的困难和挑战时，表现出惊人的韧性和勇气。同时，由于生存压力，她也更容易做出一些快速实现目标但在道德上存疑的决策。

《破产姐妹》，2011，美国，导演：弗莱德·萨维奇等，编剧：迈克尔·帕特里克·金、惠特妮·卡明等，主演：凯特·戴琳斯、贝丝·比厄等

与麦克斯不同，卡洛琳（贝丝·比厄饰）出身于一个富裕家庭，但因为家庭破产而陷入困境。尽管如此，她的价值观和行为模式仍受到她优越背景的影响。卡洛琳在追求成功时，更注重过程和道德规范。她更愿意考虑决策的长远影响和道德后果，而不是仅仅追求快速的成功。

这两个角色的不同背景和价值观不仅增加了故事的复杂性，也为观众提供了更多的共鸣点。通过这两个角色，剧本成功地展示了不同社会经济背景对人们价值观和行为选择的影响，这也是其受欢迎的一个重要因素。

因此，在剧本评估阶段，深入了解角色的社会和文化背景，以及这些背景如何影响角色的动机和行为，是非常重要的。这不仅可以帮助制片人更准确地评估剧本的质量，也能为后续的制作和演出提供有力的指导。

除了社会和文化的背景，角色的心理层面的背景故事也往往是最能引发观众共鸣和关注的部分。这一层面包括角色的性格特质、过去的经历，以及他们当前的心理状态。这些因素不仅塑造了角色的个性，也在很大程度上决定了角色在故事中的行为和决策。因此，在剧本评估阶段，深入研究角色的心理层面的背景故事是至关重要的。

性格特质是角色行为的基础。一个内向的角色可能更倾向于避免冲突，而一个外向的角色可能更愿意直面挑战。这些性格特质不仅影响角色在日常生活中的行为，也可能在关键时刻产生戏剧性的效果。

例如，一个内向的角色在面对生死存亡的情况下突然展现出惊人的勇气和决断，这样的转变往往会让故事更加引人入胜。电影《血战钢锯岭》便展示了一个内向角色在关键时刻展现出惊人的勇气和决断。这部电影是基于真实事件改编的，讲述了一名拒绝持枪的美国军医戴斯蒙德（安德鲁·加菲尔德饰），在第二次世界大战中救助了75名战友而没有开一枪的故事。

戴斯蒙德是一个虔诚的基督教徒，因为信仰原因拒绝使用武器。他的这一立场在军队中引发了不少争议和歧视。尽管如此，他坚定地认为自己可以在战场上发挥作用，而不必违背自己的信仰。在接受军事训练时，他的同伴和长官曾质疑他的决定，戴斯蒙德坚定地回应说："我认为，我可以为我的国家做出贡献，但我不会拿起武器去杀人。"（I got no problem with my uniform. Saluting the flag and doing my duty. It's just carrying a gun and taking a human life）

在钢锯岭的战斗中，戴斯蒙德的部队遭到了重创，大多数士兵撤退了，但他却决定留下。他用绳子把受伤的战友一个接一个地降下悬崖，自己也多次面临生死危机。在一次救援中，他对着天空祷告说："主啊，帮我再救一个吧，只要再救一个。"他的祷告充满了绝望与希望，体现了他对人生与死亡的深刻理解和对信仰的坚定。

最终，他成功地救出了75名战友，展现了难以置信的勇气和决断。这个角色的内在复杂性和戏剧性转变，不仅让故事引人入胜，也赋予了电影深刻的道德和心理层次的意义。在战争的硝烟中，戴斯蒙德的信仰和勇气成为战争电影中浓墨重彩的一笔，让观众重新思考了信仰、勇气和人性的价值。他不仅为战友展现了什么是真正的勇气和牺牲，也为观众展现了战争背景下的人性光辉[1]。

过去的经历则是塑造角色心理状态的关键。一个有着痛苦过去的角色可能会有各种心理创伤或阴影，这些创伤和阴影可能在故事的某个特定情境下被触发，导致角色有出人意料的反应或决策。比如，一个在童年时期遭受家暴的角色，在面对类似暴力的情境时，可能会有极端的反应，无论是逃避、反击还是崩溃，都会为故事增加戏剧张力。

当前的心理状态也是不可忽视的因素。角色可能因为某些即时的压力或挑战而处于特定的心理状态，如焦虑、抑郁或愤怒。这些心理状态不仅会影响角色的日常行为，也可能在关键情节点产生意想不到的转折。例如，一个长期处于抑郁状态的角色，在经历某个积极事件后可能突然恢复

---

[1]　孙志宇.《血战钢锯岭》：真实的战争，耐人寻味的英雄主义［J］.戏剧之家，2019（8）：103-104.

活力，这样的转变不仅是角色发展的一个高潮，也可能是推动故事走向的关键节点。

综上所述，角色的心理层面是剧本评估中不可或缺的一环。**角色的心理在故事之中都会和他的个人选择相互关联。在进行剧本的人物评估时，很多时候心理背景的合理性是故事通顺真实的必要前提。**通过深入了解和分析角色的性格、过去经历和当前心理状态，制片人不仅可以更准确地评估剧本的质量和潜力，也能更有效地指导后续的制作和演出。

五、触动人心的力量：人物弧光

要准确阐释人物弧光对于故事重要性，首先需要明确人物弧光的含义。

人物弧光是一个描述角色在故事中从开始到结束所经历的心理和情感变化的术语。这种变化通常从角色在故事开始时的起始状态开始，这可能包括他们的性格、心理状态或社会地位。随着故事的发展，角色通常会遇到一个或多个触发事件或转折点，这些是他们必须做出重要决策或面对重大挑战的关键时刻。这些事件和决策促使角色经历某种形式的成长或变化，这种变化最终会在故事的结尾处达到一个新的状态或终点。这个终点通常与角色的起始状态形成鲜明的对比，从而突出显示角色的成长或变化。

在电影和电视剧中，人物弧光不仅是故事的核心，也是触动观众情感的关键因素。一个成功的人物弧光能够让观众与角色建立起深刻的情感联系，同时也能赋予故事更多层次和深度。从制片人的角度来看，人物弧光是剧本评估中不可或缺的一环。具体来说，人物弧光包含以下几个方面。

首先是角色的起点与终点。

人物弧光通常从角色的起点开始，这是他们最初被介绍给观众的状态。随着故事的发展，角色会经历各种挑战和转折，最终达到一个全新的终点。这个过程不仅展示了角色的成长和变化，也反映了故事的主题和价值观。

《绿皮书》，2018，美国/中国大陆，导演：彼得·法雷利，编剧：布莱恩·库瑞、彼得·法雷利、尼克·维勒欧嘉，主演：维果·莫腾森、马赫沙拉·阿里等

以电影《绿皮书》为例，在电影开始时，我们见到的唐·雪利博士（马赫沙拉·阿里饰）是一个高傲、孤独且与外界隔绝的音乐天才，他对自己的黑人身份认同复杂且充满困惑。与此同时，托尼·利普（维果·莫腾森饰）是一个粗俗、有严重偏见但充满活力的意大利裔美国人。两人的起点状态几乎是截然相反的。

随着电影的展开，两人因一次长途旅行而被迫共度时光。这段经历充满了种种挑战和转折，包括种族歧视、文化冲突和个人价值观的碰撞。这些事件成为他们成长和变化的媒介。

在旅途中，他们面临了种族歧视的严重问题。在一个场景中，尽管唐·雪利博士是被邀请的音乐家，但他却被禁止使用酒店的洗手间。所有的情绪在雨中宣泄，唐·雪利博士说："我不是黑人，我也不是白人，我也不是男人。在这个世界上，我到底是什么？请告诉我，托尼。"（So if I'm not black enough, and if I'm not white enough, and if I'm not man enough, then tell me, Tony, what am I）这句话展现了他内心的矛盾和对社会歧视的无奈。

而托尼则是一个直接而不拘小节的人，他的生活方式和价值观与唐·雪利博士截然不同。这促使唐·雪利博士思考自己的处境。

随着旅行的进行，他们的关系逐渐升温，这一对"最黑的白人"和"最白的黑人"在长久的相处中相互理解并相互接纳。

经历了种种困难和挑战后，两人不仅打破了彼此之间的隔阂，学会了珍惜友谊和理解不同的文化价值，也完成了双方对自我和他者的双重认同[①]。电影以他们真挚的友谊和共同的成长为主线，展现了人性的善良和理解的力量，让观众深刻体会到了友谊和理解的重要。到电影结束时，两人都达到了一个全新的终点。唐·雪利博士变得更加接地气，学会了如何与人建立真正的联系，而托尼也摒弃了他的种族偏见，变得更加包容和开放。他们也从最初的陌生和相互不适应发展到拥有彼此的深厚友谊。

这两个角色的起点和终点不仅展示了他们各自的成长，还共同构建了电影的主题——人与人之间的共鸣和理解是可能的，尽管他们可能来自截然不同的背景，有着生活经验。这样的人物弧光使得《绿皮书》成为一部深刻而感人的电影。

其次，人物弧光还包含着人物内在与外在的变化。

人物弧光通常包括内在和外在两个层面的变化。外在变化往往更容易观察，比如角色的社会地位、财富或人际关系的改变。而内在的变化则更为微妙，包括角色的心理状态、价值观或信仰的转变。这些内在的变化往往更能触动观众的情感，因为它们直接关系到人的本质和灵魂。

例如，2001年由朗·霍华德执导，罗素·克劳、艾德·哈里斯、詹妮弗·康纳利等主演的剧情片《美丽心灵》以其细腻的情感描写和对人性的深入探讨，赢得了观众和评论界的高度赞誉。这部作品不仅展示了主角约翰·纳什（罗素·克劳饰）在社会地位和职业生涯上的显著变化，更重要的是，它让我们看到了他在心理和情感层面上的巨大转变。

纳什从一名与精神分裂症斗争的数学家，成长为一个更加成熟、更具

---

① 刘宸赫.镜像理论下的自我与他者的双重认同：以《绿皮书》的人物构建为例[J].今古文创，2023（45）：99-101.

自我认知的人。他学会了如何与自己的病症和周围的人和谐共处，这一点不仅让他在职业上取得了成功，也让他在个人生活中找到了平衡。

这部电影的魅力不仅在于它对人物外在世界的精准刻画，更在于它如何深入挖掘人物内心世界的微妙变化。这种内在的转变不仅让纳什自己受益匪浅，也让观众得以更全面地理解什么是真正的挑战和成长。通过这样的人物弧光，电影《美丽心灵》成为一部触动人心、令人回味无穷的影片。

最后，成功的人物弧光通常还有几个情感的触点，这些是故事中最能触动观众情感的时刻。这些触点可能是角色面对困境时的选择，也可能是他们与其他角色的深刻互动。通过这些触点，观众能够更加深入地了解角色，也更容易与他们建立情感联系。

在电影《末路狂花》中，两位主角的情感触点非常引人注目，让观众与她们建立了深刻的情感联系。其中一个关键的情感触点是女主角们决定抢劫一家便利店。这一行为不仅是她们对父权社会的不公和压迫的反抗，也是她们在绝境中的自我拯救。这一刻，观众不仅看到了她们的勇气和决断，也看到了她们内心深处的恐惧和不安。这种复杂的情感交织让观众对她们产生了更多的同情和理解。这种女性扮演一般由男性担任的劫匪角色，不仅是对父权社会的讽刺和挑战，而且产生了一定的喜剧效果，让观众在替女主角们感到开心的同时也能大呼过瘾。

《末路狂花》，1991，美国，导演：雷德利·斯科特，编剧：卡莉·克里，主演：苏珊·萨兰登、吉娜·戴维斯等

另一个令人难忘的情感触点在电影的结尾，两位女主角选择开车飞向大峡谷，选择自由而非被捕。这一决定不仅展示了她们对自由和尊严的极度渴望，也反映了她们对彼此的深厚友情和信任。这一瞬间，观众几乎可以感受到她们内心的释然和坚定，仿佛她们已经超越了生死，达到了一种精神的自由境界。

通过这两个情感触点，电影成功地展示了主角们在极端环境下的心理和情感变化，也让观众更加深入地了解她们的复杂性和人性。这些情感触点不仅增强了故事的戏剧张力，也让那一抹人道主义的光辉伴随着壮烈的弧光，映射在每一个观众的心底。

由这些例子我们不难看出，人物弧光是任何成功故事的关键组成部分。它不仅展示了角色的复杂性和多维度，也是触动观众情感的最有效手段。因此，在剧本评估过程中，制片人应该特别关注人物弧光的设计和执行，确保它能够为故事增色添彩，同时也能深刻地触动观众的心灵。

以上几个部分，我们详细地讲解了人物对故事的重要性以及作为制片人应该掌握的人物塑造的分析方法。**这些分析方法并不是割裂开来、分开使用的，而是要让这些分析的思路和方法在脑海中形成一个有机多变的体系，只有这样，才能在剧本评估的实战中全方位地了解人物的建构方式，从而对剧本质量有更好的把握能力！**

第六讲　核心突破：剧本情节评估的妙手良方

在走过了剧本人物纷繁复杂的分析方式之后，我们便需要将目光投向那些将不同人物黏合起来的主线和支线事件，也就是我们常说的——情节。

从情节的定义而言，剧本情节指的是一个故事或戏剧作品中的主要事件和发展轨迹，它构成了整个作品的骨架和核心。情节通常包括一系列有逻辑关联和因果关系的事件，这些事件推动故事向前发展，同时也影响着角色的行为和决策。在一个完整的剧本中，情节通常会有明确的起点和终点，以及一系列高潮和转折，这些都是为了增加戏剧张力和观众的参与度。

情节不仅是故事发生了什么，还包括为什么会这样发生以及会产生什么样的影响。它通常涉及多个层面，包括角色的内在动机、外部环境的影响，以及各种社会和文化因素。因此，剧本情节不仅是单纯的事件描述，更是一种复杂的心理和社会现象的表达。

在评估和分析剧本时，情节是非常重要的一个方面。一个好的情节应该具有内在的逻辑性和情感深度，能够引发观众的思考和共鸣。同时，它也需要有足够的新颖性和创意，以区别于其他相似的作品。总体来说，剧本情节是衡量一个故事是否成功的关键因素之一。作为制片人，我们不仅要确保故事本身具有吸引力，还要考虑其可行性、市场接受度和潜在的商业价值。

一、主要人物及前史的深度解析

对于人物和角色的分析，在上文中我们已经做了尽量详细的阐述，而在这里，我们将主要从故事的情节出发，从情节的视角去解析主要的人物与人物的背景故事。

对于主要人物的前史，我们需要深入了解他们的背景、动机、性格特质以及如何影响他们在故事中的行为和决策。这不仅增加了角色的多维性，也为情节的发展提供了更多可能性。例如，了解一个角色为什么会选择某种行为方式，可以让观众更容易产生共鸣，也能让情节更加合理和引人入胜。

然而从情节角度来看，我们需要评估故事的结构、节奏和高潮点，以及这些元素如何与主要人物的前史和动机相互作用。一个好的情节不仅需要有吸引人的起点和令人满意的结局，还需要在故事发展的过程中有多个转折点和高潮，这些都应该与主要人物的前史和动机紧密相关。

例如，如果故事中有一个复仇的情节，那么主要人物的前史中应该包含他要复仇的原因，这样不仅让情节更有深度，也让角色更加立体。同样，如果故事的一个重要转折是由主要人物的一个突然决定引发的，那么这个决定应该与他的前史和性格有直接的关联。

在电视剧《长安十二时辰》中，主角张小敬（雷佳音饰）的前史和整个故事的发展脉络紧密相关。

该剧主要讲述张小敬与李必（易烊千玺饰）联手化解了突厥狼卫企图摧毁长安的计划。所有事情结束之后，张小敬因戴罪立功得免死罪。

在整部剧中，故事情节的设计可以说是紧紧贴合着张小敬的人生经历的。当然，他的人生经历也可以用传奇来形容，他曾当过十年西域兵，九年不良帅。他们守住了阵地，结果第八团几近覆灭，只剩下九个幸存者，张小敬就是其中之一。朝廷并没有多重视这些英雄。

张小敬叙功调回长安任长安万年县不良帅，再后来，张小敬因为杀害万年县县尉而被抓捕，直接被判了死刑。

要不是突厥狼卫准备摧毁长安，李必需要张小敬这样黑白通吃的边缘人，张小敬早就被一刀砍了。最初，靖安司的人都不喜欢张小敬，他行事毫无章法，手段极端，无愧"五尊阎罗"之名。

随着相处，张小敬身上的优点逐渐显现出来，当李必落难，靖安司大权旁落的时候，张小敬成了所有人的主心骨，只要有他在，大家就能看见希望。

张小敬无疑是一个非常复杂的人物，他曾经为国家效忠，结果被朝廷抛弃。他嘴上说讨厌这个吃人的世道，讨厌官僚作风，却为了拯救大唐而置生死于不顾，这个人很矛盾，却又很可爱，是一个在塑造上极为成功的反英雄角色，虽然整个角色的建构上有黑泽明的影子①，但是依托于唐代特殊的时代背景，又给这个角色提供了非常独特的人物魅力。

在《长安十二时辰》中，张小敬的人物前史不仅解释了他对长安的深厚感情，也为他在后来的故事中展现出色侦察的能力和对正义的执着提供了合理性。他的这些特质和动机与故事中的多个转折点和高潮紧密相关，比如他在解决案件时的强大智慧多次给案情带来突破，以及他不按套路出牌的性格和能力也为诸多的情节提供了可靠的保障和依托。

另一个我们更为熟悉的例子是，在电影《无间道》中，两位主角陈永仁和刘健明的前史和动机与整个电影情节有着密切的关联。

陈永仁（梁朝伟饰）是一名警察，但他被安排成为黑帮的卧底，这一身份让他陷入了道德和职责的两难境地。他作为一名忠诚、敬业的警察的前史与他在黑帮中的角色形成了鲜明的对比，这不仅增加了情节的复杂性，也让观众对他充满了同情和期待。

刘健明（刘德华饰）则是一名从警校被黑帮老大选中并培养成卧底的警察。他的前史和动机更加复杂，因为他不仅要维护自己在警方的身份，

---

① 陈镭.由《长安十二时辰》透视古典人物之"黑泽明"式投射［J］.电影评介，2019（15）：31-34.

还要在黑帮中建立信任。这一点在电影中多次成为情节的转折点，比如他不得不做出一些违背警察职责但有助于维护其在黑帮中的地位的决策，同时，刘健明在黑白之间的摇摆也成为电影的重要看点。

这两位主角的前史和动机都与电影的主要情节——找出对方的卧底，形成了高度的内聚性。他们的每一个选择和行动都是在这一主题下进行的，这不仅让情节更加紧凑和引人入胜，也让人物角色更加立体和深刻。

电影《无间道》正是通过精心设计的人物前史和动机，成功地将情节和角色融为一体，达到了令人难以忘怀的艺术效果。

由以上的两个例子，我们不难看出，复杂的故事情节需要复杂的主角来作为主骨支撑。所以情节和主要人物的前史是相互依赖的。毕竟在很大程度上，人物的前史涉及众多的情节设计，也是前史的情节和因果关系导出了真正的故事。通过深入分析这两个方面，我们不仅可以更准确地评估剧本的质量，也可以更有效地理解故事的内在逻辑和情感深度。**这对于制片人来说，前史的设计是否和情节具有高度对应性是决定是否投资制作某个剧本的关键因素之一。因为缺乏合理的前史，会使得后续的情节因果错位，漏洞百出。**

二、主角所遇到挑战的可信度分析

在电影或文学作品中，主角所面临的挑战和困境通常是情节发展的关键元素。**然而，这些挑战的可信度对于观众或读者的接受程度有着直接的影响。如果挑战过于夸张或不合逻辑，可能会让观众感到不满或失望。**因此，从制片人或编剧的角度来看，如何设计主角遇到的挑战以增加其可信度是一个值得深入探讨的问题。

而我们作为制片人在进行挑战的可信度分析时，首先应该想到的是挑战需要与人物的背景保持一致。毕竟在电影或电视剧中，主角所面临的挑战与其个人背景和特性的一致性是至关重要的。这种一致性不仅增加了故事的可信度，还能让观众更容易与角色产生共鸣。

以1994年由罗伯特·泽米吉斯执导，汤姆·汉克斯、罗宾·怀特和莎莉·菲尔德等人主演的美国电影《阿甘正传》为例，主角阿甘是一个智商低于平均水平的人，但他凭借乐观、坚持和善良赢得了观众的喜爱。阿甘所面临的挑战，如参军打仗、创业经营、追求爱情等，虽然多种多样，但都与他的个人背景和特性有着密切的关联。

阿甘在越南战争中的表现，展示了他的勇气和对朋友的忠诚，这与他从小就受到的母亲的教育和影响是一致的。他的母亲总是告诉他"傻人有傻福"，让他相信自己能够做任何事。

阿甘的虾船生意和长跑活动，虽然看似与他的智商不匹配，但实际上是他对朋友和爱人承诺的延续。这些挑战不仅考验了他的毅力，也考验了他的人际关系和价值观。

更重要的是，这些挑战符合观众对这种类型角色的一般期望。观众期待看到一个看似平凡但内心坚强的角色如何面对生活的不易，如何在各种困境中找到出路。因此，当这些挑战与角色的背景和特性高度一致时，不仅使故事更加引人入胜，也让角色更加立体和令人信服。

在另一部经典影片《楚门的世界》中，主角所遇到的挑战就显得更为有趣，在这部电影中，主角楚门（金·凯瑞饰）生活在一个由摄像头和演员组成的被导演完全控制的环境中，他一直以为这就是真实世界。楚门的挑战是开始怀疑他所认为的现实，并最终寻找出路。这些挑战与他的个人背景和特性有着紧密的联系。

楚门是一个普通人，没有超能力或特殊技能，但他具有好奇心和对真相的渴望。这些特质使他开始质疑周围环境的真实性，尤其是当他发现一系列的不一致和矛盾时。他的好奇心和对真相的追求推动他冒险，去探索这个他一直以为真实的世界。

这些挑战不仅与他的个人特质和背景相符，也符合观众对这种类型角色的期望。楚门的好奇心和冒险精神使他愿意去挑战权威和寻找真相，即使这意味着他必须面对巨大的个人和社会风险。当楚门最终找到了虚假生活的出口，离开摄影棚来到真实世界时，给我们带来的心理震撼是难以言喻的。因为整部电影假定的背景故事具有天然的代入感。我们每一个现代人在仰望星空的时候，都难免有过对世界是否虚幻的思考。而"缸中之脑"又是一个无法破解的思考难题。当编剧将这种神奇的情景以楚门的视角带到我们面前的时候，楚门的挑战也与我们每一个观众息息相关①。

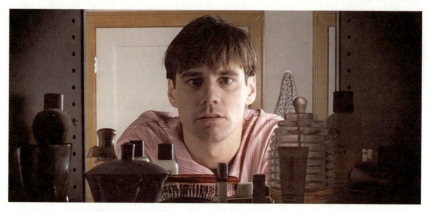

《楚门的世界》，1998，美国，导演：彼得·威尔，编剧：安德鲁·尼科尔，主演：金·凯瑞、劳拉·琳妮等

这两个例子相信对于制片人而言都是再熟悉不过的，在经典电影中对主人公面临的挑战的设计是如此精妙，以及人物背景的强黏性让我们每一个观众都产生了极强的真实感和代入感。

随着故事情节的不断推进，我们不难发现，不变的挑战是无法激起观众的观赏欲望的。挑战的逐渐升级是故事叙述中不可或缺的一环，它不仅能够维持观众的兴趣和紧张感，还能有效地展示主角在故事进程中的成长和变化。一般来说，故事的开始阶段可能会设置一些相对较小、更容易克服的挑战，这些挑战通常是为了让观众熟悉主角的基本性格和能力。随着故事的推进，这些挑战会变得越来越复杂和危险，要求主角不仅要动用他

---

① 费小琴.《楚门的世界》：主题、叙事与人物［J］.电影文学，2014（14）：93-94.

们的技能和智慧，还需要面对自己的恐惧和不足。

这样的逐渐升级不仅让故事更加引人入胜，也为主角提供了一个展示其内在成长的平台。每一次成功克服挑战，都是主角性格成熟和自我认知提升的体现。同时，这也给观众提供了一个窥探主角内心世界和情感变化的机会，使他们更加投入和关心故事的发展。因此，在我们作为制片人进行剧本评估的过程中，对挑战的逐步升级的合理性和趣味性的分析无疑是剧本质量的一个重要判别标准。

以2015年由乔治·米勒执导，汤姆·哈迪、查理兹·塞隆、尼古拉斯·霍尔特等联袂主演的动作片《疯狂的麦克斯：狂暴之路》为例，主角麦克斯最初只是一个在末日世界里试图生存的孤独战士。他的初级挑战是如何找到食物和水，以及如何避免被敌对势力捕获。但随着故事的发展，他遇到了弗瑞奥萨，并决定帮助她和一群女性从暴君不死乔的统治下逃脱。这时，他面临的挑战不仅升级为一场高速的、生死攸关的追逐战，还包括如何与他人合作，以及如何重新找回自己失去的人性和善良。

这些挑战的逐渐升级不仅增加了故事的紧张性和观赏性，也让麦克斯这个角色有了更多层次和深度。他不仅需要展示出色的战斗技巧和决断力，还需要面对自己内心深处的恐惧和痛苦。每一次成功克服一个挑战，都意味着他在道德和心理上的一次成长，也让观众更加关心和期待他最终能够实现的自我救赎。这样的逐渐升级，使得整个故事更加引人入胜，也更具深刻的主题和意义。

从反面来看，一个经典的反例是电影《绿灯侠》。这部电影中的主角哈尔·乔丹（瑞安·雷诺兹饰）获得了一个神奇的戒指，赋予了他超能力。然而，电影的主要问题在于挑战并没有逐渐升级。从一开始，哈尔就拥有几乎无可匹敌的力量，这导致观众很难感受到他在面对挑战时的紧张和危机。

电影试图通过引入一个更强大的反派来增加戏剧张力，但由于哈尔的能力已经如此之强，这种尝试并没有成功地提升观众的紧张感。结果，电影在情节上显得平淡，缺乏高潮和转折，也没有给主角提供足够的空间来展示他的成长和变化。

这种挑战的平淡化和固定化无疑是对叙事的严厉打击。当我们对主角面对的挑战的分析进入最后阶段时，我们便会发现挑战与主题的呼应成为故事叙述中至关重要的部分。这种呼应不仅赋予故事深度和复杂性，而且有助于观众更全面地理解和感受作品的核心信息。在这种情况下，主角所面临的挑战不仅是个人成长的催化剂，也成为主题深化和展开的载体。

这种呼应性不仅体现在故事的表面，如情节发展和冲突解决，还体现在更为微妙的心理和情感层面。主角的挑战通常会触及作品主题的多个方面，从而形成一个多维度的、富有内涵的故事空间。这不仅增加了故事的观赏价值，也使得作品能在不同层次上与观众产生共鸣。

通过确保主角的挑战与作品主题有机地结合在一起，作品就能在情感和智力上给予观众更多的启发和满足。这样的故事通常更具吸引力，也更容易在文化和商业层面上获得成功。总体而言，挑战与主题的呼应是提升作品质量和影响力的有效手段。

就像那个我们耳熟能详的《寻梦环游记》的故事一样，电影《寻梦环游记》中的小男孩米格尔为了追寻自己的音乐梦想而踏入了神秘的亡灵节世界。米格尔面临的挑战是如何在家庭传统与个人梦想之间找到平衡，这与电影的主题——家庭、传承和个人追求，有着直接的呼应。

米格尔的冒险和挑战不仅推动了他的个人成长，也让观众对家庭、梦想和文化传承有了更深刻的认识。这种挑战与主题的呼应不仅使电影在情节上更加引人入胜，也在情感和文化层面上给观众带来了深刻的触动。这样的设计使得电影不仅具有娱乐性，还具有较高的文化和教育价值。

最后，作为总结，本讲中我们讲解了制片人在分析主角所遇到挑战的可信度时应当遵循一个缜密的思维顺序：从挑战与角色背景的一致性开始，到挑战的逐层递进性，以及最后也是最为重要的挑战和电影主题的适配性。虽然电影的故事和叙述是变幻多彩的，但是这样的一种评估和思路无疑对于大部分的电影和电视剧的剧本都能起到一个较好的分析效果。

《寻梦环游记》，2017，美国，导演：李·昂克里奇、阿德里安·莫利纳，
编剧：李·昂克里奇、阿德里安·莫利纳等，主演：安东尼·冈萨雷兹、
本杰明·布拉特等

三、纯干货：戏剧矛盾冲突、高潮和结尾的硬核评估

在完成了对人物与情节的适配度分析之后，我们终于来到了最为硬核的环节，也就是制片人和情节本身的直接对决。对于制片人而言，评估剧本不仅仅是一项技术性工作，更是一门艺术。**即使我们在这里罗列了许许多多对剧本进行评估的方法，但在实际进行剧本评估的过程中，每一次的评估都与制片人的生活感悟、阅片量、阅读量和艺术感知力息息相关。这些方法只能提供一种进行剧本评估的思维框架。**而真正的评估过程，可以说是制片人与编剧灵魂的碰撞。这个世界不仅仅渴求着大量的优质剧本，也渴求着那些可以发掘优秀剧本的慧眼。

剧本是电影的灵魂，而作为情节的戏剧矛盾冲突、高潮和结尾则是这个灵魂的核心组成部分。这篇文章将从制片人的角度，深入探讨如何评估这些关键的情节元素。

1.戏剧矛盾和冲突

戏剧矛盾和冲突是推动故事发展的原动力。在评估剧本时，首先要看这些冲突是否设置得合理，是否能引发观众的兴趣和情感投入。冲突不仅仅是外在的，比如角色之间的斗争，更包括内在的心理冲突。这些冲突是否与主题、人物和情节有机地结合在一起？如果答案是肯定的，那么这个剧本就值得进一步考虑。在评估戏剧矛盾冲突的时候，我们可以遵循以下的思维顺序。

首先，我们应当确定电影的类型，不同类型的电影或剧集会有不同类型的冲突。例如，在一部惊悚片中，生存或死亡可能是主要冲突，而在一部浪漫喜剧中，冲突可能更多地集中在人物关系上。因此，首先要明确剧本所属的类型，然后评估其中的冲突是否符合该类型的一般规范和观众期望。

其次，我们也应关注对于主角而言，他的内部心理冲突和外部环境冲突是否有一个良好的平衡。一部好的剧本不仅有外在冲突（角色与角色之间、角色与环境之间的冲突），也有内在冲突（角色内心的道德或心理斗争）。这两种冲突应该相互补充，形成有深度的、多层次的故事结构。评估时，要看这两种冲突是否都得到了足够的关注和发展。

《辩护人》，2013，韩国，导演：杨宇硕，编剧：杨宇硕、尹贤浩，
主演：宋康昊、金英爱等

让我们以韩国电影《辩护人》为例，来探讨内外冲突的平衡。在电影《辩护人》中，主角是一名成功的律师，他因为接手了一个政治敏感的案件而陷入了一系列复杂的境地。这部电影精妙地平衡了主角的内外冲突，使得故事更加引人入胜。

从外在冲突的角度来看，主角作为一名律师，需要在法庭上为他的当事人辩护，同时还要面对政府和社会的压力。这些外在冲突不仅增加了故事的紧张感，而且与电影的主题——法律、正义和人权紧密相关。

然而，电影的真正深度来自主角的内在冲突。作为一名成功的律师，他原本对法律有着近乎盲目的信仰，但随着案件的深入，他开始质疑自己以及整个法律体系。这种内在冲突不仅让主角更加立体，也让观众对他产生了更多的共鸣。

这两种冲突在电影中得到了很好的平衡和发展。外在的法庭戏和社会压力为电影增加了观赏性，而内在的道德和心理斗争则让主角和故事更加深刻。在评估这样的剧本时，我们需要仔细考察这两种冲突是否都得到了足够的关注和发展，以及它们是否与电影的主题和人物有机地结合在一起。

如果这些元素都得到了良好的处理，那么这样的剧本无疑是值得投资和制作的。这也是《辩护人》能够深受观众和业界好评的重要原因。

当对冲突的评估进入后段的时候，冲突对推动主题展现的作用也该被我们纳入思考的范围。换句话说，通过角色在冲突中的选择和行动，观众应该能够更清晰地看到作品想要传达的主题。这种关联性需要在评估中特别考虑。

在电影《何以为家》中，我们便跟随着一个名为扎因（赞恩·阿尔·拉菲亚饰）的12岁男孩，他因为家庭环境极度恶劣而选择离家出走。电影的主题围绕着家庭、社会不公和儿童权益等多个方面展开。扎因面临的外在冲突，如贫困、社会歧视和法律制度的不完善，都让观众对这些主题有了更深刻的认识。

然而，更引人注目的是扎因的内心冲突。他在一个充满暴力和忽视的环境中长大，但他内心依然渴望爱和正义。这种内在冲突不仅增加了角色的深度，也让电影的主题更加鲜明。当扎因决定起诉自己的父母，这一行为实际上是他内外冲突的高潮，也明确地展示了电影想要传达的主题——每一个孩子都有权利得到更好的生活和更多的尊重。

在评估剧本时，这种冲突与主题之间的紧密关联是非常值得注意的。它不仅增加了故事的复杂性和深度，也使主题更加突出和明确。如果一个剧本能够做到这一点，那么它无疑是一个高质量的、值得投资的项目。

另外，与对人物的评估一致的是，我们尤其应当注意冲突的逻辑性和连贯性。剧本中的冲突的设置和解决应该在逻辑上是合理的，不能仅仅为了制造戏剧性而设置不合逻辑的冲突。同时，各个冲突之间应该有连贯性，形成一个整体的故事弧线。

最后，在讲述了上述的思维模式和例子之后，我们应当看到最重要的评估点并不在具体的设计之中，反而在于这些冲突是否能引发观众的情感投入。事实上，我们几乎不曾看到一些在全部评估环节做到面面俱到的好作品。即使是经典的电影和电视剧也无法符合全部的评估标准，但这不妨碍这些优秀作品成为经典并给无数人带去美好和感动。这正是因为这些故事具有触动人心的力量，所以在评估的最后，我们仍然要返璞归真地问自己，这些冲突和情节设计，真的能让我们投入自己的情感并让我们为之感动吗？这个部分的评估没有一个准确的文字性的标准，我们能做的只能是在阅读剧本的时候，尽最大的努力审视自己的内心，并扪心自问：我动情了吗？好的冲突设计应该能让我们感同身受，产生紧张、兴奋、担忧等情感反应。因此，观众感情的投入才是一个剧本成功与否的决定性因素。

综上所述，戏剧矛盾和冲突的评估是一项综合性很强的任务，需要从多个角度和层面进行。只有这样，我们才能准确地判断一个剧本是否具有高质量的戏剧冲突，从而值得进一步的投资和制作。

2.高潮

高潮在故事结构中占据着核心地位，是故事发展中最关键、最紧张和最激动人心的时刻。它不仅标志着情节和角色冲突的最高点，而且是观众情感投入最为强烈的瞬间。在这个关键时刻，观众的情感体验通常达到巅峰，因此成功的高潮必须拥有足以震撼观众的紧张感和冲击力。我们在对剧本的高潮进行评估的时候，可以遵循以下的思维顺序。

我们首先想到的可能会是高潮的特性，高潮应当既出乎意料又合乎逻辑。这意味着高潮需要给观众带来一种惊喜的体验，但这种惊喜不能与整个故事的逻辑或角色设定相矛盾。简言之，高潮应是故事发展的合乎逻辑的结果，而非为了制造戏剧性而强行加入。

在电影《控方证人》中，经典的法庭戏剧情节高潮被巧妙地展现出来。律师主角威尔弗里德·罗宾逊（查尔斯·劳顿饰）在为被告伦纳德·沃尔顿（泰隆·鲍华）进行辩护时，展现了他的聪明才智和精准的推理能力。随着故事的推进，罗宾逊逐渐发现了一系列令人震惊的证据和事实，这些发现不仅推翻了对案件的原有判断，也让观众对角色和情节产生了新的认识。

在紧张的法庭辩论中，罗宾逊利用证人的证词和之前看似不相关的细节，巧妙地揭露了案件的真相。当他揭示出看似无辜的克里斯汀·赫尔姆（玛琳·黛德丽饰）实际上是一个精心策划罪行的罪犯时，观众不仅为罗宾逊的智慧而喝彩，也为电影中出乎意料但又合乎逻辑的转折感到震惊。

这个令人惊喜的转折点不仅巧妙地解释了之前所有的情节布局，也为角色之间的关系和动机提供了清晰的解释。电影通过这个高潮，不仅为观众提供了令人满意和震撼的解释，也展现了主角罗宾逊的律师职责和对正义的执着追求。

重要的是，这个转折与之前的情节和角色设定保持了一致性，没有让观众感到突兀或像是被强行加入的戏剧元素。它完美地结合了剧情发展和角色性格，使得这个震撼的高潮成为故事的自然推进，而不是为了制造戏剧效果而强加的情节。通过这种设计，电影《控方证人》成功地将紧张、惊喜和逻辑完美地结合在一起，为观众提供了一个令人印象深刻的法庭戏剧体验。

更重要的是，这个高潮不仅是单纯的情节转折，它也在情感和主题上给观众带来了强烈的冲击。这一点符合我们对高潮应有特性的理解，即它不仅需要在情节上给人以惊喜，还需要在更深层次上与整个作品的主题和情感产生共鸣。

电影《控方证人》的高潮段落完美地体现了高潮应当既出乎意料又合乎逻辑的原则，使其成为评估和学习高潮设计的极佳范例。

《控方证人》，1957，美国，导演：比利·怀尔德，
编剧：比利·怀尔德、哈里·库尼兹等，主演：
泰隆·鲍华、玛琳·黛德丽、查尔斯·劳顿等

其次，我们应当从冲突发展的层面进行思考，高潮也应是所有冲突达到顶峰的场所。不论是角色之间的冲突或是角色内心的道德和心理斗争，都应在这一刻达到最高潮。这不仅加强了故事的紧张氛围，同时也为即将到来的结局做好了准备。

这种冲突的顶点在2010年由克里斯托弗·诺兰执导，莱昂纳多·迪卡普里奥、玛丽昂·歌迪亚等主演的美国电影《盗梦空间》的高潮段落中得到了很好的体现。

在这部电影中，主角道姆·柯布（莱昂纳多·迪卡普里奥饰）不仅面临着外在冲突，即如何成功地在目标人物的潜意识中种下一个想法，还有内在心理冲突，即如何面对他已故妻子的记忆和他对家庭的愧疚。这两种冲突在电影的高潮阶段都达到了最高点。

外在冲突的高潮发生在多层梦境中，每一层都有其自身的冲突和危机，而所有这些冲突都在最深层的"极限深潜"中达到了顶峰。这一刻，观众几乎可以感受到每一个角色的紧张和焦虑，因为失败的代价是无法醒来，陷入"极限深潜"的永恒梦境。

内在冲突的高潮则是柯布在最深层的梦境中，终于面对了他一直逃避的问题——他对妻子的愧疚和自责。在这一刻，他做出了一个决定，那就是放手，回到现实，去面对他还活着的孩子。这一内在冲突的解决不仅增加了故事的情感深度，也为结局铺垫了道路。

通过《盗梦空间》这一例子，我们可以看到一个好的高潮应该是所有冲突，无论内在冲突还是外在冲突，都达到最高点的部分。这不仅加强了故事的紧张氛围，也为即将到来的结局做好了准备。

再次，高潮必须能在情感层面上打动观众。除了情节和冲突的高点，观众在这一阶段还应能感受到角色情感的变化，无论是愤怒、喜悦、失望或是解脱，这些情感都需要在高潮阶段得到充分的展现。

情感的爆发在2021年由贾玲执导，贾玲、张小斐等主演的中国电影《你好，李焕英》的高潮段落中得到了很好的体现。在贾晓玲（贾玲饰）发现母亲是和自己一起穿越回来的，而自己所有让母亲开心的努力都是在母亲的配合下才完成的瞬间，故事推进到了高潮并引爆了观众的情感，使得情感的爆发和故事的高潮在结构上高度统一，成就了这一部口碑和票房双丰收的优秀电影。

最后，评估高潮的有效性时，还需考虑其在整体故事结构中的定位和时机。一个过早或过晚出现的高潮可能会破坏故事的节奏和观众的情感体验。

《阿凡达：水之道》，2022，美国，导演：詹姆斯·卡梅隆，
编剧：詹姆斯·卡梅隆、乔什·弗莱德曼等，
主演：萨姆·沃辛顿、佐伊·索尔达娜等

在这一点上，有一部电影可以作为一个很好的例子，在电影《阿凡达：水之道》中，在影片大约2/3的部分，导演给我们献上了一系列相当精彩的战斗情节，由主角和其家人联合海洋部落的勇士与人类的大船进行殊死搏斗，这一部分的内容从很多层面都符合了观众对于高潮的想象和满足。宏大画面和殊死较量的组合让这部由卡梅隆导演执导的电影收获无数好评。然而在这段精彩的殊死较量结束之后，导演又加拍了长达一个小时的沉船戏码。这部分内容不仅和《泰坦尼克号》的内容高度相似，最为重要的是，这段戏码中的结尾部分从紧张感和冲突性上又与之前的大战戏相差甚远。这种过长的附加戏码极大程度上消耗了观众对于电影的满足感，而对高潮时效性把握的失误也使得很多影迷在情感上与电影角色产生了剥离，成为很多影迷心中的一大遗憾。

以上，我们综合性地讲解了评估高潮时的思路并给出了许多的例子作为支撑，由这些论述我们可以看出，制片人在评估剧本的高潮时，应综合考虑多个因素，包括但不限于出乎意料、逻辑合理性、情感触动性以及紧张感。这样，故事的高潮才能真正成为推动故事成功的关键元素。

3.结尾

结尾是故事的终章，它的重要性不言而喻。一个出色的结尾不仅能让观众在情感上得到圆满的落地，还能进一步强化或升华电影的核心主题。因此，在评估剧本的结尾时，制片人需要从多个角度进行综合考量。

在评估过程中，我们应该首先想到，这个故事的结尾是否自然，这是一个关键性的问题。一个强行或生硬的结尾会让观众感到不满，甚至可能破坏整个故事的完整性。因此，结尾应当是故事发展的逻辑结果，与前面的情节和角色发展有机地连接在一起。

在2017年由斯蒂芬·卓博斯基执导，朱莉娅·罗伯茨、欧文·威尔逊、雅各布·特瑞布雷等主演的电影《奇迹男孩》中，结尾的处理是一个很好的例子，可以用以说明如何自然地结束一个故事。这部电影讲述了一个面部畸形的小男孩奥吉（雅各布·特瑞布雷饰）如何面对学校生活中的种种挑战，包括同学的欺凌和自己内心的不安。

在电影的结尾，奥吉赢得了学年结束时的"友善奖"，这不仅是对他个人成长和努力的肯定，也反映了他如何影响周围的人，包括曾经欺凌他的同学，使他们变得更加友善和理解他人。这个结尾非常自然和感人，因为它不是随意安排的，而是之前所有冲突和角色发展的结果。奥吉的成长，他所展现出的勇气和善良，以及他所面对的困难和挫折，都是整个故事的核心。而这个"友善奖"则是对他努力和成长的有力总结，它不仅给奥吉带来了属于他的那一刻的荣耀，也让观众看到了善良和勇气的力量。同时，这个结尾也为观众展现了一个温馨和希望的画面，使整个故事得到了一个圆满和满意的结局。

更重要的是，这个结尾也强化了电影的主题——接纳和友善，它让观众在情感上得到了满足，同时也引发了人们对于善良和人性的深入思考。

其次，结尾需要具有力量和冲击性，以便给观众留下深刻的印象。这并不意味着结尾必须是震撼人心或者出人意料的，但它应该能在某种程度上触动观众的情感，让人们在走出电影院后还会回味无穷。

《小丑》，2019，美国，导演：托德·菲利普斯，编剧：托德·菲利普斯、斯科特·西尔弗等，主演：杰昆·菲尼克斯等

　　说到这个，电影《小丑》的结局总是让我感到无比的震撼和回味。电影讲述了亚瑟·弗莱克（杰昆·菲尼克斯饰）这个角色从一个被社会边缘化、在心理上饱受折磨的人变成犯罪大师小丑的过程。在电影的最后，亚瑟在一场电视节目上公开承认了他的罪行，并随后引发了一场社会运动，最终被捕。

　　这个结尾在多个层面上都给观众留下了深刻的印象。首先，它是整个故事逻辑发展的高潮，是亚瑟个人转变的终点，也是他影响社会的开始。其次，这个结尾在情感上非常触动人心，它让观众对亚瑟这个角色产生了复杂的情感反应，包括同情、恐惧和反思。

　　更为重要的是，这个结尾也强化了电影想要传达的主题——社会的不公和个体的孤独。在电影的结尾，单一的暴力事件最终演变为一场全城的暴力狂欢，揭示了现代社会所隐藏的巨大裂痕[①]。让观众在看完电影后对社

① 徐红妍.论电影《小丑》中底层群体的生存困境与暴力狂欢［J］.洛阳理工学院学报（社会科学版），2023，38（4）：61-65.

会和文明陷入深深的思考之中。

从制片人的角度观察，这样一个充满力量和冲击性的结尾是非常成功的。它不仅符合故事的逻辑发展，还在情感和主题上达到了高度的统一和提炼，使整部电影成为一个令人难以忘怀的作品。

而比起冲击性和力量来说，结尾对整个故事的总结和提炼作用则显得更为关键。因为从制片人的评估角度来看，我们在很大程度上需要首先保障电影的实际收益，也就是说对于制片人而言，剧本故事的完成度比起艺术上的突破性具有更高的现实性价值。结尾的这种总结和提炼作用也意味着，除了解决故事中的主要冲突或问题，结尾还应该在主题上有所呼应。换句话说，通过结尾，观众应该能明确感受到电影想要传达的信息或观点。

当然，总有那些让人惊艳的创作者在这一点上良好地平衡了商业野心和艺术追求，《心灵奇旅》便是典型的例子。这部电影的结尾处理恰到好处地总结和提炼了整个故事，同时也强化了电影的主题。该电影讲述了一名中学音乐老师乔因一次意外进入了"灵魂世界"，在那里，他遇到了一个不愿意来到人间的灵魂22号。经过一系列的冒险和反思，乔最终明白了生活的真正意义，并决定珍惜每一刻。而22号也找到了自己愿意来到人间的理由。

这个结尾不仅解决了故事中的主要冲突，即乔和22号各自的困境和迷茫，还在主题上做出了明确的呼应。电影的主题是关于生活的意义和价值，通过结尾，观众可以明确感受到电影想要传达的信息——生活本身就是最大的奇迹，每一个平凡的瞬间都值得我们去珍惜。

从制片人的评估角度来看，这样的一个结尾是非常成功的。它不仅具有很高的艺术价值和哲学思考，还具有很强的商业潜力。因为一个好的结尾能让观众在电影结束后仍然产生强烈的情感共鸣和思考，从而提高口碑和观影意愿，进一步推动电影的票房和其他商业价值。

最后，制片人在评估剧本结尾的时候，还应该考虑到故事的可持续性，特别是对于计划有续集的电影。一个好的结尾不仅要给当前的故事画上句号，还要为未来的发展留下足够的空间和悬念。

所以，一个优秀的结尾应该是自然的、有力的、令人印象深刻的，并能有效地总结和提炼故事，同时也要考虑到故事的长远发展。这些因素共同构成了制片人在评估剧本结尾时需要特别注意的几个关键点。

以上便是我们对冲突、高潮和结尾的分别的讲解，这样的讲解与例子相互搭配，可以为我们提供一个在剧本评估时基础的思维框架。**但是需要着重强调的是，这三个情节的核心元素是一个有机的整体。在剧本评估的实战当中，应该用综合性的思维灵活地运用本书中给出的思维逻辑框架和评判标准，从而达到良好的评估效果，并不断在实战中加强制片人自身的评估能力。**唯有如此，才能成为编剧的伯乐，准确地去发现那些有巨大潜力的故事。

四、清晰头脑：主次情节的吸引力和合理搭配

在电影制作的整个过程中，剧本无疑是最关键的一环。**但是在作为制片人进行剧本评估的环节当中，我们经常忽视对次要情节的分析和评估，然而，很多电影都是依靠次要情节产生的亮点来提高主线的质量并创造故事吸引力的。因此，我们不仅要关注剧本的主线情节，还需要对次要情节给予足够的重视。**主次情节的吸引力和合理搭配直接影响着电影的观赏性和商业价值。本讲将从制片人的角度，探讨如何评估主次情节的吸引力和它们之间的合理搭配。

然而，对于主要情节的吸引力评估，事实上，本讲以上的内容都是在对主要情节进行一个综合而整体的评估，因此，在本讲中我们便不再赘述主要情节的评估方法。而是要从制片人的视角去观察和分析次要情节的作用和效果。

在对次要情节进行评估时，我们首先应该了解次要情节的定义和内容。次要情节是一个非常古老的概念，在亚里士多德的《诗学》之中就有所提及，亚里士多德认为情节的统一性是戏剧作品成功的关键，而次要情

节则是实现这一统一性的重要手段。而情节的完整性不仅仅依赖于单一事件的叙述，而是需要围绕一个中心思想展开，次要情节可以围绕这一中心思想提供额外的情感纠葛和转折，从而增强故事的吸引力。从宏观的视角来看，这个观点到今天也仍未过时。

在现代的影视剧作理论中，次要情节是指在电影、电视剧或文学作品中，除主要情节之外的其他附加故事线。次要情节通常与主要情节有某种关联，但具有独立的发展和结局。从内容上看，一般来说次要情节主要包含三个可能的部分。

其一便是角色的个人生活。通过深入探讨角色与家人、朋友和恋人之间的关系，观众能更全面地了解角色的性格和动机。例如，家庭关系常常用于揭示角色内心的复杂性，而友情和爱情关系则能突出角色的优缺点，并在故事中起到关键的转折作用。

除了个人生活，次要情节还可能涉及更广泛的社会和文化背景。这些元素不仅增加了故事的深度，还让它更具复杂性。通过引入与社会问题或文化冲突相关的情节，电影能触及更多层次的主题，从而吸引更广泛的观众。

《阿丽塔：战斗天使》，2019，美国，导演：罗伯特·罗德里格兹，
编剧：詹姆斯·卡梅隆、莱塔·卡罗格里迪斯、木城幸人，
主演：罗莎·萨拉扎尔、克里斯托弗·瓦尔兹等

例如，在电影《阿丽塔：战斗天使》中，次要情节不仅涉及主角阿丽塔（罗莎·萨拉扎尔饰）的个人生活和成长，还深入探讨了更广泛的社会和文化背景。这部电影设定在一个未来的赛博朋克世界，其中充满了社会不平等、科技伦理和人性的复杂问题。而电影的很多次要情节的设定都和这个广阔的科幻世界观紧密相关，次要情节烘托出的世界观的建构获得了很多科幻迷的追捧，尤其是电影中建构的对未来城市的想象以及埋藏在这些想象中的隐喻具备着丰富的文化价值和内涵[①]。

当然，幽默和戏剧元素也是次要情节中不可或缺的一部分。适当的幽默可以在紧张或悲伤的情节中为观众提供短暂的缓解，增加电影的娱乐性。同时，戏剧性的元素，如意外的转折或高潮，能有效地增加故事的紧张感和吸引力。

这一部分或许不是很直观，让我们用两个例子来进行说明。在2011年上映的由导演兼编剧姜亨哲执导，由沈恩敬、姜素拉、闵孝琳等主演的韩国喜剧电影《阳光姐妹淘》中，幽默元素作为次要情节往往出现在紧张或悲伤的情节中，为观众提供了短暂的缓解。每当姐妹们面临困境或冲突时，插科打诨还夹杂着脏话的幽默对话或互相拆台大闹的滑稽行为常常能够缓解紧张的氛围，也建立起了姐妹们之间的相处模式，另外还能让观众在紧张的情节中得到轻松和愉悦，并最终有助于电影风格的确立。

而在电影《鸟人》中，虽然电影的主要情节聚焦在主角里根·汤姆森（迈克尔·基顿饰）努力重振舞台生涯的过程上，但其中的次要情节也充满了戏剧性元素。

一个显著的戏剧性次要情节是里根与他的女儿萨姆（艾玛·斯通饰）之间的关系。萨姆是一个康复中的毒瘾者，她与父亲的关系充满了紧张和不信任。这一次要情节不仅增加了故事的情感深度，还为观众提供了一个更全面了解里根复杂性格的窗口。

---

① 高钰涵.《阿丽塔：战斗天使》：未来城市的想象与隐喻［J］.东方艺术，2022（6）：137-142.

《鸟人》，2014，美国，导演：亚利桑德罗·冈萨雷斯·伊纳里图，
编剧：亚利桑德罗·冈萨雷斯·伊纳里图、尼可拉斯·迦科波恩等，
主演：迈克尔·基顿、艾玛·斯通、娜奥米·沃茨等

　　另一个戏剧性的次要情节是里根与他的演员，尤其是与麦克（爱德华·诺顿饰）之间的关系。麦克是一个才华横溢但自恋的演员，他的加入不仅给剧组带来了新的活力，也给里根带来了新的压力和挑战。这一情节增加了故事的紧张感，并在电影的高潮和结局阶段达到顶峰。

　　电影《鸟人》正是通过精心设计的戏剧性次要情节，成功地增加了故事的紧张感、情感深度和复杂性。这些次要情节不仅丰富了主要情节，也提高了电影整体的艺术价值和商业潜力。这是制片人在评估剧本时应该高度关注的方面。

　　讲完次要情节包含的内容，我们应当把关注点放在次要情节的作用上。次要情节通常有两个主要的作用。

　　其一是次要情节有助于补充和反映主要情节中的主题和冲突。例如，在一部以社会不平等为主题的电影中，次要情节可能会通过次要角色的经历来进一步揭示这一主题。这样的设计使得观众能从不同角度和层次上理解和感受到主题的重要性和复杂性。

　　其二是次要情节能增加故事的复杂性。通过引入与主要情节不同但又相辅相成的元素，如社会背景、文化冲突或个人成长等，次要情节为故事添加了更多的维度。这不仅使得故事更加引人入胜，也提供了更多的空间来展示角色的多面性和故事的深度。

例如，在一部以个人成长为主线的电影中，次要情节可能会涉及主角在职场或社会其他方面的挑战和成长。这些次要情节不仅能补充主要情节，还能使观众更全面地了解主角，从而产生更强烈的共鸣。

正如在2013年由本·斯蒂勒执导，本·斯蒂勒、克里斯汀·韦格、西恩·潘等主演的奇幻剧情片《白日梦想家》中，主线情节围绕着主角沃尔特·米蒂的个人成长和自我发现展开。沃尔特是一个日常生活平淡、常常沉浸在白日梦中的人。电影的主要情节聚焦于他如何通过一系列冒险找到自己，从而实现个人成长。

然而，电影的次要情节也同样重要，它们增加了故事的复杂性和深度。例如，沃尔特在职场面临的压力和挑战，如公司即将进行裁员，以及他对工作和职责的态度，都是次要情节。这些情节不仅补充了主要情节中关于个人成长和自我发现的主题，还让观众更全面地了解了沃尔特这一角色。

更进一步，电影还通过次要情节涉及了社会和文化背景。沃尔特的冒险带他去了世界各地，包括冰岛、喜马拉雅山等，这些不同的文化和社会背景为故事添加了额外的层次和细节，使得这个故事更加丰富立体。

通过这些次要情节，观众不仅看到了沃尔特从一个内向、缺乏自信的人变成了一个勇敢、自信的冒险者，还能从多个角度和层次上理解他的转变和成长。这些次要情节与主要情节相辅相成，共同铸造了这部饱含梦想激情的优秀作品。

通过以上的例子，我们已经可以深刻地感受到次要情节是故事结构中不可或缺的一部分。它们不仅丰富了主要情节，还增加了故事的复杂性和观赏性。因此，在评估剧本时，制片人应该充分认识到次要情节的重要性，并认真分析特定的次要情节是否达到了应有的作用，并在资源有限的情况下对次要情节进行合理的取舍。

最后，我们要从故事整体的角度，对主次情节搭配的合理性进行评估。评估这一部分有以下几个重要的方面需要考虑。

我们应当首先关注到主次情节的平衡性。主次情节在重要性和出场时间上应该有一个合理的平衡。主要情节是故事的核心，但次要情节也不应被忽视。它们应该有足够的时间和空间来展开，以便丰富主要情节，增加故事的层次和深度。

当然，随着故事的调性和风格的不同，主次情节的搭配也会发生一些变化。例如在喜剧故事中，主要情节的占比就要远远小于其他的故事类型。因为大量的喜剧元素正是依托喜剧性的次要情节的堆叠而成的。而对于悬疑片来说，次要情节的占比则可能会相对较少。

这一点我们从《泰囧》和《消失的爱人》的对比上就可以看出来。

《泰囧》这部喜剧电影的主要情节围绕着两位男主角的泰国之旅展开，但其中充满了各种次要情节，如误会、文化冲突、矛盾等。这些次要情节不仅丰富了主要情节，还为电影增加了大量的喜剧元素。在这种情况下，次要情节的占比相对较大，因为它们是构建喜剧效果的关键。

相反，在悬疑电影《消失的爱人》中，主要情节——一名妻子的神秘失踪和随后的调查几乎占据了整部电影的中心舞台。次要情节，如媒体的角色、公众舆论等，虽然存在，但相对较少，更多的是用来推动主要情节和增加故事的复杂性。

通过比较这两部电影，我们可以看到，不同类型的电影在主次情节的平衡性上有着不同的需求和表现。在喜剧电影中，次要情节通常会占据更大的比重，以增加娱乐性；而在悬疑电影中，主要情节更可能占据主导地位，次要情节则更多地起到推动和复杂化主要情节的作用。

所以在进行主次情节的平衡性评估的时候，制片人也要依据故事的类型酌情考虑。这里提出喜剧和其他类型的对比主要是要说明喜剧在主次情节配比方面的独特性。对于其他类型而言，绝大多数的情况都是需要用主要情节占据故事的大部分空间。

分析完主次情节的平衡和配比之后，我们应当开始对主次情节的一致性进行思考。一致性也是一个关键因素。主次情节在主题和情感上应该是一致的，或者至少是相辅相成的。如果主要情节是悲剧性的，而次要情节却是喜剧性的，这可能会让观众感到困惑，影响整体的观影体验。这个部分看起来并不复杂，对一致性的判断和分析在大部分情况下都不会有问题。但是一些具有神奇的杂糅属性的影片也是我们应当注意的。

以电影《双宝斗恶魔》为例，《双宝斗恶魔》是一部 2010 年上映的恐怖喜剧片，由伊莱·克雷格执导。主要演员包括艾伦·图代克、泰勒·莱伯恩和卡特里娜·宝登等。影片的故事围绕着两位主角塔克（艾伦·图代克饰）和戴尔（泰勒·莱伯恩饰），他们被一群放假旅游的学生误认为是传说中的森林杀手，从而引发了一系列血腥的悲剧。

该电影从两种不同的视角展现了故事情节，一方是前来度假的大学生，他们将塔克和戴尔误认为杀人狂，而在塔克和戴尔看来，这些大学生似乎是在寻找各种创新的自杀方法。这种设定让该片呈现了恐怖与喜剧元素的融合，被描述为一半恐怖、一半喜剧的影片。

此外，影片的剧情被认为简单直白，一帮被恐怖片洗脑的大学生去乡下旅游，在误解和厄运的推动下，将两个乡下人塔克和戴尔当成了变态杀人狂，从而导致了一连串令人啼笑皆非的悲剧事件。

电影本身被归类为恐怖电影之中，但相信真正看过电影的人都会认为这是一部纯粹的喜剧电影，电影中所谓的恐怖镜头，根本不会令我们感到恐惧，反而是喜剧效果令我们印象深刻。恐怖情节反而成为加深喜剧效果的重要法宝。对于这一类故事的评估，我们应当格外注意，不要因为情节的不一致性而看漏一部足以令人捧腹的喜剧故事。

最后，推动力也是必须考虑的一个方面。**好的次要情节不仅能丰富故事，还能在关键时刻推动主要情节向前发展。如果次要情节与主要情节毫无关联，或者更糟糕的是，阻碍了主要情节的进程，那么这样的剧本是不可能成功的。**

《土拨鼠之日》，1993，美国，导演：哈罗德·雷米斯，编剧：哈罗德·雷米斯、
丹尼·鲁宾，主演：比尔·默瑞、安迪·麦克道威尔等

　　在电影《土拨鼠之日》中，主要情节围绕着主角菲尔不断重复同一天的经历展开。这一主题本身就具有很强的吸引力，但电影通过引入多个次要情节来进一步丰富这一主题。其中一个次要情节是菲尔与他的同事和当地居民的互动，这些互动在电影的不同阶段起到了推动主要情节发展的作用。

　　例如，在电影的前半部分，菲尔试图通过利用他对这一天的了解来达到自己的目的，但总是失败。这些失败的尝试构成了次要情节，它们不仅增加了故事的娱乐性和复杂性，还突出了主要情节中菲尔对自己困境的无力感。然而，在电影的后半部分，菲尔开始改变自己的行为和态度，这一转变也是由次要情节中的人物互动和个人成长推动的。

　　这些次要情节不仅与主要情节紧密相关，还在关键时刻推动了主要情节的发展，即菲尔找到属于自己的真爱。正是这些次要情节的累积和发展使菲尔成功地让女主角爱上自己，从而最终能够跳出重复同一天的怪圈，实现故事的高潮和问题的解决。因此，这部电影成功地展示了如何通过次要情节来增加故事的推动力，从而使主要情节得以成功发展。

　　经历了以上的讲述，我们明白了主次情节的合理搭配是评估剧本优劣的重要因素。它需要在平衡性、一致性和推动力这三个方面达到一种和谐，以确保电影能够吸引观众，同时也能实现商业成功。只有这样，电影才能在竞争激烈的市场中脱颖而出，赢得观众和专业影评人的双重认可。

在这一讲中，我们讲述了故事情节的神奇魔力。纵然其中妙趣横生，千回百折，但是只要逐层抽丝剥茧，即使再复杂的情节也会在我们的眼前徐徐展开。**对剧本情节的评估能力，是整个剧本评估的重中之重。这也要求制片人应当以最冷静的态度和最严谨的逻辑，对剧本的情节进行近乎严苛的审视。我们在剧本评估阶段的严酷和理智，都能转化为影片最终成功的推动力量。不要胆怯，也不要退缩，这是智慧的交锋和较量。一切的努力，都是为了把优秀的电影呈现在观众面前，这也是我们每个制片人永恒的追求！**

第七讲　市场思维：剧本商业可行性评估

在上一讲中，我们从剧本内容情节入手，综合考虑故事的整体结构、角色发展和戏剧冲突等要素，这些方法可以帮助剧本评估者深入分析剧本的情节，找出其中的亮点和问题，并为改进和完善提供指导，极大地提高剧本的吸引力、可信度和张力。下面我们跳出剧本本身，从商业可行性角度进行剧本评估。毋庸置疑，制片人之所以需要具备市场思维，是因为电影和电视剧等影视作品作为文化属性的商业产品，不仅意味着要取得社会效益，同时也需要在市场实现经济效益。影视行业本身具备极高的风险性，头部的影视公司往往也不能保证项目稳赚不赔[①]。作为项目的负责人，制片人需要确保所投资的项目在很大程度上能够取得较好的经济回报。本讲将通过评估剧本的商业可行性，为制片人提供从市场需求、受众群体和竞争情况等方面，做出较为恰当的剧本评估与投资决策的参考。

一、看清你自己：剧本的市场定位和目标受众

确定剧本的市场定位和目标受众对于电影制片人来说至关重要。一方面，确定剧本的市场定位和目标受众有助于评估电影的商业潜力和投资回报。制片人可以借助市场研究和数据分析，预测目标受众对电影的接受程

---

① 程以鹏，邓瑜.制片人手册［M］.北京：中国传媒大学出版社，2022：6.

度和购买力，从而做出关于投资规模、宣传费用和票房预期的决策。另一方面，确定了市场定位和目标受众还可以对电影的制作风格和表现形式产生重要影响。不同市场和不同受众群体对电影的审美偏好和观影习惯可能存在差异，因此制片人需要考虑如何在剧本创作和电影制作过程中较为准确地反映出目标市场和目标受众的喜好和需求，以提供与他们的期望相符的观影体验。

剧本的市场定位和目标受众要点示意图

（一）题材和类型

剧本的题材和类型是决定其目标受众的重要因素之一。电影的类型是指一种相对固定、广为人知的创作和观赏模式，每个类型都有一套明显的规则、形式和主题的组合。这种模式是通过大量的创作和观赏积累而形成的，并且在许多情况下，作者和观众不自觉地遵循这种模式。而题材则是一些社会现象，它们更多地被视为创作的素材，而不是一种电影形式或范式[①]。题材是指电影所涉及的主题或故事内容。它描述了电影从故事角度呈现的主题、背景或主要情节元素。题材是原材料，类型是产品，同样的材

---

① 郝建.蛮荒与文明：类型电影教程［M］.桂林：广西师范大学出版社，2023：8.

料可以做成不同的产品，同样的故事也可以拍成不同类型的影片。譬如，同样取材于《西游记》里的故事，既可以拍成正统神话剧，也可以拍成TVB版的神话喜剧①。题材与类型帮助观众在选择电影时了解其大致内容和风格。不同类型，如喜剧、爱情、动作、科幻、犯罪等通常吸引不同的观众群体。在许多情况下，电影的类型与题材会被混为一谈。从商业角度来看，当拿到一个剧本时，我们需要非常清晰地知晓该剧本的市场定位与目标受众。

　　了解自己剧本的题材和类型，才可以更好地服务于目标受众。常见的题材包括：爱情，描述两个或多个人之间的浪漫关系和情感经历。例如，《罗密欧与朱丽叶》：莎士比亚的经典爱情悲剧，讲述了两个相爱但来自敌对家族的年轻人的禁忌之恋。

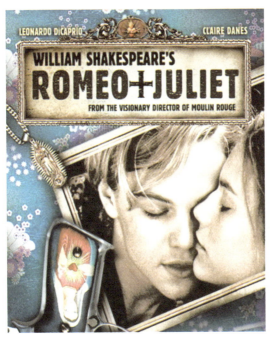

《罗密欧与朱丽叶》，1996，美国，导演：巴兹·鲁赫曼，
编剧：克雷格·皮尔斯、巴兹·鲁赫曼、威廉·莎士比亚，
主演：莱昂纳多·迪卡普里奥、克莱尔·丹尼斯等

① 陈晓春，李京.剧本医生：电视剧项目评估与案例剖析［M］.北京：人民邮电出版社，2017：26.

动作，以激烈的战斗、追捕或冒险为主题，强调动作场面和刺激的情节发展。例如，《终结者2：审判日》：科幻动作片，讲述了一名未来机器人回到过去保护人类抵抗人工智能领导的机器人大军的故事。

《终结者2：审判日》，1991，美国，导演：詹姆斯·卡梅隆，编剧：詹姆斯·卡梅隆、威廉·威舍尔，主演：阿诺德·施瓦辛格、琳达·汉密尔顿等

喜剧（合家欢）：通过幽默和笑料带给观众欢乐和喜剧效果的故事。例如，《老友记》：美国情景喜剧，讲述了六个好友在纽约城市生活中的种种趣事和友情故事。

科幻：涉及未来科技、外星生物或超自然现象的故事，探讨科技进步和人类命运的问题。例如，《盗梦空间》：克里斯托弗·诺兰执导的心理科幻片，讲述了一群人进入他人梦境窃取信息的故事。

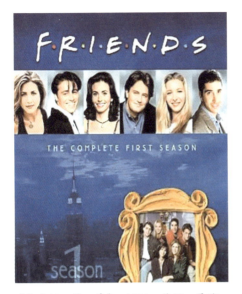

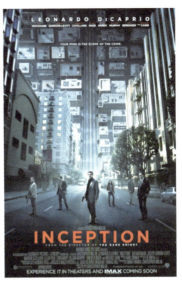

《老友记：第一季》，1994，美国，导演：大卫·克拉尼、玛尔塔·考夫曼等，编剧：加里·哈勒沃尔森、凯文·布莱特等，主演：詹妮弗·安妮斯顿、柯特妮·考克斯等

《盗梦空间》，2010，美国/英国，导演：克里斯托弗·诺兰，编剧：克里斯托弗·诺兰、凯文·布莱特等，主演：莱昂纳多·迪卡普里奥、约瑟夫·高登-莱维特、汤姆·哈迪等

悬疑：深入挖掘谜团和解谜过程的故事，以引发观众的紧张和好奇心。例如，《神探夏洛克》：根据阿瑟·柯南·道尔的小说改编，讲述了福尔摩斯和华生解决各种复杂悬案的故事。

战争：以战争背景为故事的中心，描绘冲突、勇气和人性的复杂性。例如，《拯救大兵瑞恩》：史蒂文·斯皮尔伯格执导的战争剧情片，讲述二战期间一个小队为了找到一名被困士兵而展开的救援任务。

奇幻：包含魔法、神话或超自然元素的故事，通常在幻想世界中发生。例如，《疯狂动物城》：迪士尼动画电影，讲述了一个由动物居住的现代都市中，一只兔子和一只狐狸合作解决一个神秘失踪案件的故事。

历史：基于真实的历史事件、人物或时代背景的故事。例如，《红高粱》：改编自莫言的同名小说，讲述了20世纪初发生在中国北方小镇农村生活中的故事。

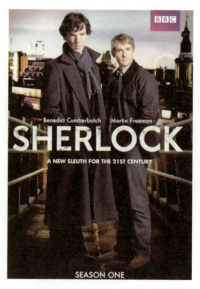

《神探夏洛克：第一季》，2010，英国，导演：保罗·麦奎根、尤洛斯·林，编剧：阿瑟·柯南·道尔、马克·加蒂斯等，主演：本尼迪克特·康伯巴奇、马丁·弗瑞曼等

《拯救大兵瑞恩》，1998，美国，导演：史蒂文·斯皮尔伯格，编剧：罗伯特·罗达特，主演：汤姆·汉克斯、汤姆·塞兹摩尔等

《疯狂动物城》，2016，美国，导演：拜伦·霍华德、瑞奇·摩尔、杰拉德·布什，编剧：拜伦·霍华德等，主演：金妮弗·古德温、杰森·贝特曼等

《红高粱》，1988，中国大陆，导演：张艺谋，编剧：莫言、陈剑雨、朱伟，主演：姜文、巩俐等

题材和类型并不是互相排斥的，剧本的题材和类型可以根据内容和形式的不同进行混合和搭配，创造出多样化的故事体验。

当不同题材类型进行杂糅时，可以创造出许多创新和引人注目的影视作品。例如，剧情片《无间道》（动作＋黑帮）：这部香港电影将动作片的元素与黑帮故事相结合，讲述了两个互相渗透对方阵营的警察和黑帮成员之间的复杂关系。

"侏罗纪公园"系列（动作＋科幻）：这是一系列的科幻动作冒险电影，讲述了人类在恐龙充满想象力的主题公园中遭遇的各种危险和冒险，融合了动作场面、科幻设定和恐龙世界。

《无间道》，2002，中国香港，导演：刘伟强，编剧：麦兆辉、庄文强，主演：梁朝伟、刘德华、曾志伟等

《侏罗纪世界》，2015，美国，导演：科林·特莱沃若，编剧：里克·杰法、阿曼达·斯达沃等，主演：克里斯·帕拉特、布莱斯·达拉斯·霍华德等

《绿皮书》（剧情＋喜剧）：这部电影是一部以真实故事为基础的剧情喜剧片，讲述了一个黑人钢琴家和一个白人司机在20世纪60年代的美国

南方展开的一段旅程，通过幽默和情感展示了美国的种族和社会问题。

"冰川时代"系列（喜剧＋冒险）：这是一系列动画喜剧电影，讲述了一群可爱的动物在幽默的情节中探索冰河世纪的冒险故事。

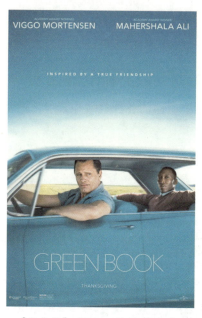

《绿皮书》，2018，美国/中国大陆，导演：彼得·法雷利，编剧：尼克·维勒欧嘉等，主演：维果·莫腾森、马赫沙拉·阿里等

《冰川时代3》，2009，美国，导演：卡洛斯·沙尔丹哈、麦克·特米尔，编剧：迈克尔·伯格等，主演：麦丽·弗拉纳甘、杰森·弗里基奥内等

这些影片展示了题材类型杂糅所创造的多元化影视作品，通过将不同的题材类型进行杂糅，创新的组合可以打破传统的模式，给观众带来新鲜和令人惊喜的视觉体验，同时也能够在故事中传递深刻的主题和情感，创造出富有想象力和刺激的故事，引发观众的兴趣和共鸣，都获得了不错的票房与口碑。

（二）受众特点

观众无疑是影视产业的主要消费群体，他们的兴趣、口味和需求直接决定了影视产品能否在市场上取得成功。了解目标受众的特点可以帮助评估剧本是否符合市场需求，是否能够吸引观众并创造经济效益。如果剧本无法满足观众的需求或无法引起观众的共鸣，最终的影视作品可能会面临口碑不佳、票房不理想的情况。通过评估受众特点，在一定程度上可以预测观众对剧本中故事情节、角色塑造、情感表达等方面的接受度，从而有针对性地改进剧本，提高影视项目的成功概率。

剧本所面向的目标受众有其独特的特点和偏好。例如，年龄段、性别、地域、文化背景等诸多方面都会对受众的兴趣和接受度产生影响。不同地区、不同文化背景的观众对于电影内容的接受程度会有所不同。评估受众特点可以帮助剧本编写者和制片方根据目标受众所处的社会文化环境，进行创作和制片决策，较为有效地避免可能的文化冲突和误解。

例如，评估一个动画片的剧本时，了解受众特点相当重要。举一个具体例子：

假设这个动画片的目标受众是青少年（年龄范围为10—15岁）。在评估这个剧本时，需要考虑到青少年受众的喜好、心理特点和兴趣爱好。例如，青少年通常对冒险、友情、成长等主题感兴趣，他们更喜欢有趣、活泼的角色和故事情节。

通过了解这些特点，剧本评估人员可以关注以下几个方面。

1. 故事情节

评估剧本中的故事情节是否能够引起青少年观众的兴趣和共鸣。例如，有趣的冒险故事、成长与自我探索的主线等可能会更吸引他们。

2. 角色设计

评估剧本中的角色是否有鲜明的个性，能够在青少年观众中产生共鸣。例如，具有勇气、坚持和善良品质的角色更容易受到青少年观众的喜爱。

3. 幽默元素

评估剧本中是否融入了适合青少年观众的幽默元素。幽默可以增加影片的娱乐性和观众的参与感，进一步吸引观众的注意力。

4. 主题与价值观

评估剧本中传递的主题和价值观是否符合青少年观众的需求。例如，友情、团队合作、正直等正面的价值观，对于青少年的成长和教育有积极的影响。

通过综合考虑这些因素，剧本评估人员可以提供针对青少年观众的专业意见和建议，帮助创作者和制片方完善剧本，以确保最终的动画片符合青少年观众的口味和需求，更好地满足市场需求。

了解目标受众的特点，一方面，是一种可以快速评估出符合受众兴趣和需求的剧本的方法。另一方面，评估受众特点还有助于确定电影的市场定位和相关推广策略。除此之外，不同类型的观众有不同的兴趣偏好和媒体消费习惯，针对不同受众制定相应的营销策略，可以提升电影等相关影视项目的曝光度和吸引力。

（三）市场趋势和需求

了解当前的市场趋势和受众需求是至关重要的。观察市场上成功的产品，分析受众的喜好和热门趋势，可以帮助确定剧本的市场定位，并满足目标受众的期望。

首先，我们需要了解影视产品的信息可以涵盖多个方面，如产品形态、制作风格、受众对象、电影技术、电影长度等。例如，动画片、纪录片、短片、长片、商业电影、独立电影、院线电影、网络电影等可以看作是影视产品的形态。不同的形态可以更全面地描述影视产品在创作、制作、传播等方面的特点和属性。常见的形态包括：电影——为电影制作而写的剧本，通常由场景描述、角色对白和动作等组成；电视剧——用于电视系列剧的剧本，通常具有多个集数和由连续性的故事发展而成；动画——为动画电影或电视节目编写的剧本，要考虑到动画形式和技术的特点；网络剧——针对在线视频平台制作的短剧或剧集，具有较短的片长和更自由的创作风格。

我们明确了我们所需要关注的产品形态后，就可以观察电影、电视剧和网络视频等影视产品的市场表现。通过分析最近的热门电影、电视剧和网络视频等，可以了解受众的喜好和当前的市场趋势。我们可以借鉴这些成功的作品在故事情节、角色塑造、画面效果等方面可能具有的共同特点和元素。

表 7-1　2023 年主流视频网站平台部分热门上映剧集[①]

播出平台	剧名	类型	主流视频网站平台出品方
爱奇艺	《三大队》	悬疑/剧情	爱奇艺影业（北京）有限公司
爱奇艺	《一念关山》	古装/剧情	北京爱奇艺科技有限公司
爱奇艺	《云之羽》	古装/爱情	北京爱奇艺科技有限公司
爱奇艺	《宁安如梦》	剧情/爱情/古装	北京爱奇艺科技有限公司
爱奇艺	《凶案深处》	悬疑/犯罪	版权剧
爱奇艺	《无所畏惧》	都市/励志/剧情	北京爱奇艺科技有限公司
优酷、爱奇艺、腾讯视频	《鲲鹏击浪》	历史/革命	版权剧
腾讯视频	《我知道我爱你》	都市/爱情	深圳市腾讯视频文化传播有限公司
腾讯视频	《很想很想你》	爱情/剧情	深圳市腾讯视频文化传播有限公司
腾讯视频	《见好就收》	剧情	版权剧
腾讯视频	《南海归墟》	冒险/悬疑/剧情	深圳市腾讯视频文化传播有限公司
腾讯视频	《斗破苍穹之少年归来》	古装/奇幻	深圳市腾讯视频文化传播有限公司
腾讯视频	《前男友成了我上司》	爱情/剧情	版权剧

---

① 资料来源：灯塔专业版整理。

播出平台	剧名	类型	主流视频网站平台出品方
腾讯视频	《繁花》	爱情/都市/剧情	上海腾讯企鹅影视文化传播有限公司
腾讯视频	《恋恋红尘》	爱情/都市/剧情	深圳市腾讯视频文化传播有限公司
腾讯视频	《乐游原》	爱情/古装	深圳市腾讯视频文化传播有限公司
腾讯视频	《镜中的完美丈夫》	悬疑/爱情/奇幻	深圳市腾讯计算机系统有限公司
腾讯视频	《故乡，别来无恙》	都市/剧情	腾讯科技（北京）有限公司
腾讯视频、优酷	《画眉》	年代/剧情	版权剧
腾讯视频、芒果TV	《神隐》	爱情/奇幻/古装	版权剧
优酷、爱奇艺、腾讯视频	《鲲鹏击浪》	历史/革命	版权剧
优酷	《鸣龙少年》	校园/青春/剧情	北京优酷科技有限公司
优酷	《脱轨》	爱情/剧情	优酷网络技术（北京）有限公司
优酷	《新闻女王》	时装/都市/职场	优酷信息技术（北京）有限公司
优酷	《小满生活》	剧情/家庭	优酷信息技术（北京）有限公司
优酷	《宋慈韶华录》	悬疑/古装	北京优酷科技有限公司
优酷	《君心藏不住》	爱情/古装	优酷信息技术（北京）有限公司
优酷	《似火流年》	青春/年代	北京优酷科技有限公司
优酷	《当家小娘子》	剧情/古装	优酷
优酷、爱奇艺、腾讯视频	《鲲鹏击浪》	历史/革命	版权剧
腾讯视频、优酷	《画眉》	年代/剧情	版权剧

通过社交媒体、调查问卷等方式收集目标受众的反馈和意见，包括对现有作品的评价，以及他们希望未来能看到什么类型的电影。这些信息可以指导制片方评估、调整剧本和改进电影制作，以更好地满足受众的需求。跟踪业内的动向和新闻报道，了解当前电影市场的趋势和发展方向。例如，近年来科幻和喜剧片大行其道，这些题材的电影在市场上的表现非常出色，因此，可以考虑在剧本评估中加入这些元素。

此外，了解未来可能的发展趋势，例如新兴技术的应用、观众的消费习惯和文化趋势等，可以在创作或评估剧本时提前考虑和应对。例如，近年来虚拟现实、增强现实技术等的普及，可能会对电影制作和放映产生深远的影响，需要提前思考如何在电影中应用这些技术[1]。通过细心地观察市场和对受众的理解，可以帮助决策团队和制片方更好地把握市场需求和潜在的商业机会，为电影的成功打下坚实的基础。

（四）商业考量

在评估相关剧本时，也需要考虑商业因素，包括制作成本、市场潜力和收益预期等。商业上的成功与否也会受到目标受众的影响。因此，在市场定位和目标受众的选择中既要迎合观众需求，也要考虑商业可行性。

剧本的商业可行性与制作成本密切相关。在创作剧本时，要考虑到场景、特效、演员以及其他制作方面的成本。尽量选择可控成本的故事情节和场景，并避免过度依赖昂贵的特效或大规模场景。选择在有限场景内进行的故事，例如《十二公民》这样关于法庭审判的，大部分发生在一个封闭的房间里，通过对话和演员表演展现故事发展。其表现的影像空间非常有限，但它所涉及的社会空间却是无限的[2]。

①　程以鹏，邓瑜.制片人手册［M］.北京：中国传媒大学出版社，2022：158.
②　周文萍.外国电影的本土化改造研究：以《十二公民》等影片为例［J］.当代电影，2016（5）：192-195.

避免过度依赖昂贵的特效，例如《布达佩斯大饭店》这样的影片，利用美术设计和剧情设定来创造独特视觉风格，让观众在不自觉中进入非成本高昂、精心制作的另类宇宙中获得幻想的自由[①]。

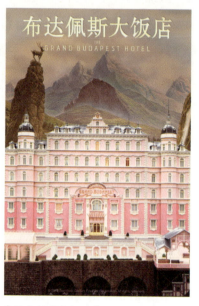

《十二公民》，2014，中国大陆，导演：徐昂，编剧：李玉娇、韩景龙、徐昂，主演：何冰、韩童生、钱波、赵龙豪等

《布达佩斯大饭店》，2014，美国/德国/英国，导演：韦斯·安德森，编剧：韦斯·安德森、雨果·吉尼斯、斯蒂芬·茨威格，主演：拉尔夫·费因斯、托尼·雷沃罗利、阿德里安·布罗迪、威廉·达福等

在确定目标受众和市场定位时，进行市场研究是非常有必要的。了解目标受众的规模、需求和消费习惯，以及类似题材的作品在市场上的表现，可以帮助评估剧本的市场潜力和商业可行性，研究主流受众的需求和市场趋势。例如，根据超级英雄电影的大热潮，创作类似题材的一系列故事，如"钢铁侠"系列等。

---

① 津曼，徐亚萍.《布达佩斯大饭店》：一部幻想"杰作"的作者归属［J］.世界电影，2023（5）：82-101.

在商业考虑中，需要对电影的收益预期进行合理的估计。考虑电影的票房潜力、衍生品销售、授权和广告等收入来源，以及制作和营销的成本，综合评估投资回报率和商业可行性。考虑剧本的品牌价值和市场竞争环境。如果剧本基于已有的知名IP改编或续集，可以借助该IP的品牌优势来提高电影的市场竞争力和商业可行性[①]。基于知名IP创作，例如"星球大战"系列、"哈利·波特"系列等，这些知名IP具有广泛的粉丝基础和强大的品牌影响力，有助于提高电影的市场竞争力和收益预期。考虑电影票房潜力，例如，在假期档推出合家欢电影，以吸引更多的观众，增加票房收入。

（五）剧本独特性

剧本的独特性和创新程度也可以在市场竞争中提供一定的优势。如果剧本在故事情节、角色设定或主题表达上有与众不同的特点，它可能会吸引更多的目标受众。一方面，制片人需要关注该剧本是否有创新的故事情节：**一个与众不同、富有创意的故事情节可以引起观众的兴趣**。例如，《盗梦空间》采用了"抢劫"的概念，通过在梦境中进行大胆的盗窃行动来创造了一个引人入胜的故事。

另一方面，**剧本中创作独特且深入的角色可以使剧本脱颖而出**。例如，《疯狂动物城》中的动物社会，每个角色都有自己独特的性格和职业，为观众呈现了一个充满想象力的世界。

此外，如果**剧本通过富有思考和探索的主题表达，也可以使其具有独特性**。例如，《大逃杀》以极端暴力来探讨权力和社会问题，使其成为一部备受关注的电影。

独树一帜的风格和令人惊叹的视觉效果也可以为剧本增加独特性。例如，《黑天鹅》通过其阴郁而神秘的氛围以及令人印象深刻的舞蹈场景，

---

① 王锦慧，王闪闪.新媒体环境下的影视作品商业价值评估［M］.北京：光明日报出版社，2020：186.

给观众带来了一种全新的体验。

在追求剧本的独特性时，需要不断寻找新颖的创意和独特的表达方式。这需要编剧具备敏锐的洞察力、创造力和独特的个人风格。与此同时，制片人在评估该剧本时应该发现该剧本是否具备极大的商业潜力。制片人需要结合市场需求和观众喜好，找到与其独特性相匹配的目标受众，才能够在竞争激烈的电影市场中脱颖而出。

剧本评估要明确剧本的市场定位和目标受众，考虑题材类型、受众特点、市场趋势、商业考量和剧本独特性等方面的因素。通过深入了解目标受众的需求和偏好，并结合市场的情况进行精确定位，增加剧本在市场中的竞争力，并提高其成功的机会。

二、叫好又叫座：卖点分析

在剧本评估过程中，卖点分析是评估团队、制片人对剧本商业可行性评估的重要步骤之一。通过对剧本的卖点进行分析和评估，可以确定其在市场中的独特之处和吸引力，并挖掘其潜在的商业价值。

（一）故事性和情节

剧本的故事性和情节是吸引观众的重要因素之一。评估团队和制片人会分析剧本的故事结构、情节发展、转折点等，以确定其是否具有足够的吸引力和张力。独特的故事概念和富有想象力的情节设置通常是吸引观众的卖点之一。首先，剧本应该有一个清晰、易于理解的故事结构。通常，一个完整的故事包括起始点、发展、转折点和高潮，以及合理的解决方法和结尾。故事结构应该有张力和紧凑感，能够吸引观众并保持他们的兴趣。其次，剧本的情节需要有适当的发展和推进。这意味着情节不仅要有足够的戏剧性和冲突，还要随着剧情的推进呈现新的发展和意外。情节发展也需要有适当的节奏和紧迫感，使观众的注意力一直保持在故事情节的边缘。好的剧本通常会包含令人意想不到的转折点。这些转折点可以突破观众的预期，为故事带来新的变化和张力。转折点可以帮助维持观众的兴趣，让他们保持对故事进展的好奇心。剧本中如果有一个独特的故事概念，那它将会是吸引观众的重要因素之一。这可以是一个新颖的想法、一个引人入胜的背景设定，或者是对某个题材的全新诠释。通过创造和发展独特的故事概念，可以使剧本在市场中脱颖而出。锦上添花的是富有想象力的情节设置，其可以大大吸引观众的注意力并保持他们的兴趣。这可以包括异想天开的场景、充满奇幻元素的背景，或者是令人难以置信的事件发生。这样的情节设置可以让观众感到新奇和愉悦，提升观众的观影体验。

（二）角色和角色发展

评估团队和制片人还应该关注剧本中的角色塑造和角色发展。有趣、多维且引人入胜的角色通常能够吸引观众的关注。评估团队会评估剧本中的主要角色和次要角色，分析他们的动机、冲突和成长过程，以确定其中的卖点。

角色的可信度和行为逻辑合理性也是卖点分析需要关注的重点。观众需要理解并认同角色的行为和决策，因此，创作者需要确保角色的行为和决策符合他们的性格和背景设定，不会过于荒谬或离奇。同时，角色需要在剧本中有足够的发展空间和成长过程，以确保他们的性格和行为在剧情发展中不会变得单一和扁平。角色发展需要与剧情发展相呼应，角色在剧情中的经历和成长过程应该是有意义的，并与故事结构和主题紧密相关。创作者需要通过各种手段来表现角色的成长和转变，如通过对话、行动、反思等方式。这样可以使角色更加立体、生动，增强观众的共情和认同感。

最后，我们还需要关注角色之间的关系和互动。角色之间的关系和互动可以呈现出戏剧性和张力，同时也能够更好地展示他们的性格和成长过程。因此，在进行评估时需要仔细观察剧本是否构建了角色之间紧密的关系网络，使之符合剧本的主题和情节发展。

（三）对话和语言表达

剧本的对话和语言表达方式也会影响其吸引力和商业价值。评估团队会关注剧本中的对白质量、幽默感、引人入胜的台词等。出色的对话和独特的语言风格可以提升剧本的卖点。

适度的幽默可以为剧本增添趣味和轻松感。比如，《摔跤吧！爸爸》是一部以印度摔跤为背景的电影，剧本中融入了大量幽默元素。

例如，主角与他的两个女儿之间的互动和调侃常常引人发笑，营造出活泼轻松的氛围。这些幽默元素给观众带来快乐的同时也使剧情更加生动有趣。逗趣的对话和幽默的台词可以吸引观众，使他们更加投入剧情之中。通过创造有趣的角色和令人发笑的情境，可以让观众享受到欢乐的体验。精心制作的台词可以给观众留下深刻的印象。这些台词可能是富有感染力的情感表达、精彩的对白或者是具有启发性的独白。通过使用引人入胜的台词，可以增强剧本的张力和情感深度，使观众更加投入剧情之中。剧本中的角色应该有独特的语言风格，使他们的对话显得生动而真实。每个角色都应该有自己独特的说话方式、口头禅或者特殊的词汇，这有助于塑造他们的个性并增加角色之间的区分度。对话是角色展示情感和内心世界的重要方式。通过精准而真实的情感表达，可以引起观众的共鸣并使其深入了解角色的心理状态。情感的真实度和深度在剧本中起着重要的作用，它们能够使角色更加具有吸引力和可信度。剧本中的对白应该紧凑而充满张力。每句台词都应该有意义，推动剧情发展或揭示角色的内心世界。避免冗长的对白和无关紧要的废话，确保对白的质量和效果，让观众紧跟剧情。

通过创造出精彩、幽默、引人入胜的对话和独特的语言风格，可以提高剧本的吸引力和商业价值。观众喜欢记住深入人心的台词，并能够与角色产生情感共鸣。因此，在剧本评估中，对话和语言表达的质量至关重要。

（四）主题和意义

评估团队和制片人还会考虑剧本所探讨的主题和传递的意义。一个富有深度和含义的剧本通常能够吸引观众并引发讨论。团队会分析剧本中传达的思想、情感和社会问题等方面，以确定其中的卖点。

剧本可以探讨现实生活中存在的社会问题，并通过情节展示这些问题对角色和社会的影响。这些问题可能涉及种族、性别、阶层、环境、政治等方面，通过这些主题，观众可以更好地了解社会问题，从而引发思考和讨论。剧本可以通过探索人类的情感、欲望、信仰和行为，揭示人类的本质和内心世界。这些主题可能涉及爱情、家庭、友谊、忠诚、背叛等方面，在探索这些主题时，可以使观众更好地理解自己和他人的内心世界。另外，剧本也可以探讨个体的成长与自我实现。它可以通过角色的经历和成长来揭示人类的潜能和抉择，引导观众思考如何发现和实现自己的潜能。剧本也可以预测未来并探索科技和人类的未来关系。这些主题可能涉及人工智能、机器人、虚拟现实等方面，通过探讨这些主题，可以引导观众思考和反思科技对人类社会和文化的影响以及科技发展背后的价值观。不仅如此，剧本也可以探讨不同文化之间的差异和交汇。这些主题可能涉及文化冲突、文化认同、世界观等方面，通过探讨这些主题，可以帮助观众了解其他文化，从而促进跨文化的理解和沟通。

通过探讨具有深度和含义的主题，剧本可以引起观众的共鸣，并激发他们的思考和讨论。这些主题也可以成为剧本的卖点，吸引更多的观众和投资者。因此，在剧本的评估过程中，主题的选择和意义的传达非常重要，两者相得益彰，能够产生强大的吸引力和影响力。

在卖点分析中，通过对剧本的故事性、角色设定、对话表达、主题意义等方面的分析，制片人和评估团队能够确定剧本的卖点，判断其在市场上的竞争力和潜在的成功机会。这些卖点分析将成为制片公司、电视台或其他投资方决策的重要参考。

三、依葫芦画瓢：对标影视作品的市场表现分析

一方面，资源具有稀缺性。影视行业的资源是有限的，包括资金、人力和时间等。制片人和评估团队通过对对标影片的市场表现分析，合理分配资源，将主要资源用在头部受欢迎的产品生产中，提高影视项目的成功率。另一方面，制片人可以通过分析其他影视作品的市场表现，为投资决策和主创人员的选择提供经验依据，这将大大帮助制片方和投资方避免投资失败并降低风险。

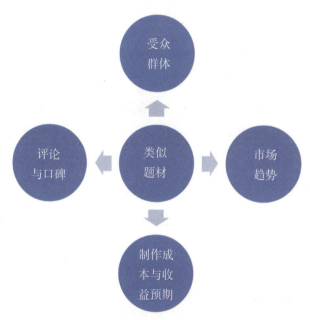

对标影视作品市场表现分析要点示意图

（一）类似题材

观察和分析与目标剧本类似的题材的影视作品在市场上的表现。了解近期的热门作品以及过去的成功案例，可以洞察观众对该题材的需求和接受度。比较剧本与类似题材作品的区别和特点，以确定其在市场中的竞争力。

表7-2　2022年网络电影全网分账票房榜TOP10[①]

次序	片名	类型	累计分账票房（万元）	累计观影人次（万）	在线天数
1	《阴阳镇怪谈》	惊悚/恐怖	3944.8	1605.2	719
2	《大蛇3：龙蛇之战》	喜剧/剧情	3421.3	760.3	705
3	《开棺》	悬疑/惊悚	3360.8	1128.7	605
4	《硬汉枪神》	动作/冒险/剧情	3358.6	746.3	874
5	《狙击之王》	剧情/动作	3257.9	1085.9	769
6	《重启之蛇骨佛蜕》	动作/冒险/悬疑	3256	-	1007
7	《张三丰》	神话/动作/剧情	3067.8	1022.6	705
8	《四平警事之尖峰时刻》	剧情/喜剧	2955.2	738.8	815
9	《黄皮幽冢》	剧情/冒险	2717.9	679.5	819
10	《生死阻击》	动作/战争	2567.5	855.8	817

（二）受众群体

分析目标受众群体的规模、兴趣和消费能力。确定目标剧本的受众定位和市场定位。观察类似题材作品在该受众群体中的受欢迎程度，并评估目标剧本对该受众群体的吸引力。了解受众的年龄、性别、地域、文化背景等特点，考虑他们的兴趣爱好、需求和消费习惯，进一步了解他们对于类似题材作品的喜好和偏好，可以更好地定位和推广剧本。

---

① 资料来源：灯塔专业版整理。

（三）市场趋势

观察并分析当前影视市场的趋势和发展方向。可以关注电影院的票房成绩、流媒体平台的收视率以及媒体报道等渠道，获取对于特定题材的反馈和评价。了解近期的市场动态、观众喜好转变、潜在的新兴市场等，可以为剧本的定位和营销提供参考。同时，评估目标剧本是否符合市场趋势和观众期待，以确定其潜在的市场表现。

（四）制作成本与收益预期

评估目标剧本的制作成本和商业价值。分析类似题材作品的制作规模、预算及其在市场上的收益情况，可以为剧本的商业可行性提供参考。考虑到剧本预计的制作成本和市场潜力，评估其预期的收益水平和回报率[①]。

（五）评论与口碑

了解类似题材作品的评论和口碑。观察影评、社交媒体平台、观众评分等渠道对类似题材作品的评价和反馈，以评估目标剧本在观众中的口碑潜力。通过社交媒体、评论网站、专业影评等途径，了解观众的喜好和期待，以及他们对于不同作品的评价和意见。正面的评论和良好的口碑往往能够推动作品的市场表现。

通过对类似题材作品、受众群体、市场趋势、制作成本与收益预期以及评论与口碑等方面的分析，可以更好地理解剧本在市场上的潜在表现。

四、背靠大树好乘凉：影视 IP 及故事附加值

影视IP是指拥有广泛影响力和商业价值的知名作品、人物或故事元素。拥有优秀IP的影视作品往往具有更高关注度、更高票房和更好口碑的项目开

---

① 郁笑沣，赵一潞，樊瑾曦.电影项目开发制作预算编制实务［M］.北京：中国国际广播出版社，2023：28-141.

发基础[①]。更重要的是，优质影视IP及其带来的故事附加值为其衍生品带来了丰厚的价值属性，影视衍生品产业的开发在国内还属于较为蓝海的市场。优质IP就如同一棵大树，夏天为创作者、制片方、影视企业提供了一片绿荫，秋天硕果累累。因此，如何打造优秀的影视IP已成为制片方和投资方的共同目标。当评估团队和制片人发现剧本中具备IP开发价值时应牢牢把握机遇。

那么，如何评估判断影视产品是否具备优质IP呢？

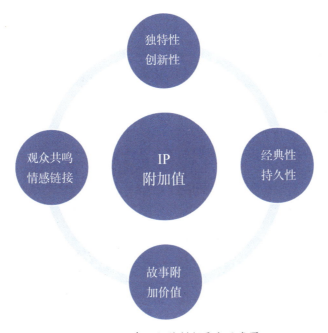

影视IP及故事附加值判断要点示意图

（一）独特性和创新性

优秀IP通常具有独特而鲜明的风格和创新的故事元素。它们能够在平凡的题材之中找到突破口，通过别出心裁的处理方式吸引观众。同时，拥有独特性的IP也更容易赢得观众的注意和认可，从而形成忠实的粉丝群体。例如，《黑镜》：这是一部科幻剧，以未来科技对人类生活的影响为主题。

---

① 陈晓春，张宏，王沁沁.影视制片：从项目策划到市场营销［M］.北京：人民邮电出版社，2021：90.

它通过独立的每一集故事，探讨了科技进步可能带来的社会、道德和人类关系等方面的问题。该剧独特的地方在于它将科技和人性融合在一起，用黑暗的幽默和批判性的触角揭示了现代社会中存在的问题。此外，《西部世界》：这是一部科幻题材的剧集，讲述了一个虚拟主题公园中人工智能机器人的故事。它通过反转和解构传统元素，探索了人类意识、自由意志和道德等深度哲学问题。

 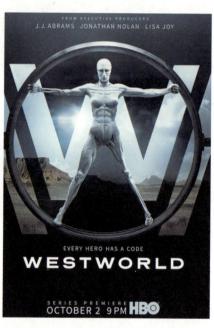

《黑镜：第一季》，2011，英国，导演：奥图·巴瑟赫斯特等，编剧：查理·布鲁克等，主演：罗里·金尼尔、鲁伯特·艾弗雷特等

《西部世界：第一季》，2016，美国，导演：乔纳森·诺兰等，编剧：乔纳森·诺兰等，主演：埃文·蕾切尔·伍德、安东尼·霍普金斯等

（二）观众共鸣和情感链接

拥有观众共鸣和情感链接的IP更容易在市场上获得成功。这种情感联系可能来自故事情节、角色塑造或者难以言喻的情感氛围。当观众深陷其中时，他们就能够对故事和角色产生强烈的情感投入，从而促进了作品的商业成功。例如，《老友记》：这是一部经典的美国情景喜剧，讲述六

个好朋友在纽约城的生活点滴。这部剧塑造了一个理想和充满温暖的友谊世界，许多观众认为这种友谊和生活情境与他们自己的生活经验相似，因此，该剧拥有广泛的观众基础，能使观众产生强大的情感共鸣。

（三）经典性和持久性

优秀IP往往具有经典性和持久性，能够在不同时代、不同文化背景和不同媒介里产生影响力。这种影响力是由故事本身、角色情感和时代背景等因素相互作用所形成的。当故事和角色塑造富有深度和内涵，并展现出对人类普遍经验的探索时，它们就能够超越时代局限，成为经典的IP。

例如，《三国演义》：这是一部中国古典文学巨著，描绘了三国时期各个势力之间的政治斗争、战争和英雄人物的故事。该小说以其深刻的人物塑造、紧张的情节构思和独特的艺术风格，在中国文化中留下了深远的

《三国演义》，1994，中国大陆，总导演：王扶林，导演：蔡晓晴、张绍林、孙光明、张中一等，编剧：杜家福、朱晓平等，主演：唐国强、鲍国安、孙彦军、陆树铭等

影响，被多次改编成电影、电视剧、游戏等不同媒介形式，而且不仅在中国，它还成功传播到了海外[①]。

此外，还有"哈利·波特"系列：此系列是由英国作家J.K.罗琳所著的奇幻小说，讲述了年轻的巫师哈利·波特在霍格沃茨魔法学校成长的故事。该小说以其复杂的幻想世界、鲜明的人物特点和恰到好处的情节转折，吸引了全球数百万读者的关注，被翻译成80多种语言，在全球范围内产生了深远的影响。

"星球大战"系列是由乔治·卢卡斯执导的美国科幻电影系列，讲述了一个虚构宇宙中的各种冲突和故事。该系列电影以其庞大的幻想世界、丰富的人物设定和紧张的情节构思，在全球范围内拥有广泛的粉丝群体和商业价值，被改编成动画片、小说、游戏等不同媒介形式，并在电影制作领域推动了科技进步。

这些优秀IP之所以具有经典性和持久性，是因为它们在故事本身、角色情感和时代背景等方面展现出独特的艺术魅力和价值。这些故事不仅能引起普遍的人类情感共鸣，而且能够超越时代和文化差异，成为具有普遍意义和长久影响力的作品，不论是在文字、影视、游戏或其他形式中都能引人入胜[②]。

（四）故事附加价值

除了故事情节本身，IP还可能具有各种各样的附加价值，如游戏、漫画、小说、周边产品等。这些附加品能够扩大IP的影响范围，满足观众多样化的需求，同时也可以为制片方带来更多的商业机会。

"精灵宝可梦"（Pokémon）是一个拥有庞大游戏系列的IP。除了主要的角色扮演游戏，还有卡牌游戏、手机应用、桌游等各种形式的衍生游戏

---

① 许多.译者身份、文本选择与传播路径：关于《三国演义》英译的思考［J］.中国翻译，2017，38（5）：40-45.

② 尼跃红.影视IP授权理论与实践：中国影视衍生品产业发展态势研究［M］.北京：中国电影出版社，2022：141-142.

产品。这些游戏不仅延伸了故事世界的深度和广度，也为玩家提供了更多参与和互动的机会。

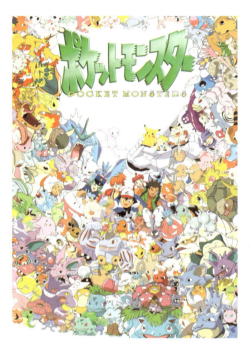

《精灵宝可梦》，1997，日本，导演：汤山邦彦、日高政光等，编剧：首藤刚志、武上纯希等，主演：松本梨香、大谷育江等

在漫画与小说上，"漫威"（Marvel）是一个拥有许多超级英雄故事的IP，除了在电影中受到广泛关注，漫威的漫画和小说作品也深受粉丝喜爱。这些作品不仅丰富了角色的背景和故事情节，同时也为读者提供了更多的阅读体验，为角色提供了更大的发展空间。

除了IP本身，还有很多周边产品。许多优秀IP都会推出各种周边产品，如玩具、服装、收藏品、音乐专辑等。例如，"星球大战"系列以其标志性的光剑、人物玩偶和T恤等周边产品赢得了广大粉丝的喜爱和购买意愿。这些周边产品不仅为粉丝提供了表达喜爱的方式，也为制片方带来了额外的赢利机会。

《复仇者联盟4：终局之战》，2019，美国，导演：安东尼·罗素、乔·罗素，编剧：克里斯托弗·马库斯、斯蒂芬·麦克菲利、斯坦·李等，主演：小罗伯特·唐尼、克里斯·埃文斯、马克·鲁弗洛、克里斯·海姆斯沃斯等

通过推出各种附加品，优秀IP能够拓展其影响范围和观众群体，并满足不同人群的需求和兴趣。同时，这些附加产品也给予制片方更多的商业机会，从而实现IP价值的最大化。因此，要打造一个优秀的影视IP，需要关注故事情节本身的独特性和与观众的情感共鸣，同时也需要考虑到IP的经典性、持久性和各种不同的附加价值，这样才能够拥有更好的商业表现和市场竞争力。

需要注意的是，由于市场不断变化和迭代，评估标准无法进行统一的量化，因此仅供广大读者阅读参考。除了上述提到的种种考量因素，其他一些书籍中也提到了一些相关的评估指标，如下表所示：

表 7-3 剧本 IP 价值评估标准参考[①]

故事题材的产品特征及核心价值分析			
一级指标	二级指标	三级指标	评估标准
影视IP及题材附加值	故事的影响力和传播力	剧名	●剧名是否与故事内容相符 ●剧名是否具有足够的传播力 ●剧名对观众的影响度
		题材类型	●故事年代性对市场的影响 ●故事属于主流类型或非主流类型
		题材来源	●原作的影响力（是否成为影视IP） ●故事中人物和事件的影响力
		概念性或话题性	●故事涉及的概念对观众的影响度 ●故事中是否涉及敏感话题及对观众的影响度
		编剧	●编剧知名度及市场影响力 ●编剧作品的市场认可度
	故事题材的商业附加值	与政府相关	故事题材与当地有关，可能得到政府的支持或资助
		与企业相关	可做植入式广告

本讲通过四个小节分析在对剧本进行商业可行性评估时，需要注意到的一些关键要素和考虑因素：剧本是否具有独特的故事情节和创意元素？剧本能否在饱和的市场中脱颖而出？剧本的目标受众是谁？是否有足够大的潜在观众基础来支持电影的票房或在线观看量？该剧本在当前市场环境中如何定位？是否满足观众的需求和偏好？剧本与其他类似电影作品相比有何区别？剧本具备哪些潜在的销售渠道，如电影院、电视台、在线流媒体平台等？这些渠道对于该类型的剧本是否对市场开放？分析剧本的商业

---

① 陈晓春，李京.剧本医生：电视剧项目评估与案例剖析［M］.北京：人民邮电出版社，2017：16.

利益相关方，包括制片人、发行商、投资者等，他们对剧本的商业潜力和回报感兴趣吗？

为了使剧本既能受到观众的欢迎，又能在商业层面取得成功，我们需要综合考虑剧本是否有令人瞩目的独特创意或新颖的概念，这些元素是否能够吸引观众的注意力？剧本是否能够引发观众的情感共鸣，能否让观众投入故事中的角色和情节之中？剧本是否以引人入胜的方式构建起故事结构，让观众产生强烈的好奇心和期待感？剧本中的主要角色是否具有丰富的内在世界和发展空间？观众是否会对他们的命运和成长产生兴趣？剧本是否包含令人惊喜的情节转折和反转？这些元素是否能够给观众带来额外的刺激和乐趣？

进行市场表现分析时，可以参考或对标成功案例发问：剧本属于哪种类型或题材？有哪些成功的影视作品与之类似？分析这些作品的市场表现和受众反映。与剧本相似的成功影视作品的目标受众是谁？他们对该类型的电影有何特定需求或喜好？参考相关影视作品的风格、制作质量和视觉效果，以确定市场对于这些方面的期望和接受程度。

关于影视IP和故事附加值的要素：剧本是否具备成为影视IP的潜力？它是否具有适合扩展的故事世界和角色？剧本是否可以成为独立的品牌，并在不同形式的媒体中拓展，例如衍生产品、游戏或小说等？剧本是否有吸引观众进行二次消费的潜力？例如，它是否具有让观众反复观看的情节、细节、隐藏的彩蛋或丰富的背景故事？剧本是否有吸引大型制片公司、发行商或其他影视合作伙伴的潜力？它是否能够吸引投资并进行适当的市场推广？

通过对这些因素进行综合评估，才能更好地了解剧本的商业可行性和市场潜力，从而更好地指导制片人对剧本进行深度考量。

第八讲　评估流程：视频网站平台对内容的审定方式和流程

一、主流视频网站平台进行剧本评估的基本流程介绍

每个平台的剧本评估是由专业的评估人员进行的，他们具有丰富的行业经验和专业知识。通过评估，平台可以从市场需求和商业角度出发，评估剧本的吸引力、市场可行性和商业价值，提供相应的反馈和建议，帮助作者使剧本更具商业竞争力。平台可以为作者提供专业的意见、建议和指导，帮助作者改善剧本的质量和可商业化性，增加其商业潜力。在评估过程中可以帮助作者发现剧本中可能存在的问题或不足之处，比如情节发展不够紧凑、角色塑造不够鲜明等。评估人员会提供具体的反馈意见和建议，帮助作者解决这些问题，改进剧本的品质。从而，作者可以不断提高自己的创作水平。评估报告中的建议和指导可以帮助作者深入思考剧本结构、角色刻画、情节发展等方面，从而提升自己的写作技巧和创作能力，使作品情感更加饱满，商业价值可被充分挖掘。**由于商业化进程多样化和复杂，我们仅针对主流视频网站平台对于网络剧、电视剧等影视剧集的评估流程进行介绍和分析。**

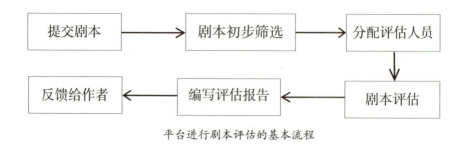

平台进行剧本评估的基本流程

平台进行剧本评估的基本流程可以分为以下几个步骤。

（一）提交剧本

作者在将剧本提交给评估平台时，通常需要提供剧本的文本文件或其他相关资料，包括剧本大纲等。完整的剧本包括标题页、情节大纲，通常包括三幕或更多场景的剧本内容，需要确保剧本格式正确且易于阅读。除了剧本本身，还需要提供一份简短的介绍或概述。这应该包括剧本的主题、情节概述和角色介绍等信息。简介通常是制片人、导演或评估者首先看到的部分。在提交剧本时，作者可能需要提供个人简介。这可以包括背景、学历、编剧经验和其他相关证书或奖项等信息。除此之外，如果提交的剧本已经被其他公司或个人购买或选中，还需提供授权协议，以证明合法拥有剧本的版权。

（二）剧本初步筛选

平台会对提交的剧本进行初步筛选，审阅剧本的前几集、剧本大纲1000字梗概，查看情节概述、故事主线、关键情节转折和高潮，以及主要角色的发展和关系。选择一些关键的场景或样品片段，评估人员可以更好地理解剧本的风格和情感。了解大致场景进行制片预算估算。包括场景数量、特殊效果、服装道具等方面的考虑，这有助于评估人员了解剧本的可行性和潜在的商业价值。另外，平台初选会确保剧本符合评估的基本要求，比如格式、长度和内容类型等。不符合要求的剧本可能会被拒绝。

（三）分配评估人员

平台会将剧本分配给专业的评估人员，他们具有丰富的行业经验和专业知识，能够对剧本进行全面、客观的评估。他们可能是平台的制片人，也可能是联合编剧等。

（四）剧本评估

评估人员会对剧本进行详细的评估，包括题材价值、产品定位及故事价值、剧情结构分析、人物系统分析、市场环境分析等方面。他们可能会提供具体的反馈意见、问题和建议，并进行整体评分。

剧本评估环节参考

（五）编写评估报告

评估人员根据对剧本的评估，编写评估报告。报告通常会包括对剧本优点和不足的描述，提供具体的建议和改进方向，帮助作者提高剧本的质量和商业潜力[①]。

---

①　陈晓春，李京.剧本医生：电视剧项目评估与案例剖析［M］.北京：人民邮电
　　出版社，2017：123-125.

（六）反馈给作者

评估报告会反馈给剧本的作者，作者可以查看评估结果、阅读评估报告，并根据评估人员的建议进行修改和改进。

视频网站平台进行剧本评估的目的是提供专业意见和指导，帮助作者改善剧本的质量，增加其商业价值和成功概率。评估流程能够帮助作者发现剧本的潜在问题并进行修正，进一步提升剧本的吸引力和市场竞争力。具体的评估流程可能因平台而异，但以上步骤是常见的基本流程。

表 8-1　评判好剧本的基本标准参考[①]

项目	基本标准
题材	1. 故事有一定的影响力和传播力，具有市场潜质，乃至能够成为大IP 2. 故事符合主流类型，即便是非主流类型，也要有市场潜力，且有特色或有新意 3. 故事中有情节也有人物，即便是强情节剧，剧中人物性格也仍然十分突出 4. 故事新奇，有内涵，有思想，富有深厚的人文情怀
人物	1. 主人公性格突出，富有个人魅力，能让观众接受或喜欢，甚至可能成为观众心目中的英雄或偶像；动机明确，行为主动，能够支撑起整个故事；性格或许有某些缺陷，戏剧功能强大；具有一定的典型性，接地气，能够对观众产生影响 2. 次要人物各有性格，与主人公之间以及相互之间能够产生互动，生出戏来 3. 人物关系搭配合理
剧情	1. 剧情结构合理，故事发展线索清晰，情节链完整，紧扣人物命运发展 2. 故事布局合理，剧情味道纯正，符合类型剧情结构 3. 戏剧冲突合理，情节的戏剧动力充沛，剧情发展真实自然

---

① 陈晓春，李京.剧本医生电视剧项目评估与案例剖析［M］.北京：人民邮电出版社，2017：44.

二、主流影视平台制片人采访实录

制片人1：

Q：视频网站平台评估剧本的流程是什么？由哪些部门参与？

各大视频网站平台剧本评估流程和内容大同小异。首先，制片人会自己进行评估，其次，如果团队有责任编辑的话也会参与其中。另外，平台内容评估团队和运营团队都会针对剧本内容进行专门评估。这个专门评估可能会从平台对品类的需求程度和储备程度，以及剧本创作的完成度来考量。若初评通过，则会上会讨论，最终通过后与承制方签署合作协议。

Q：剧本评估需要提交哪些内容？

一般需要提交故事大纲、人物小传和剧本的前三分之一。

Q：平台在剧本评估选择上有何偏好和侧重？

首先，平台都会对政策上的红线非常慎重。其次，对于品类的选择要看平台的储备量。比如涉案剧少了，那可能评估同品类的时候就松一松，或者情感偶像剧多了，那就收一收，放给别的品类一些量。

但具体到每个平台有什么样的品类需求，得具体看各个平台运营方的需求，并不存在固定的模式和要求。例如，现在手头的涉案剧数量已达上限，但是收到了一个综合指标都不错的剧本，那平台依旧会拿下这个项目。

Q：评估剧本内容的重点在哪些方面？

首先，看内容的完成度。例如，该剧本的完成度如何？在同类题材中是否具备一定的创新性或独特之处？

举同品类的剧本例子来说，一个剧本的完成度较高，但制作团队经验不足或演员阵容不能引流、存在不确定性；而另一个剧本完成度一般，但有相对成熟的团队和流量明星加持，那么该如何选择？

这需要具体情况具体分析，哪怕是一个全新的制作公司，但如果主创、编剧、导演等都在行业内有一定的知名度和经验，那么大家会对这个团队有一定的信任，就算是一个全新的制作公司也无所谓。但如果一个剧本中规中矩，且从平台的储备量来看也不是太宽泛的情况下，那可能就不一定会选上。总之，剧本评估是一个商业模式的综合考量，包括演员的选择也很重要，但是内容是根本。内容好，其他地方才有调整空间。

Q：剧本评估的周期是多久？

每个项目递交上来会有对应的制片人对接。制片人看完剧本后，如果觉得剧本内容还有调整的空间，就会和片方进行沟通。如果片方不想进行优化，制片人也会对剧本进行判断，决定是否要上会，如果无法上会，那就结束流程；若片方同意进行剧本修改，那就等待片方将剧本改好后再去上会。这中间的时长弹性很大，因项目而异。

举例来说，同时收到的众多剧本中，我们可能选择目前储备需求高、适配度高的项目先看。或者，如果该项目比较创新、演员阵容已经确定等，都可能会优先考虑。因此，每个项目的评估周期很难用一个确切的时间来概括，按常规可能为半个月到一个月。

如果一个剧本成功过会后，就开始沟通商务条款、制作合同。这个阶段每个片方的态度和要求不同，所以时间弹性很大。如果片方很爽快地同意平台给出的合同条款，那么很快就能进入正常的审批流程；如果片方对条款有异议，那可能就需要进行多轮谈判，时间就难以估算了。正式签署承制合同后，会成立共管账户，制片人会对项目进行全程监管，把控项目的每个环节。

制片人2：

Q：剧本评估流程是什么样的？

流程其实很简单。例如，外部公司与平台合作，一般需要提交一个详细大纲及五至八集（约三分之一集数）的剧本即可。如果是版权剧或者重大题材的话，可能需要提交全剧本，然后再给到平台。平台内部会有制片团队以及评估中心和运营中心，进行第一轮的评估。

Q：剧本评估的标准是什么？

具体的标准会因不同的评估人和针对的项目不同而有所差异，评估人或多或少会有一些个人看法和喜好，因人而异。简略分为几个侧重。例如评估标准，首先会先关注剧本的核心受众，即在哪个年龄段。其次，关注剧本的大品类，这个大品类即题材或选题、类型题材，比如大品类有悬疑涉案、年代和谍战等。

然后通过剧本的题材选题来评估该题材选题的价值。从选题题材方面看，第一，会考虑戏剧空间是大是小。第二，考虑这个类型的完成度高低。从题材受众来看，一些题材的受众面可能比较窄，例如谍战，但其受众是垂类用户。例如都市爱情类，它的受众面就比较广。

其次，整个评估不仅要评估剧本，还要从所谓的供应商，即你的公司或你的主创团队的角度来分析。比如导演、制片公司，这个团队在选定这一类题材上是否具有优势。如果该团队之前都是拍摄儿童片的，而现在突然要拍摄其他题材，或者之前都是拍摄偶像剧的，现在却拍摄悬疑类，那么平台方就会权衡整个团队在这个题材类型上的经验是否足够丰富。

Q：大概有哪些部门参与评估全过程？

会有评估中心、运营中心、中台等部门参与评估。评估中心和运营中心会针对剧本内容方面提出指导性意见。

评估中心更多以内容的整体作为参考对象。运营中心主要从市场端来考虑剧本的类别，例如平台同一时段内同类型备货情况，我们今年是不是谍战剧太多了，爱情剧太少了，或者说占装剧太少，通常平台还是希望自己的播出剧目题材类型多样化一些。

中台更像是服务保障部门，要对项目的可执行性及完成度负责，它要考虑的核心是剧本整体完成度有多高，剧本的制作难度、该团队是否能按照计划进度完成拍摄，或者预算是否合理，能否达到设想标准。因为平台一年做几十部或近百部戏，大家都比较有经验，多少预算能做出什么样的制作、什么样的团队花这个钱能制作出大概什么样的水平，在心里都有一个预估。虽然不是100%准确，但是会有一个基准线在那里。

Q：您提到评估中心其实也会有市场角度上面的考虑，那对于剧本内容本身，会有哪些考量的标准与着手点呢？

首先就是看有没有IP，IP的声量有多大，这是很重要的一个点。还有一个就是所谓的内容价值。然后要看你的剧有没有对标剧，例如，我是中国版的《复仇者联盟》，或者说我是中国版的《越狱》。有一个对标剧，相对来说，评估人比较容易知道你大概想往哪个方向走，他有一个成熟的模型可以参考。然后，内容上会从你的项目概述来看你的整体价值。

第二，就是从这个题材类型上看赛道。看故事在这个赛道上的潜力。例如，你就是要做谍战剧，那你这个故事在这个赛道上有没有它的独特性？你的剧本在这类题材上的优点是什么？

然后内容上面肯定会分优势和不足。优势根据内容而言，有的优势可能在于它是有IP的，它有大量的主旋律价值，或者它有大量的商业价值，每一个项目的优势不一样。

另外一个就是内容分析，例如人物的魅力，你的人设魅力怎么样？你的人物设计得怎么样？人物设计得复杂还是简单？人设有魅力还是魅力不足？

Q：那其实就是会从剧本本身的一个结构入手，考察人物、情节、主题、创新之类的是吗？

这些都会看，因为选送的内容题材不一样，那么分析的导向也不一样。例如，如果选送的是历史剧，那可能首先要看的是题材和政策。第二就是主题，尤其是历史剧或者这种大型剧集，主题变得比较重要。但如果是一部相对年轻化的偶像剧，主题可能显得没有那么重要。人设魅力以及情感价值可能就会变成最重要的。如果是一部男性剧，那么所谓的人物符合感就变得很重要。所以不同类型的侧重点也不一样。还是要适合受众，如果是部悬疑剧，那可能还要看你的推理过程是否合理，情节逻辑性是否缜密。

Q：以您这样制片人角度来看，对剧本的商业可行性的评估会不会占比大一点？会更着重哪些部分呢？

会。毕竟数据、点击率、收视率、话题热度等这些，都是体现市场表现的一部分，所以这个商业性很重要。这种商业性其实最开始就是你在策划时确定的，是最前期策划的方向点。

如果讨论剧本本身内容的商业化，那这个话题是讲不完的，因为不同类型的剧本所需的商业性不一样。

例如策划时，要先考虑剧本是否年轻化。判断的标准，第一就是年轻人是否对这件事感兴趣。

如果你的主角是一群老人，讲的全都是六十多岁的"老江湖"的故事，或者你讲的这个故事其实是发生在人物二三十岁时。那么这个主角的年龄，甚至于你请的演员，其受众群体一定是不一样的。

但在创作方向上，当你把故事大概讲出来时，你大概能感觉到当前市场上需不需要这类题材，需不需要这个故事，或者最近有没有人在做相似的故事。

Q：剧本评估的周期大概是多久？

一般来说，从递送到拿到意见，这个评估流程应该在两周左右。

因为有的时候它是有周期性的。周期性在于，有的时候送来剧本特别多，下个月则少一些。多的时候可能评估速度就慢一点，而少的时候，由于是人工在看，少的时候可能会快一点。

Q：制片人对剧本评估需要具备一定的能力，您觉得我们应该从哪些方面出发去学习比较好？怎么判断好剧本呢？怎么能让剧本变得更好，是让剧本更有商业价值还是说剧本本身的艺术价值？

商业价值与艺术价值并不一定是冲突的，但二者达到完美平衡确实不容易。无论是做制片人还是做导演，我个人认为都只能是通过你在工作当中自己一点点摸索适合自己的工作方法，每个人的专长不一样。一般而言，要么靠近内容端，喜欢开剧本会，而且讲得都在点上；要么是资源型。

有些人的天赋可能在创作层面上，尤其是如果有过做编剧或做导演的经历，那他们真的有可能成为创作型制片人。

有一些制片人偏重资源，就是资源型。如果曾是某艺人的经纪人或某导演的经纪人，他们可能对内容不是很精通。但是他们在市场上看到了太多的项目，看到了哪个项目成功，哪个项目不成功。以及他们对市场比较敏感，能够意识到接下来可能什么样的类型更会火，可能会"爆"。那他们不是基于内容本身，而是基于市场或者说基于运营来作判断。

在剧作方面最好能自己写，你自己写和你看别人写是两个概念。你自己写，写得不好，没关系，你写两三个、三四个剧本之后，你知道哪儿写不出来，哪儿卡住了，哪儿写得难看，我怎么想得挺好的写得这么难看？当你知道这些问题存在，然后别人再告诉你答案，或者老师、前辈再告诉你答案的时候，你就一下子能明白，哪怕你还是不会写，但是你知道那个剧本的问题出在哪儿，不然的话，你不知道它问题出在哪儿，容易瞎指挥，它可能是盐加少了，但是你以为是糖少。所以有过创作经验的制片人，其实是非常宝贵的。

三、主流视频网站平台的用户画像和剧本评估偏好分析

（一）主流视频网站平台的用户画像

用户画像，是对目标用户进行细分和描述的过程，旨在更好地了解目标用户的特征、需求和行为习惯。用户画像可以包括基本信息：性别、年龄、地域、教育背景、职业等基本人口统计学特征，用于判断用户的一般背景和社会属性；兴趣偏好：包括用户对不同内容或领域的兴趣和喜好，例如影视作品、音乐、体育、科技等。这有助于了解用户对于不同类型内容的需求和关注点。

表 8-2 中央电视台、各省卫视台电视剧观众偏好类型及平台购买类型[①]

播出媒体	偏重类型
CCTV-1	45 岁以上观众为主，相比其他上星频道更偏男性化；偏重主旋律、生活剧、战争军旅等
CCTV-8	女性、中老年观众为主；偏重百姓生活、年代情感、农村题材
北京	都市生活、年代传奇、人文情感、革命谍战
上海	都市情感、古装传奇
湖南	以 44 岁以下中青年为主体，4—24 岁年轻观众占绝对优势；偏重古装传奇、青春偶像、都市情感等
浙江	主体观众为 25—34 岁；偏重都市情感、青春偶像、古装传奇等
江苏	都市生活、古装传奇、年代情感
安徽	女性情感剧为主，年代上涵盖当代、近代、古代
天津	中年、男性观众占比高于卫视平均值；偏重战争谍战、都市生活轻喜剧、年代传奇
贵州	以革命谍战为主
山东	剧场定位"大情大义"，35 岁以上观众占比较大；偏重革命战争、古装传奇、年代情感、农村剧等
山西	革命谍战为主，兼有家庭伦理
湖北	年代情感、战争谍战、家庭伦理
河北	25—54 岁女性观众为主；以家庭伦理剧为主，同时包括农村、革命谍战、年代情感等
河南	年代情感、农村、家庭伦理、革命谍战等
四川	以革命战争剧为主
重庆	革命谍战为主
云南	25—54 岁观众为主体；以战争军旅、家庭伦理为主，兼有年代情感、古装传奇
辽宁	农村（小品式喜剧为主）、革命谍战、家庭伦理
吉林	都市生活、革命谍战
黑龙江	农村喜剧、革命谍战
广东	都市生活、青春偶像

---

① 陈晓春，李京.剧本医生：电视剧项目评估与案例剖析［M］.北京：人民邮电出版社，2017：26.

续表

播出媒体	偏重类型
深圳	都市情感、青春偶像、古装传奇
广西	革命谍战、强情节都市生活
福建	年代情感、古装传奇、都市生活
江西	35—54岁观众为收视主体；以都市生活剧为主，另有少量年代情感剧

通过建立用户画像，企业和品牌可以更好地了解目标用户，精准定位推出符合用户需求的产品和服务，提供个性化的体验，并制定有针对性的市场营销策略。如果我们拥有目标用户的画像，就可以更准确地把握他们的兴趣、偏好和需求。与此同时，拥有明确的用户画像对市场推广策略来说犹如定海神针。根据用户的兴趣和行为习惯，可以向他们推荐符合其口味的内容，提供个性化的推荐、定制服务和优惠活动，提高用户满意度和忠诚度，形成供需的双向绑定。例如表8-2中，中央及各省卫视台已经形成了比较固定的电视剧观众偏好类型及平台购买类型。

1. 电影观众用户画像

表8-3　2023年中国影片票房总榜TOP10想看用户画像[①]

次序	片名	类型	累计想看人数	票房（亿元）	女性受众占比	30岁以下占比	专科学历以上占比	一、二线城市占比
1	《满江红》	悬疑/喜剧/剧情	609316	45.44	72.60%	64.10%	64.80%	56%
2	《流浪地球2》	科幻/冒险/灾难	1318722	40.29	49.50%	60%	69.80%	62.70%
3	《孤注一掷》	犯罪/剧情	776218	38.48	65.50%	70.90%	61.60%	63.10%
4	《消失的她》	悬疑/犯罪/剧情	687544	35.23	76.50%	63.60%	71.30%	62.30%
5	《封神第一部：朝歌风云》	神话/动作/史诗	604147	26.43	55%	55%	71.60%	64%

---

① 数据来源：灯塔专业版搜集整理。

续表

次序	片名	类型	累计想看人数	票房（亿元）	女性受众占比	30岁以下占比	专科学历以上占比	一、二线城市占比
6	《八角笼中》	剧情	223227	22.07	58.30%	45.50%	65.90%	61.20%
7	《长安三万里》	历史/动画	553046	18.24	67.80%	52.90%	72.80%	60.30%
8	《熊出没·伴我"熊芯"》	动画/喜剧/科幻	314103	14.95	72%	33.40%	60.90%	50.10%
9	《坚如磐石》	犯罪/剧情/悬疑	310816	13.49	58.70%	60.10%	71.90%	64.20%
10	《人生路不熟》	喜剧/剧情	202851	11.84	72.50%	68.10%	63.90%	58.70%

在表8-3中我们可以观察到，用户画像由受众性别、受众年龄、教育程度、地域分布组成，除此之外，还可以包括职业信息、电影类型偏好、购物习惯等方面。从大体上看，我国电影的"想看用户画像"大部分为在一、二线城市生活的30岁以下拥有较高教育背景的女性受众，而主流视频网站平台的用户画像略有相似。

2. 主流视频网站平台用户画像

2020年中国网络视听节目服务协会发布的报告显示，我国综合视频用户已达到7.24亿人。第一梯队为爱奇艺、腾讯视频、优酷，第二梯队为芒果TV、哔哩哔哩，风行视频、PP视频、咪咕视频、搜狐视频则被划进第三梯队[1]。且视频用户多为"90后"、高学历，且一线城市占比相对较高，其中20—29岁占绝大多数[2]。

---

[1] 中国网络视听节目服务协会.2020中国网络视听发展研究报告［R/OL］.（2020-10-12）［2023-10-18］. https://baijiahao.baidu.com/s?id=1680337935609597025&wfr=spider&for=pc.

[2] MobTech. 2022年中国在线视频行业研究报告［R/OL］.（2022-01-18）［2023-11-01］. https://www.baidu.com/link?url=hvmc4_TwwWBsaiMTFRJaGwkqeK36Vl-yELgOGBfjRwPArKMzgFNlMCWNdBP6u6UnztUW74ETSoaJr2aQjWDcnRpWwrSvg3-L_tnoy41b0Y3&wd=&eqid=80a2972b000661a700000003658d85f3.

在用户学历方面，本科和专科学历占比分别为 44.4% 和 39.6%，在整个用户群体中占据绝大部分，而低学历者占比仅为 11.6%。可以看出，理解剧情走向、情节布置、人物性格需要一定的知识水平，因此综合视频网站的用户群体大多具备一定的学历层次，也更能体现在视频内容中的一些社会思潮、社会问题聚焦。

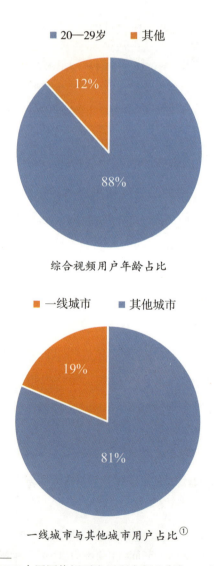

综合视频用户年龄占比

一线城市与其他城市用户占比[①]

_____

① 数据来源：《2020 中国网络视听发展研究报告》《2022 年中国在线视频行业研究报告》。

下面我们深入具体主流视频网站平台——腾讯视频、爱奇艺、优酷中看一下情况如何。

以主流视频网站平台分账剧为例，其核心用户仍以年轻女性为主。

用户学历占比①

2021年各平台分账剧用户画像②

以女性为主要受众的剧集市场，分账剧用户相较连续剧呈现更为年轻化的特点。2021年上新分账剧29岁以下用户占比达55%，高出连续剧10个百分点；整体而言，分账剧平均年龄为27.6岁，较连续剧低2.8岁；女

①　数据来源：《2021连续剧网播表现及用户分析》。
②　数据来源：《2021连续剧网播表现及用户分析》。

性占比65%，略高于连续剧。各平台女性用户占比均在60%以上，与2020年相比，爱奇艺、优酷女性用户占比上升。爱奇艺上线剧集《原来我很爱你》《嘿，你大事很妙》等剧的女性用户占比超90%，优酷"宠爱剧场"《一见倾心》《胭脂债》等女性用户占比均接近90%[①]。

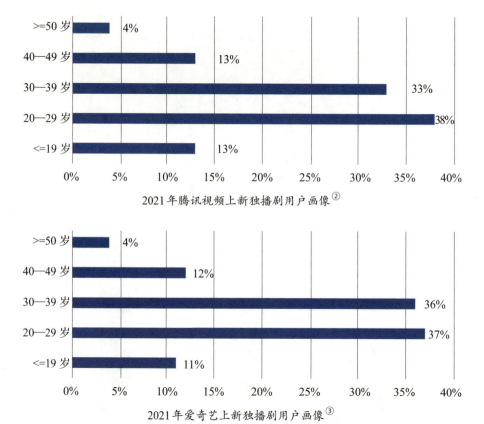

2021年腾讯视频上新独播剧用户画像[②]

2021年爱奇艺上新独播剧用户画像[③]

　　由2021年主流视频网站平台新独播剧用户年龄画像可以得出，爱奇艺、腾讯视频、优酷视频的年龄段差距不大，20—29岁仍然是观影主力军。指数报告数据显示，腾讯视频网络影视作品男性用户占比近七成，与用户

① DataENT数娱. 2021连续剧网播表现及用户分析报告［R/OL］.（2022-01-05）［2023-11-15］. https://new.qq.com/rain/a/20220105A0AAM800.
② 数据来源：《2021连续剧网播表现及用户分析》。
③ 数据来源：《2021连续剧网播表现及用户分析》。

结构相对应，奇幻、喜剧、冒险是热度最高的网络影视作品类型。值得关注的是，"聊斋"系列网络影视作品的女性用户占比高达65%，远高于网络影视作品大盘31%的女性用户占比，打破了网络影视作品只能做男性向内容的传统认知，实现了颠覆性突破[1]。

另外，随着短视频行业进入成熟稳定的发展时期，短视频用户规模与短视频内容迅速崛起。2020年的短视频篇章显示，腾讯视频短视频用户占比达61%，其中"00后"用户占比最高，以年轻化用户为主流消费群体的品类特征，也推动了一大批灵魂有趣、技能满点、审美在线的短视频创作者脱颖而出。此外，长短互促的趋势进一步加强，指数报告的数据显示，IP内容的消费量和时长占比达50%，IP内容聚合的年轻人也最多[2]。

猫眼发布的《2020年Q3网络影视作品市场洞察报告》显示，腾讯视频网络影视作品的整体画像中，女性用户占比仅有31%。随着几部网络影视作品的推出，这种局面已经有所改变[3]。

到了2022年，腾讯视频的影视作品受众画像与传统院线观众有着相似之处。例如，从性别比例来看，女性观众占比逐步提升；线上平台也形成了档期概念，五一、十一和春节成为三大高流量档期；观众对主旋律、正能量和合家欢喜剧的认可度最高，《长津湖》不仅在播放量上名列第一，而且在2021年的弹幕互动量、发表量和点赞量等多个方面都位居榜首[4]。

由于影视产品的类型、上映时间、播出区域和平台等众多因素错综复杂，加上观众对影视产品的期待随着社会发展总在变化之中，数据没有绝

① 腾讯视频.2020腾讯视频年度指数报告［R/OL］.（2020-12-19）［2023-11-15］.https:// v.qq.com/dokiact/annual_report_2020/index.html?channel=tv&ovscroll=0&hidetitlebar=1.

② 腾讯视频.2020腾讯视频年度指数报告［R/OL］.（2020-12-19）［2023-11-15］.https:// v.qq.com/dokiact/annual_report_2020/index.html?channel=tv&ovscroll=0&hidetitlebar=1.

③ 泽深影业.Q3网络电影市场洞察报告：网络电影再迎突破，短视频推动市场变革［R/OL］.（2020-10-21）［2023-11-28］.https://baijiahao.baidu.com/s?id=1681153 933916668420&wfr=spider&for=pc.

④ 犀牛娱乐.数读2022腾讯视频的内容破局之路［R/OL］.（2023-01-09）［2023- 12-20］.https://www.sohu.com/a/627375309_535321.

对参考价值。总结起来，腾讯视频、爱奇艺和优酷这些主流平台的用户画像可以总结为：主要受众以年轻女性为主，年龄在29岁以下，女性用户占比高。对于剧集类内容，现实主义题材、女性角色和女性议题受到关注。喜剧、奇幻、冒险类型的网络影视作品用户主要分布在一、二线城市，尤其是经济发达的地区，如北京、上海、广州等。但随着移动互联网的普及，三、四线城市和农村地区的用户也在逐渐增加[①]。另外，用户主要通过手机、平板电脑和智能电视等移动设备观看视频内容。其中，使用移动终端观看影视的群体，手机用户占比最高，随时随地都可以观看视频。用户更喜欢追剧、综艺和动漫等类型的内容。热门剧集、综艺节目和原创自制剧在各大视频网站平台上都备受欢迎。此外，用户对于高品质的影片和独家内容也有较高的关注度，并积极参与社交互动[②]。

（二）剧本评估偏好分析

剧本评估的偏好分析是指评估人员或机构在进行剧本评估时对某些方面或元素的个人倾向或喜好。这些偏好可以基于专业经验、市场需求以及审美趋势等因素。

表 8-4　主流平台评估偏好参考[③]

主流平台评估偏好			
总指标A	分级指标B	细分指标C	评估标准
影视IP及其附加价值	故事的影响力和传播力	剧名	• 剧名是否与故事内容相符 • 剧名是否具有足够的传播力 • 剧名对观众的影响度
		题材类型	• 故事年代性对市场的影响 • 故事属于主流类型或非主流类型

---

① 数据来源：公开数据整理。

② 数据来源：公开数据整理。

③ 陈晓春，张宏，王沁沁.影视制片：从项目策划到市场营销［M］.北京：人民邮电出版社，2021：135.

续表

主流平台评估偏好			
总指标A	分级指标B	细分指标C	评估标准
影视 IP 及其附加价值	故事的影响力和传播力	题材来源	• 原作的影响力（是否成为影视IP） • 故事中人物和事件的影响力
		概念或话题性	• 故事涉及的概念对观众的影响度 • 故事中涉及的热点话题及对观众的影响度
		编剧	• 编剧知名度及市场影响力 • 编剧作品的市场认可度
	题材故事的商业附加值	与地方相关	• 故事题材与当地有关，可能得到政府的支持或资助
		与企业相关	• 是否可做植入式广告
故事特质及产品特征	故事特质	戏核	• 是否能提炼出戏核，故事是否符合高概念 • 故事是否纯粹，故事脉络是否清晰
		戏魂	• 立意是否纯正，价值观是否正确 • 立意是否接地气，思想是否深刻
		故事原型及故事模式	• 原型故事还是复原型故事 • 与同类故事相比有什么创新或新意，是否形成核心价值或市场竞争力
		故事形态	• 属于大情节、小情节或中情节，是以人物为中心，还是以事件为中心 • 是性格剧还是情节剧，采用的故事形态是否合理
		戏剧模式	• 采用哪种戏剧模式 • 戏剧模式对戏剧质量有什么影响
	产品特征及核心价值	类型定位	• 类型定位是否准确、合理 • 类型产品的市场前景 • 类型产品的生命周期
		市场定位	• 市场定位是否准确 • 类型产品是否符合播出平台的要求
		功能设计	• 功能设计是否合理，是否满足观众需求 • 剧情味道的调配是否符合市场及观众口味

续表

主流平台评估偏好			
总指标A	分级指标B	细分指标C	评估标准
故事特质及产品特征	产品特征及核心价值	叙事风格	• 是否形成独特的叙事风格 • 叙事风格对产品市场会产生什么影响
		观众定位	• 观众定位是否准确 • 故事与观众的关系如何，哪些方面可能触动观众 • 故事是否接地气
剧本内容核心	剧本内容及营销	主题/价值观	• 影片主题是否明确 • 是否具备当下感/时代性 • 价值是否符合核心价值观，能否与观众产生共鸣
		故事	• 是否具备电影感 • 故事梗概是否有趣 • 戏剧冲突是否明显 • 情节是否连贯 • 故事是否能简单概括
		人物	• 人物性格是否明显，让人喜欢 • 主角的困难是否足够强大 • 是否有人物弧光 • 反派角色是否能与主角抗衡，具备亮点 • 影片人物塑造是否基于故事背景，合理且具备趣味
		结构	• 开场是否表明影片基调、类型、风格、人物出场 • 人物是否在第一幕结束产生戏剧性冲突，遇到挑战角色 • 第二幕是否吸引人观看 • 是否认同主角价值观 • 第三幕有无高潮戏 • 是否有出乎意料的惊喜 • 次要情节是否有效、充分 • 是否前后呼应、一波三折

续表

主流平台评估偏好			
总指标A	分级指标B	细分指标C	评估标准
剧本内容核心	剧本内容及营销	营销	• 是否具备类型商业性 • 是否有话题讨论度 • 影像风格、剪辑叙事手法是否有卖点 • 是否有对标成功案例 • 是否符合社会舆论环境

由于影视环境错综复杂、影视产品种类繁多，各大视频网站平台不同时期同一类型存量不同，目前播出的影片和评估项目喜好可能存在一定偏差，下面以主流视频网站平台近年来出品或联合出品的电影及剧集为例，展示各大主流视频网站平台近年来剧本评估偏好。该统计仅作为参考使用。

1. 爱奇艺出品/联合出品的电影及剧集

表 8-5 近年来爱奇艺出品/联合出品的部分电影及剧集[①]

序号	上映年份	制作方式	片名	类型	导演	演员
1	2024	网络剧	《烈焰之武庚纪》	古装/玄幻	郑伟文、刘崇崇	任嘉伦、邢菲等
2	2024	电影	《藏地白皮书》	剧情/爱情	久美成列	屈楚萧、邱天等
3	2024	电影	《彷徨之刃》	犯罪/剧情	陈卓	王千源、王景春等
4	2024	电影	《临时劫案》	剧情/喜剧/犯罪	麦启光	郭富城、林家栋等
5	2024	电影	《点到为止》	剧情/动作	张玄鹏	尹正、黄才伦等
6	2023	电视剧	《狂飙》	警匪/刑侦/犯罪	徐纪周	张译、张颂文等
7	2023	网络剧	《回响》	剧情/悬疑/爱情	冯小刚	宋佳、王阳等
8	2023	电影	《追月》	剧情	乔梁	何赛飞、袁文康等

---

① 数据来源：灯塔专业版、猫眼专业版、公开数据整理。

序号	上映年份	制作方式	片名	类型	导演	演员
9	2023	电影	《一闪一闪亮星星》	爱情/奇幻	陈小明、章攀	屈楚萧、张佳宁等
10	2023	电影	《热搜》	剧情/犯罪	忻钰坤	周冬雨、宋洋等
11	2023	电影	《普通男女》	剧情/家庭	刘雨霖	黄璐、郭涛
12	2023	电影	《一个和四个》	剧情/悬疑/犯罪	久美成列	金巴、王铮等
13	2023	电影	《志愿军：雄兵出击》	剧情/历史/战争	陈凯歌	唐国强、王砚辉等
14	2023	电影	《暗杀风暴》	悬疑/犯罪	邱礼涛	古天乐、张智霖等
15	2023	电影	《忠犬八公》	剧情/家庭	徐昂	大黄（中华田园犬）、冯小刚等
16	2023	电影	《中国乒乓之绝地反击》	剧情/运动	邓超、俞白眉	邓超、孙俪等
17	2022	电影	《明日战记》	科幻/动作/冒险	吴炫辉	古天乐、刘青云等
18	2022	电影	《边缘行者》	动作/犯罪	黄明升	任贤齐、任达华等
19	2022	电影	《狙击手》	剧情/战争/历史	张艺谋、张末	陈永胜、章宇等
20	2022	网络剧	《回来的女儿》	悬疑/家庭/剧情	吕行	张子枫、王砚辉等
21	2022	电视剧	《亲爱的生命》	医疗/剧情	王迎、毋辉辉	宋茜、王晓晨等
22	2022	电视剧	《天才基本法》	生活/剧情	沈严	雷佳音、张子枫等
23	2021	电影	《误杀2》	剧情/犯罪/家庭	戴墨	肖央、任达华等
24	2020	网络剧	《民初奇人传》	剧情	刘坦、杨述	欧豪、谭松韵等
25	2018	电视剧	《天盛长歌》	爱情/古装/剧情	沈严、刘海波	陈坤、倪妮等
26	2017	电视剧	《鬼吹灯之牧野诡事》	剧情/冒险/奇幻/悬疑	赵小鸥、赵小溪	王大陆、金晨等
27	2017	网络剧	《无证之罪》	悬疑/犯罪	吕行	秦昊、邓家佳等

由表8-5可知，爱奇艺平台出品/联合出品的电影及剧集类型有剧情、爱情、喜剧、悬疑、奇幻、犯罪、古装、家庭。爱奇艺视频网站平台投资的电影基本以剧情类型为主，外加家庭、爱情、犯罪、古装类型相混合。

2. 腾讯视频出品/联合出品的电影及剧集

表 8-6　近年来腾讯视频出品/联合出品的部分电影及剧集[①]

序号	上映年份	制作方式	片名	类型	导演	演员
1	2023	电影	《鹦鹉杀》	犯罪/悬疑	麻赢心	周冬雨、章宇等
2	2023	电影	《封神第一部：朝歌风云》	神话/动作/史诗	乌尔善	费翔、李雪健等
3	2023	电视剧	《三体》	科幻/剧情	杨磊	张鲁一、于和伟等
4	2023	电视剧	《骄阳伴我》	爱情/都市	宋晓飞	肖战、白百何等
5	2023	网络剧	《漫长的季节》	剧情/悬疑/家庭	辛爽	范伟、秦昊等
6	2023	网络剧	《玫瑰故事》	都市/剧情	汪俊	刘亦菲、佟大为等
7	2023	网络剧	《庆余年第二季》	剧情/古装	孙皓	张若昀、李沁等
8	2023	网络剧	《长相思第一季》	神话/古装/爱情	秦榛（总导演）、杨欢	杨紫、张晚意等
9	2023	网络剧	《重紫》	爱情/古装/奇幻	刘国辉	杨超越、徐正溪等
10	2023	网络剧	《夏花》	都市/爱情	陈宙飞	言承旭、徐若晗等
11	2023	电视剧	《爱情而已》	爱情/剧情	陈畅	吴磊、周雨彤等
12	2023	网络剧	《春闺梦里人》	爱情/古装	谢泽	丁禹兮、彭小苒等
13	2023	网络剧	《欢颜》	历史/战争	徐兵	董子健、张译等
14	2022	电影	《这个杀手不太冷静》	喜剧	邢文雄	马丽、魏翔等
15	2022	电影	《李茂扮太子》	喜剧/古装	高可、杨晓明	马丽、常远等
16	2022	电影	《1921》	剧情/历史	黄建新、郑大圣	余曦、赵宁宇等
17	2021	电影	《怒火·重案》	动作/犯罪	陈木胜	甄子丹、谢霆锋等

---

① 数据来源：灯塔专业版、猫眼专业版、公开数据整理。

续表

序号	上映年份	制作方式	片名	类型	导演	演员
18	2021	电影	《热带往事》	剧情/犯罪/悬疑	温仕培	彭于晏、张艾嘉等
19	2021	电影	《我的青春有个你》	剧情/爱情/青春	林子平、孙睿	王可如、刘冬沁等
20	2021	电影	《只是一次偶然的旅行》	剧情	李孟桥	窦靖童、贺开朗等
21	2019	电影	《追凶十九年》	剧情/悬疑/犯罪	徐翔云	王龙正、宋宁峰等
22	2019	电影	《廉政风云》	犯罪/悬疑/剧情	麦兆辉	刘青云、张家辉等

由表8-6可知，腾讯视频平台出品/联合出品的电影及剧集类型主要以剧情、爱情、悬疑、科幻、古装为主。相比其他主流平台，腾讯视频投资了以《封神第一部：朝歌风云》为例的神话动作史诗类型方向，同时也储备了古装、犯罪、都市、爱情等类型方向。

3. 优酷出品/联合出品的电影及剧集

表8-7 近年来腾讯视频出品/联合出品的部分电影及剧集[①]

序号	上映年份	制作方式	片名	类型	导演	演员
1	2023	电影	《贝肯熊：火星任务》	喜剧/冒险/动画	王超	梁晓强、巴赫等
2	2023	电影	《热烈》	青春/运动/喜剧	大鹏	黄渤、王一博等
3	2023	电影	《超级飞侠：乐迪加速》	动画/冒险/喜剧/科幻	冯操	张嘉骐、吴若萱等
4	2023	电影	《无价之宝》	剧情/家庭	王晶	张柏芝、郑中基等

---

① 数据来源：灯塔专业版、猫眼专业版、公开数据整理。

序号	上映年份	制作方式	片名	类型	导演	演员
5	2023	电影	《93 国际列车大劫案：莫斯科行动》	剧情/犯罪/动作	邱礼涛	张涵予、黄轩等
6	2023	电影	《新猪猪侠大电影·超级赛车》	冒险/动画/喜剧	钟彧	陆双、徐经纬等
7	2023	网络剧	《新生》	爱情/悬疑/剧情	申奥	井柏然、周依然等
8	2023	网络剧	《五行世家》	奇幻/武侠	巨兴茂	王大陆、任敏等
9	2023	网络剧	《为有暗香来》	爱情/古装/剧情	白云默、国浩	周也、王星越等
10	2023	网络剧	《花轿喜事》	喜剧/爱情/古装	澄丰	田曦薇、敖瑞鹏等
11	2023	电视剧	《一路朝阳》	都市/职场/情感	曹凯	李兰迪、王阳等
12	2023	网络剧	《异人之下》	奇幻/剧情	许宏宇	彭昱畅、侯明昊等
13	2023	电视剧	《做自己的光》	都市/情感/励志	余丁	刘涛、秦海璐等
14	2022	电影	《猪猪侠大电影·海洋日记》	动画/冒险/喜剧	钟彧	陆双、谢蔚等
15	2022	电影	《开心超人之英雄的心》	动画/喜剧/科幻	黄伟明	刘红韵、邓玉婷等
16	2022	电影	《喜羊羊与灰太狼之筐出未来》	动画/喜剧	黄伟明	祖晴、张琳等
17	2021	电影	《智取威虎山》	动作/战争/冒险/剧情	徐克	张涵予、梁家辉等
18	2021	电影	《刺杀小说家》	奇幻/动作/冒险	路阳	雷佳音、杨幂等
19	2020	电影	《八佰》	战争/历史	管虎	黄志忠、欧豪等

序号	上映年份	制作方式	片名	类型	导演	演员
20	2019	电影	《少年的你》	爱情/剧情/青春	曾国祥	周冬雨、易烊千玺等
21	2019	电影	《使徒行者2：谍影行动》	剧情/动作/犯罪	文伟鸿	张家辉、古天乐等
22	2019	电影	《流浪地球》	科幻/冒险	郭帆	吴京、屈楚萧等

由表8-7可知，优酷平台出品/联合出品的电影及剧集主要类型有剧情、动画、战争、青春、悬疑、科幻。

总体上看，我们可以发现，三大主流视频网站平台出品或联合出品的电影、剧集的类型有趋同化的趋势，但方向也更加全面和差异化。各平台正在往产品差异化方向发展，主要体现在该类型的存量和流量上。主流视频网站平台会根据自身发展和项目需要，按不同的发行阶段进行剧本评估和项目的筛选，也会根据其他主流视频网站平台在同一时期发行类型进行参考发行。比如，其他平台正在热映青春题材的影片，该平台就会发行放映其他类型风格的影片，或者更改原来的上映档期来做到产品的差异化。需要明确的是，目前我们能搜索到的数据仅仅是各大视频网站平台的公开数据，平台项目类型的具体存量我们无法知晓或预估，因而上述数据资料仅供读者参考。

（三）主流视频网站平台剧集评估偏好参考

表 8-8　主流视频网站平台剧集评估偏好参考

一类指标	二类指标	评估标准
剧本结构	引子	• 开头是否引起观众兴趣，激发好奇心 • 是否简洁明了地介绍故事、角色和目标
	升华	• 是否有一系列事件和冲突推动故事发展 • 主角是否面临种种挑战、冲突 • 是否在情节结构上具备升华的空间

续表

一类指标	二类指标	评估标准
剧本结构	高潮	• 是否有高潮的起点 • 紧张感是否达到峰值 • 是否为故事带来重大转折或解决方案
	转折点	• 是否改变故事的发展方向和角色命运 • 是否推动剧情向新的方向发展
	结局	• 是否解决剧情中的冲突并给出相应答案 • 是否是完满、开放式或反转效果 • 是否满足观众期待
角色刻画	独特性	• 是否具有独特个性和背景、造型等 • 是否能引起读者兴趣 • 是否与剧本其他人物不同
	立体性	• 是否具备丰富的内心世界 • 是否让观众引起共鸣和理解 • 是否能让人看到人物不完美的一面
	目标和动机	• 角色动机和目的是否清晰 • 角色行为和决策是否符合人物设定 • 是否真实可信，驱动故事向前发展
	冲突	• 是否具备角色内在冲突 • 是否具备角色外在冲突 • 冲突是否具备足够的张力
	发展潜力	• 人物是否具备复杂性和独特魅力 • 人物是否吸引观众产生兴趣 • 剧本是否具备让角色产生变化的空间
情节发展	起承转合	• 情节发展是否流畅、引人入胜 • 戏剧冲突和紧张感是否平衡 • 场景之间是否变化平衡
	冲突和障碍	• 冲突是否引人注目 • 冲突和障碍是否推动故事发展 • 是否具备内外冲突和障碍

续表

一类指标	二类指标	评估标准
情节发展	节奏和平衡	• 情节发展是否具备连贯性和吸引力 • 不同情节线索场景是否平衡 • 节奏是否紧凑、完整
	颠覆和转折	• 是否具备惊喜和兴奋感 • 是否给故事带来新的转折和发展方向
创新性和原创性	独特的观点	• 是否有新鲜、新颖的见解
	创新的故事结构	• 是否采用非寻常的故事结构
	新颖的角色关系	• 是否具备新颖的人物关系 • 是否为故事带来新的维度的跨越
	新颖的题材或背景	• 是否选取新颖的题材或背景 • 是否在传统题材中引入新元素和新视角
	独特的故事发展	• 是否让人意想不到
适应市场需求	目标受众	• 是否符合受众偏好和兴趣
	当前市场趋势	• 是否符合市场趋势
	商业潜力	• 是否具备以小博大的可能 • 具备海外市场
	故事可行性	• 剧本的拍摄和制作难度是否可控
	潜在风险	• 是否符合当前意识形态 • 是否符合当下政策与社会环境 • 是否符合人民群众的观看心理 • 是否具备档期强竞争力

1. 剧本结构

剧本结构指故事在时间和情节发展上的组织方式。一个好的剧本结构可以使故事更加引人入胜、紧凑有力，并让观众产生共鸣。评估者可能更偏好清晰、紧凑的剧本结构，包括引人入胜的开头、恰当的发展和令人满意的结尾。他们可能倾向于遵循传统的三幕结构或其他主流的故事结构。

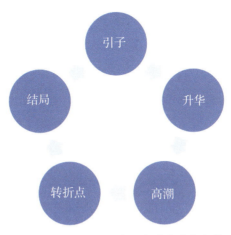

视频网站平台评估剧集剧本结构要点参考

（1）引子（Exposition）

引子通常是剧本的开头，用于介绍故事的背景、主要角色和他们的目标。引子应该能够吸引观众的兴趣，激发他们对故事的好奇心。

（2）升华（Rising Action）

升华阶段是剧本中的主要部分，它通过一系列事件和冲突来推动故事的发展。在这个阶段，主角面临各种障碍、挑战和冲突，努力实现他们的目标。在这个阶段评估者会关注剧本是否有升华的空间。

（3）高潮（Climax）

高潮是剧本中最紧张、最关键的时刻，它是整个故事中冲突和紧张感达到顶峰的点。高潮通常会为故事带来重大转折或解决方案。

（4）转折点（Turning Point）

转折点是剧本中的重要转折时刻，会改变故事的发展方向和角色的命运。转折点可以是意外的事件、重大决策或重要发现，它们推动剧情向新的方向发展。

（5）结局（Resolution）

结局是剧本的收尾部分，用于解决剧情中的冲突并给出最终的答案。结局可以是圆满的、开放式的或具有反转效果的，取决于故事类型和作者的意图。

在评估剧本时，关注情节的顺序和关联，将有助于构建一个有力的故事结构。同时，还要注意节奏和平衡，观察剧本各个部分之间的衔接流畅，情节发展具有连贯性和逻辑性。但同时也要注意，创作中的创新性与原创性。

2. 角色刻画

评估者通常喜欢具有独特性、立体感和情感层次的角色。他们可能更倾向于看到角色的成长、冲突和转变，以及与剧情相契合的角色动机和目标。

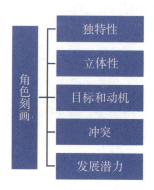

视频网站平台评估剧集角色刻画要点参考

角色刻画是剧本中塑造角色形象和性格的过程。好的角色刻画可以使角色更加真实、立体和具有吸引力。

（1）独特性（Uniqueness）

评估者通常对与众不同的角色更感兴趣。角色应该有独有的特征、个性和背景，以便与其他角色区分开来。这样的独特性可以包括与众不同的行为方式、说话方式或外貌特征等。

（2）立体性（Depth）

评估者喜欢有深度和内涵的角色。角色的内心世界应该展现出丰富的情感、动机和冲突，使观众能够更好地理解和共鸣。他们可能倾向于看到角色在故事发展中经历成长、转变或面临抉择。

（3）目标和动机（Goals and Motivations）

评估者会关注角色的目标和动机是否清晰和可信。角色的行为和决策应该与他们的目标和动机相符合，以增加角色的可信度和逼真感。角色的动机也可以驱动故事的发展。

（4）冲突（Conflict）

评估者通常对角色之间的冲突和摩擦点感兴趣。冲突可以是内在的（角色内部的冲突）或外在的（角色与其他角色或环境之间的冲突）。有足够的冲突可以增加剧本的紧张感和吸引力。

（5）发展潜力（Development Potential）

评估者也会考虑角色的发展潜力。他们可能会思考，角色是否有足够的复杂性和魅力，以吸引观众并使其对整个剧本持续保持兴趣。这意味着角色需要有足够的空间和机会来展示其故事的进展和变化。

在评估角色刻画时，每个角色都应该有自己的声音和目标，并为故事增添独特的元素。重要的是确保角色的一致性和连贯性，使观众能够与之产生情感共鸣。注重考察角色形象是否有趣、立体和易于记忆。

3. 情节发展

评估者可能偏好流畅、引人入胜的情节发展。他们可能看重紧凑的情节进展、适度的戏剧冲突和紧张感，以及场景之间的平衡安排。

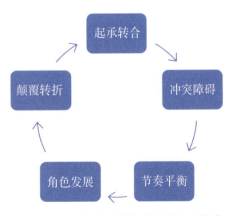

视频网站平台评估剧集情节发展要点参考

（1）起承转合

好的情节发展应该有起承转合的结构。剧本应该有引人入胜的引子，引发观众的兴趣。接着，情节应该逐渐升级，带来更多的冲突和挑战。在高潮阶段，故事会达到顶峰，冲突有所解决或得到临时解决，然后进入结局，给出最终的结果。

（2）冲突障碍

评估者通常对剧本中的冲突和障碍是否引人注目感兴趣。这些冲突和障碍可以是内在的（如角色之间的矛盾、内心斗争）或外在的（如角色与其他角色或环境的冲突）。这些冲突和障碍应该增加紧张感并推动故事的发展。

（3）节奏平衡

评估者可能会注意剧本中的节奏和平衡。情节发展应该有适度的节奏，既不过快也不过慢。剧本中的不同情节线索和场景应该得到平衡，以保持故事的连贯性和吸引力。

（4）角色发展

评估者会注意到剧本中角色的发展。角色应该在故事发展中经历变化、成长或面临抉择，这可以使角色更加立体和引人注目。角色的决策和行为应该与情节的发展和冲突相吻合。

（5）颠覆转折

评估者可能会寻找剧本中的颠覆和转折点。这些转折点可以是意外事件、重大发现或戏剧性的决策，它们能够给故事带来新的转折和发展方向，增加观众的惊喜和兴奋感。

在评估情节发展时，要确保情节的连贯性和逻辑性。情节中的事件和转折应该有明确的原因和结果，并有助于推动故事向前发展。此外，还要考虑观众的期望和情感共鸣，创造令人难忘且引人入胜的情节发展。

4.创新性和原创性

评估者可能对具有新颖或独特创意的剧本更感兴趣，尤其是在饱和的市场中能够脱颖而出的剧本。他们可能倾向于看到新颖的故事情节、独特的角色设定和创造性的对话。

独特观点　　　　　创新故事结构

新颖题材背景

新颖角色关系　　　新故事发展

视频网站平台评估剧集创新性和原创性要点参考

评估剧本的创新性和原创性是了解其独特性和吸引力的重要方面。

（1）独特观点

好的剧本应该有独特的观点和独特的方式讲述故事。评估者会思考这个剧本是否在某种程度上与其他类似类型的作品不同，以及它是否提供了新鲜、新颖的见解。

（2）创新故事结构

评估者可能会关注剧本是否采用了创新的故事结构。这可以包括非线性的叙事、时间跳跃或复杂的情节安排等。一个创新的故事结构可以给观众带来新奇感和挑战，使得剧本更加引人注目。

（3）新颖角色关系

评估者可能会注意到剧本中的角色和人际关系是否具有新颖性。独特且有趣的角色可以吸引观众的兴趣，并为故事带来新的层次和维度。

（4）新颖题材背景

评估者会思考剧本是否选择了新颖的题材或背景。这可以包括对不常见的主题或背景进行探索，或者在传统题材中引入新的元素和视角。一个新的题材或背景可以为剧本带来新的故事可能性。

（5）新故事发展

评估者可能会关注剧本故事发展中的独特性。这可能包括意想不到的情节转折、突破传统的角色发展或引人注目的故事终点。一个独特的故事发展可以使剧本更加引人入胜和令人难忘。

在评估创新性和原创性时，重要的是确保剧本的创新元素与故事的整体连贯性和可信度相一致。剧本应该有足够的新颖性和独特性，同时也需要满足观众对逻辑性和故事结构的期望。创作出富有创新性和原创性的剧本，可以吸引观众，并为他们带来新的视听体验。

5. 适应市场需求

评估者通常也会考虑市场需求和观众喜好。他们可能倾向于评估那些具有商业潜力、符合目标受众口味、融入当前流行趋势或能满足投资方和制片方需求的剧本。

适应市场需求是剧本评估中一个非常重要的方面，因为市场需求与剧本的成功密切相关。

视频网站平台评估剧集市场适应性要点参考

（1）目标受众

评估者会考虑剧本是否适合并吸引目标受众。这可以涉及市场主体的年龄、性别或其他特征。如果剧本不符合特定受众的偏好和兴趣，那么它可能无法在市场上取得成功。

（2）当前市场趋势

评估者会了解当前市场趋势并考虑剧本如何适应市场需求。这可以包括当前流行的影视作品类型、主题、风格和技术等。如果剧本不符合市场趋势，则可能会面临市场竞争的压力。

（3）商业潜力

评估者会思考剧本在商业上的潜力，例如是否可以被某个制作公司、发行公司或平台采纳。这可以涉及许多方面，包括成本、预算、市场营销、海外市场等。

（4）故事可行性

评估者会考虑剧本故事的可行性，例如故事是否在制作和拍摄方面可行。这可能需要评估故事中的场景、特效、演员人数等因素，以确定剧本是否适合实际制作。

（5）潜在风险

评估者也会关注剧本可能存在的潜在风险因素，例如政治和社会环境、剧本的美学价值和道德标准等。如果剧本涉及敏感或有争议的主题，则可能会引发许多负面影响。

在评估剧本是否适应市场需求时，评估者需要考虑到观众喜好、市场趋势、商业潜力、故事可行性和潜在风险等多种因素。了解市场需求并创建与之相符的剧本可以增加剧本在市场上的成功率，并为制作公司和观众带来更多价值。需要注意的是，不同的评估人员或机构可能有不同的偏好和要求。因此，在提交剧本之前，了解并研究评估者的背景和喜好，可以帮助您调整和优化剧本，以提高通过评估的可能性。

从这一讲我们了解到：剧本评估的偏好分析主要包括剧本结构、角色刻画、情节发展、创新性和原创性以及适应市场需求等方面。在剧本结构方面，评估者偏好清晰、紧凑的剧本结构，包括引人入胜的开头、升华阶段的发展、紧张的高潮以及令人满意的结局。他们可能倾向于传统的三幕结构或其他主流的故事结构。角色刻画方面，评估者喜欢具有独特性、立体感和情感层次的角色。角色应该有独有的特征、个性和背景，并展现出丰富的情感、动机和冲突。评估者也关注角色的目标和动机是否清晰和可信，以及角色之间的冲突和摩擦点。在情节发展方面，评估者偏好流畅、引人入胜的情节发展。剧本的情节应该有起承转合的结构，包括引人入胜的引子、逐渐升级的升华阶段、高潮阶段和结局。评估者关注剧本中的冲突和障碍是否引人注目，以及节奏和平衡是否适宜。创新性和原创性方面，评估者喜欢具有新颖或独特创意的剧本。剧本应该有独特的观点和独特的方式讲述故事，可以采用创新的故事结构、新颖的角色和关系，以及独特的题材或背景。评估者希望剧本具有新鲜、新颖的见解和吸引力。适应市场需求方面，评估者考虑剧本是否适合并吸引目标受众，以及是否符合当前市场趋势。他们关注剧本的商业潜力、故事可行性和潜在风险，以确定剧本是否适应市场需求。

结　语

　　故事是躯体，其中的元素是骨骼。本书从微观层面开始，让读者了解故事的基本元素，再从宏观层面划分剧本类型进行整体性评估，提高读者（制片人）对剧本的整体理解与把握。

　　其次，深入到电影制作的复杂过程中，从故事主题的市场接受度和社会影响力等方面进行综合决策。我们了解到故事主题一定要具备时代性与鲜明性，并围绕主题注重与角色的关联性。考察角色与主题是否有变化发展，能否引起观众情感共鸣，主题与故事情节是否交融等。我们对剧本评估有了大致了解后，在叙事上，我们引入好莱坞经典的叙事结构来为制片人提供基础的叙事方式参考。通过剖析结构，制片人可以在以后阅读剧本时更有意识地理解故事的布局组织和发展方式，锁定故事的关键转折和重要事件，了然角色的成长与变化是否顺畅，以及故事情节是否具有足够的连贯性和张力，使观众产生共鸣。紧接着，本书深入到人物的塑造方式上进行探析，关注主角、配角、反派等不同角色的真实性与代入感、人物弧光。通过深入分析角色的动机、一致性、互动和结局，我们不仅能更准确地评估剧本的整体质量，还能更好地理解如何通过一个强大的角色来提升故事的吸引力和深度。

　　此外，深入了解角色的社会和文化背景，以及这些背景如何影响角色的动机和行为。更重要的是，制片人应该特别关注人物弧光的设计和执行，确保它能够为故事增色添彩，同时也能深刻地触动观众的心灵。在剧本评估阶段不仅可以帮助制片人更准确地评估剧本的质量，也能为后续的制作和演出提供有力的指导。考虑了故事的人物方面，我们还需关注故事情节。可以从主要人物及其前史、主角所遇到挑战的可信度、戏剧矛盾冲突、高潮和结尾、主次情节的吸引力和合理搭配上进行考量。除了对剧本剧作方面进行评估，作为制片人必须掌握市场思维。因此，本书第七讲着重从剧本市场定位和目标受众、卖点分析考量剧本的商业价值。了解了剧本的商业价值后可以寻找相同类型的影视作品进行对标以及对故事IP与附加价值进行分析。通过学习我们可以了解到制片人需要明确剧本的市场定位和目标受众，从而考量该剧本类比其他同类产品是否能带来IP效应，与其他产品相比是否具有更加巨大的附加价值与市场潜力。最后一讲，本书将主流视频网站平台的审定方式与流程进行简单介绍，并采访相关平台制片人进行实操与行业接轨。同时，本书通过数据整理分析提供主流视频网站平台的用户画像与评估偏好的参考，使读者以制片人的视角对剧本评估全流程各方面进行全面的了解。

制片人在影视制作中扮演重要角色，负责决定资金和资源投入方向，管理和协调影视作品制作活动的专业人士，从影视作品项目的策划、融资、预算制定、剧本开发、选角到实际拍摄、后期制作、市场推广等各个环节都需要制片人的参与和决策。制片人必须通过深入剖析和透彻理解剧本，运用评估方法和理论知识，做出明智的决策，以创作优秀、有影响力的影视作品，为观众带来更好的观影体验。而剧本是影视作品项目的核心，它直接决定着项目的可行性。通过对剧本的评估，可以确定故事是否有吸引力、情节是否紧凑、角色是否鲜明，从而评估项目的潜在市场和商业价值。剧本评估结果对于投资者决策非常重要。投资者会根据剧本的质量、商业潜力和市场需求来评估项目的风险和回报，进而决定是否为该项目提供资金支持。制片人对剧本评估能够为后续制作决策提供重要指导。

评估结果可以帮助制片人确定影片的风格、拍摄手法、预算要求等，进一步规划制作过程。

此外，剧本评估不仅关注商业因素，还关注艺术质量。评估过程中会考虑剧本的创新性、故事性、角色塑造等方面，以确保影片具备艺术上的品质，能够吸引观众和获得认可。通过对剧本的评估，可以全面了解影视作品项目的潜力和风险，并为投资决策、制作决策和艺术规划提供重要参考，有助于确保项目的成功和市场竞争力。因此，剧本评估对项目评估至关重要。剧本作为故事的文字载体，具有高度逻辑性和复杂性，对于不熟悉剧作规律的制片人而言是一项挑战。

本书通过制片人的视角，讲述剧本评估方法和理论知识，帮助制片人全面分析剧本内容，提升剧作分析能力，解决制片人对剧本评估的困扰。指南涵盖了多个方面，包括故事主题、结构、人物塑造、情节、商业性分析等，通过细致分析剧本元素和细节，深入了解剧本创作思路和故事发展。指南还强调剧本与观众的情感需求和市场趋势的适配度，以降低影视项目开发风险，选择更合适的剧本。

同时，本书提倡制片人学习剧本创作分析方法，通过研究和比较不同类型的影视作品，培养敏锐的艺术眼光和故事品位，提升整体剧作评估水平。指南还参考了市场发展前景和著名作品的市场表现，进行商业分析与梳理，帮助制片人在剧本评估环节细致而完善地分析剧本的商业可行性。当前影视市场竞争激烈，每年推出大量的影视作品。观众有众多选择，如果影视作品在市场中缺乏独特性或无法与其他优秀作品竞争，可能会被忽视进而导致失败。一部影视作品成功与否是不能一概而论的。影视作品的创意和故事质量是观众是否愿意观看的重要因素。一个没有吸引力、不创新、情节薄弱的故事很难吸引观众的注意力。加之如果影视作品预算不足、制作质量低劣，或者宣传和推广不到位，可能会导致观众对影视作品的兴趣和认知度不高，进而影响票房和口碑。如果影视作品质量不佳、口碑差，可能会导致观众口耳相传，从而进一步影响票房和口碑，最后导致影视作品的失败。所以，我们需要明确的是，影视项目的成功与多种因素相关，无法找到绝对的标准，但故事质量仍然是影视项目成功的关键因素。本书仅为广大读者提供参考价值。

后　记

在探索中国电影工业化的浪潮中，制片人在剧本内容评估中扮演着至关重要的角色。不仅需要从制片人的视角深入理解故事，更要综合考量剧本的可行性，让作品在兼顾艺术价值的同时，也能多角度地增添对市场的考虑。此番我们跟随刘誉老师在此领域进行探讨与学习，其间亦有不少感悟。

爱电影的人终将相遇。本人郑忻怡作为北京电影学院管理学院的一员，自升学伊始便秉持热爱电影的探索精神，在北京电影学院进行系统化的学习。感恩此次有机会在刘誉老师的专业指导下，与诸位同门一起研学探索，以制片人的视角为出发点参与撰写了《第一讲　宏观视角：剧本整体评估方略》和《第二讲　提纲挈领：剧本故事主题的评估方法》，结合剧作知识以更宏观的视角审视剧本创作，在构思影视项目决策的思考过程中连接创意与实践。创作从来不是孤独的个体，刘誉老师让我认知到一个优秀剧本的灵魂所在，透过对剧本的整体性骨架结构，建立了我对剧作上情节、主题、角色等的认知，提高了我的分析和评估能力。不论是在制片还是剧作专业知识上都有所提升，也感谢这次能够学以致用的机会，希望这次的研习成果能成为将艺术愿景转化为现实的一个踏步，也期待未来与各位电影人交流成长的历程！

　　作为一名志向为制片人的管理系学生，本人郭璟仪在进入北京电影学院学习后，期望在管理系本体内容学习之外，对电影本体与电影剧作层面的知识有所了解，以便在今后的工作中明体达用。恩师刘誉传道授业，不吝赐教，指导本人参与撰写了《第三讲　故事的砖瓦：分析评估剧本内容的基本元素》和《第四讲　掌握经典：类型片叙事结构的评估借鉴》的编写工作。于我个人而言，此次参与编撰本书不仅是于技之上丰富个人书面能力，更于道上明道示途，拓宽了对电影本体的知识储备。电影剧本基本元素的构置作为电影之作用而言，可以被视为电影的筋骨。是电影在投入制作之前，分析剧本好坏以至于后期成片质量的品评要项。第三讲中，详细探讨了剧本各要素即剧作的砖瓦结构，以明剧作构成要义；第四讲中，则列举了经典叙事结构范例若干，以便读者体用贯通与借鉴学习。

　　在北京电影学院管理学系，本人洪浩洋有幸在刘誉老师的指导下，深入探讨了电影中的人物塑造和剧本情节，参与撰写了第五讲与第六讲。在《第五讲　鲜活形象：人物塑造的分析方式》中，刘老师指导我们如何挖掘角色的多维性，从主角的魅力到反派的复杂性，每个角色都是情感和冲突的载体。而在《第六讲　核心突破：剧本情节评估的妙手良方》中，我们学习了如何评估人物的背景、挑战的可信度以及戏剧冲突的节奏。这些课程不仅提升了我的专业技能，也激发了我对电影艺术的热爱，让我认识到故事的魅力在于情感的传递和思想的碰撞。

　　感谢刘誉老师让我有这个机会参与写作，深感荣幸。同时也感谢我的同门一直以来的帮助与支持，我们用了几个月的时间从大纲到内容写作，共同完成了这本《制片人对剧本内容的评估指南》。这本书是刘誉老师多年来教学、实践经验的积累。本书的创作初衷是希望能对影视项目内容分析有所帮助，同时也希望能够帮助制片人更好地认识自己、创作影视产品。作为制片人，无论是在管理层面，还是在艺术创作层面都应该具备和发挥出强大的动能，创作出更好的故事。本人卢炳坤参与撰写了《第七讲 市场思维：剧本商业可行性评估》和《第八讲 评估流程：视频网站平台对内容的审定方式和流程》，在写作过程中发现剧本评估除了内容方面还受到复杂多变的因素影响，深刻认识到剧本质量对于一个项目的成功至关重要。如今影视行业风云变幻莫测，创作方式、审美形态、观众群体瞬息万变。由于本人才疏学浅，缺乏实践与写作的经验，内容上可能有些疏漏，希望读者可以包涵指正！最后，衷心地希望这本《制片人对剧本内容的评估指南》能够帮助到每一位读者，让你们在创作过程中更加自信和明确。希望你们能够运用所学，创作出令人惊叹的剧本，并与世界分享你们的故事！

此次，我们在刘誉老师的教导下尝试以制片人的角度对影视剧作的元素进行解剖与分析，虽然这个世界上没有绝对成功的影视创作公式，但秉持故事为本的初衷，我们结合故事的文本艺术质量与制片人的考察视角进行了深入学习，希望通过这种实践，能够助力电影工业化进程，并相信在更多专业化和系统化知识的应用下，我们的影视作品一定会越来越好！

自1997年从北京电影学院毕业二十多年来，我一直专注于教学与创作，积累了丰富的经验和感悟。制片人不仅需要关注电影项目的管理和后勤保障，而且要懂得剧本创作的艺术规律。因此，我希望将这些宝贵的经验总结出来。

这本书主要从制片人的视角来剖析剧作内容的多个方面，包括剧本的整体、主题、内容要素、类型叙事结构、人物塑造等，使读者较为深入地了解剧本创作思路和故事发展历程等创作的方方面面。这有助于制片人在剧本评估和选择阶段降低影视项目开发风险。同时，具备制片管理知识的制片人通过理论学习剧本创作分析方法可以提高他们的剧本审美水平和剧作分析能力，培养艺术眼光和故事品位，从而提升整体剧作评估水平，促进行业成片质量的提升。

这本书是我多年来对于教学与创作的心血结晶，"授人以鱼不如授人以渔"，我希望它能成为一个较为全面而实用的指南，对培养懂经营管理又理解创作规律的制片人才具有一定参考价值，也为那些渴望学习剧本内容评估的人提供一些帮助和指导。

在撰写这本书的过程中，我与我的研究生们进行了多次深入交流和讨论，他们的勤奋和努力让我深受鼓舞，也使得这本书更加完善。他们努力地学习管理和创作相关的领域，也颇有收获和感触。这也是他们研究的成果，因此我将他们的感悟也收入到这本书的后记中，希望这些内容能给读者们带来启发和收获。

最后，我衷心希望这本书能够激发读者们的创造力和热情，无论是学生、教师还是从业者，我相信这本书都将成为他们的宝贵参考资料，引领他们走向更高的艺术殿堂。相信通过我们的共同努力，更多既懂得管理又懂得艺术创作规律的制片人才涌现出来，我国影视事业将会蓬勃发展，为国内外观众带来无尽的欢乐和精神的愉悦。

刘　誉

2024 年 7 月 8 日

图书在版编目（CIP）数据

制片人对剧本内容的评估指南 / 刘誉著. --北京：
中国国际广播出版社，2025.4. --ISBN 978-7-5078
-5729-0

Ⅰ. I053.5

中国国家版本馆CIP数据核字第20246MV185号

制片人对剧本内容的评估指南

著　　者	刘　誉
责任编辑	张博文　万晓文
校　　对	张　娜
版式设计	陈学兰
封面设计	郭立丹

出版发行	中国国际广播出版社有限公司［010-89508207（传真）］
社　　址	北京市丰台区榴乡路88号石榴中心1号楼2001
	邮编：100079
印　　刷	北京联兴盛业印刷股份有限公司

开　　本	710×1000　1/16
字　　数	250千字
印　　张	16.75
版　　次	2025 年 4 月　北京第一版
印　　次	2025 年 4 月　第一次印刷
定　　价	128.00 元